千夫長 著

紅馬

紅馬讓文學吃驚

中國著名文化學者、作家——胡野秋

時間好快，又過去了一輪歲月。當《紅馬》再次擺在我的案頭，我立刻記起十三年前的那個馬年，當時正是這匹以黑馬姿態殺出的紅馬，搞熱了北京書市。此後又再版過一次，眼下是第三個版本了。

目前國內長篇小說創作的困境，已是文學界共同的焦慮，雖然數量驚人，但奇貨甚缺，無論是評論家，還是讀者，都在苦苦地等待，等待一部真正有價值的力作。但大家都清楚，這個願望也許會落空，於是我們轉而無奈地去閱讀進口的長篇，猶如看進口大片一樣。

就在我們幾乎絕望的時候，眼見一匹紅馬向我們奔躍過來，它踏過荒涼的浮華，橫無際涯地撲向我們，紅鬃飛揚。當然，我說的是千夫長的長篇小說《紅馬》。

我們的絕望也找到了休止符。

這本書讓所有最挑剔的人無話可說，它的開頭將會在今後若干年成為評論家津津樂道的段落：「我們兩個靈魂，像兩隻鳥兒在人類的天空飛翔……我們很忙，我們正在奔向投胎的路上……我不能做一個遲到者，因為我要參加一場神聖的戰爭。而能否投胎成功，就要看我在戰爭中是否打贏。」

我不想引述更多的文字，因為讀者自會品嘗，我不想讓讀者喝回了鍋的湯。

這樣的文字，讓我嗅出了一股諾貝爾的味道。而在過去，這樣的感覺只能在馬奎斯[①]、卡爾維諾[②]、波赫士[③]那兒才能找到。而類似的文字，在千夫長的筆下比比皆是。雖然我不能因此斷定，千夫長與這些大師通了靈性，但卻可以預言，這是一部能夠翻譯成任何文字、昂然走進世界文學賽場的傑作。

我是一個極不容易被征服的讀者，但我今天在寫這篇序時，我已經無法駕馭我的語言，在一個讚美之詞已經異化和貶值的年代，我不知道怎麼來表達我的讚美，生怕一句誠實的讚美會損害這部小說。從某種意義上說，《紅馬》讓我暫時失語。

千夫長為我們打開一幅長軸，科爾沁草原便在長軸上活著，藍幽幽的馬蘭花、硬生生的老喇嘛、神秘的薩滿招魂，所有的草原符號，都在這裡有機地聚集著，它們急不可待、爭先恐後地搶奪我們的眼球，讓我們來不及思考便急於把它們生吞活剝下去。

在千夫長筆下，鋼筋水泥的都市叢林，也是草原的另一個部分，他依然像一匹紅馬那樣在左衝右突著，他的忽明忽暗的事業、他的若即若離的愛情、他的有模有樣的商海之旅、他的不棄不滅的文人情懷，讓他活得很沉重、很疲累，也很瀟灑。他的幾世情緣，生死戀情，讓已經不會感動的城市有點鼻子酸酸。

---

① Gabriel García Márquez（1927-2014），哥倫比亞作家，代表作長篇小說《百年孤寂》。

② Italo Calvino（1923-1985），意大利作家，代表作小說《看不見的城市》。

③ Jorge Luis Borges（1899-1986），阿根廷作家、詩人、翻譯家，代表作短篇集《虛構集》。

我在讀《紅馬》的時候有種奇怪的感覺，我在書中尋找自己和自己喜歡的人與物，我在作者不動聲色的引導下，穿過宿命的河流，經過午夜的飄零，我終於找到了自己。找到自己的感覺真好，當時，我捧著這本書想落淚。我想說：謝謝，《紅馬》！

對《紅馬》的解讀，我想會有更多人在更大的時空內進行下去，它的結構、它的語言、它的故事、它的哲思、它的內涵、它的外延、它的這個、它的那個，都會成為文學評論家的審視對象，他們會因此對重返自身的文學再獲信心。

而對讀者來說，則要簡單許多。這些年來，多少讀者被三流小說折磨得體無完膚，因此，他們有理由給小說提個要求：必需好看。好看其實是對小說最基本的要求，小說技巧無論多麼高超，都必需符合這個不變的標準。因為，小說不是為評論家而寫的。

《紅馬》在這一點上，同樣顯示出它的優長，它從第一句話開始，便給讀者設置了一個閱讀圈套，它像一個巨大的磁場，磁性很強地拽著你跟著紅馬奔跑，一路跑到終點，而這本書恰恰沒有終點。通篇的幽默、睿智，讓普通讀者覺得非常受用，他們能得到的閱讀快感，應該是豐富而難得的。就像在宏大的迪士尼遊樂場，他們可以從任何方向、任何地段走進去，正向反向地探索奇景。《紅馬》猶如迪士尼，你可以從任意章節開始你的閱讀里程。

寫了這麼多，還沒有說清一個問題，《紅馬》是一本甚麼樣的書？它將會給我們帶來甚麼樣的閱讀震撼？也許我永遠回答不了這個問題，但有一點可以預言，它在讀者中刮起的紅色旋風，將足以讓人瞠目結舌。與此同時，中國文壇將會被這匹來歷不明的紅馬搞得富有生氣。

二〇一五年十二月於深圳無為居

溫故我的成長

千夫長

一九六二年在內蒙古科爾沁草原長滿神秘傳說的牧場，一個馬蘭花藍幽幽開放的夜晚，一個靈與肉的結合體，形成了生命，那就是現在長大成人的我。我十七歲的那一年，草原上發生了一件不同尋常的事，遠方一座城市的師範學校，向我洞開了文明的大門，於是我告別牛羊和親如手足兄弟的牧羊犬，離家遠行。

我開始寫詩，激揚文字。就在那一年，我又喜新厭舊，想寫小說。當時我追隨的一位延安時期的老詩人對我說：我八年抗戰都打下來了，還沒準備好寫小說，人生的路你才走了幾何?你四十歲時再幹這件事吧。我對我的前輩發誓說：四十歲時，我一定要寫出一本我自己都沒看過的小說。像羊吃草一樣，飽讀古今中外文學名著的我，毀掉了自己能夠成為詩人的大好前程，沉浮商海追求錢程，幾乎經歷了一本精彩小說所有的故事情節和生命體驗。四十歲時，我做到了，寫出了這部長篇小說《紅馬》。

這是一部關於生命成長形態的小說。兩個靈魂在人類的天空飛翔，來到世間，一個投胎成了敘述者我這樣的人，一個投胎進馬圈成了小紅馬駒兒，生命就這樣以不同的形態出現了，生命的形成、生命的誕生、生命的成長、生命的死亡、生命的再生……我像導遊一樣將引領你們走進一個個妙趣橫生的生命故事，觀看一道道玄迷的生命風景。我所追求的是充滿速度感和張力的瀟灑文字，我本來想儘量讓我的文字堆滿笑容，但是不幸的是，我們順著故事中的生命成長路程，順著那條充滿迷霧的生命河流，撥開一群群亦莊亦邪亦諧的文字，我們會遭遇已經被揭穿的自己無法破譯的宿命的撲朔迷離的生命真實細節，有時會令寫作者自己驚詫萬分或者令閱讀者心靈不安。由於在這條生命河流的水面上照見了自己的靈魂，我們終於看清了自己的生命，原來生命是這樣形成、成長、死亡和再生的。

儘管如此，相對於前輩那些先賢大德們一生一本書，《紅馬》這部小說的誕生也顯得有些急躁，但是我無法控制，就像滔滔的洪水決堤，故事們像約好了一樣，爭先恐後地來找我投胎轉世。我已經無法再不慍不火，從容不迫地去享受我以前五花八門的生活，每天手指在鍵盤上跳舞，恨不得一年生出十個這樣的龜兒子來。對字詞的使用，可能有些地方不符合語文的最佳話語規範，至於標點符號的使用更是沒有對錯的一種元素，那是寫作者的呼吸方式而已。

出書之前，我讀了一夜書稿。四十歲的時候，已經改變了生命形態的我，在遙遠的廣州又一次溫故我自己的成長路程。我竟然被自己吸引住了，我的生命被感動了，我的靈魂被顫動了。我放不下對書裡人物未來命運的牽掛。

馬年臘月寫於深圳

目錄

我有時煩悶無聊，就在胎中胡思亂想。
這胎裡是很不安全的地方，
想想，多少能夠成為英雄豪傑的人物都胎死腹中了。
我有時在胎中非常恐懼，
就像膽小怕死的人坐上了飛機，
又後悔，又害怕。

第一章

胎兒時代

我們兩個靈魂，像兩隻鳥兒在人類的天空飛翔。天高雲淡，風和日麗，景色很美，六月的草地，馬蘭花開，一派藍幽幽的景象，但是我們沒有時間欣賞。我們很忙，我們正在奔向投胎的路上。到了晚上，繁星滿天的夜空下，即將成為我爸我媽的那個家庭，亮著喜氣洋洋的燈光，正在等待我，他們家已經熱鬧非凡，在準備迎接第二個兒子的來臨。我不能做一個遲到者，因為我要參加一場神聖的戰爭。而能否投胎成功，就要看我在戰爭中是否打贏。

我們正向我們選擇的目標前進。

和我一起，在投胎路上比翼雙飛的，是一個女靈魂。我們倆已經有幾世情緣，這世又約好了共同投胎，來到人間。我原來以為，我們倆奔一個家門來，是要做雙胞胎呢，結果到了我家的上空，她盤旋一下就和我分手了。這個村子裡，有很多即將成為孕婦的女人。我想明白了，她的選擇是合理的，我們如果在一個娘胎裡出生，將來長大成人，就成不了夫妻，出生時如果我很幸運地先行一步，我們也只能是兄妹。我一個俯衝進了房門，她卻進了我家隔壁的馬圈，就像戰爭一樣，我們分到了兩個不同的戰場，進行戰爭。我們都贏了，我媽就和那個紅騍馬，在同一個夜晚懷孕了。當時我們還沒有感覺到有甚麼大的不同，就像她在歐洲戰場，我在亞洲戰場，戰爭一結束，我們就可以勝利會師了。結果出生後才發覺，我是人，她是馬，是性質和形式完全不同的兩種動物。

我就是這樣成為我媽肚子裡胎兒的，我自己很清楚。因為這一場戰爭，我是贏家，而且是唯一的贏家。其實，精子時代的戰爭和現在人類的戰爭是一樣的，殘酷無情。現在的人類戰爭是精子戰爭的延續，或者，那些精子戰爭的勝利者意猶未盡，還沒過夠癮，總想繼續打，就像布什家族的人一樣，把打仗當成了一種樂趣。在人類看來，這場戰爭很短暫，其實對於精子來說是很漫長的。時空，有時是虛幻的。贏了戰爭，並不是說我在戰場上，有十八般武藝，無人爭鋒。我作為一個要投胎的靈魂，是我選擇了那個幸運的精子。這有點像來到人世間，我看到的徇私舞弊現象，讓哪個美女，在選美中成為冠軍，是由出錢的老闆選擇後提前內定好的。這不是公理問題，所有的生命都崇尚強權。我決定來到這個世界，是因為我了解到現在的六十年代是和平年代，而且，生活困難時期即將過去。我選擇了我的父母做我的父母，是因為我喜歡他們，他們沒有金錢。那個年代的人，誰都沒有金錢。他們沒有權力，也沒有名氣，是平凡的普通老百姓，但是他們善良，這年頭，有啥比選擇在善良的父母家庭出生更幸福安全的事情？這就是我選擇他們的唯一理由。因為我自信，將來出世長大成人，我是能夠出人頭地的。其實，聰明的靈魂在冥冥中是有選擇的，不像有些笨蛋，說自己無權選擇父母。一切都像從前的大學畢業生一樣，靠組織分配才能找到工作單位，把命運交給別人支配。他們走上這條道路，注定了一生的碌碌無為。經歷告訴我，在靈魂時代，是你選擇了精子，還是精子選擇了你，這主動和被動的抉擇，決定了你出生後的一切運程、性格、品格、氣質和命運。

不僅僅選擇了一顆精神飽滿、鬥志昂揚的精子，選擇了慈善的父母，我還選擇了提前出生。我是一個性格急躁的人，我忍受不了枯悶煩躁的胎兒時代。儘管，有時我的靈魂還可以自由飛翔出去，玩耍一番。因為，在各個朝代行走，我已是一個無拘無束、自由散漫慣了的傢伙，但是已經做了胎兒，我也不能不忠於職守。爸爸和媽媽，為我做的準備是，讓我按部就班地在第十個月出生，但是到了第五個月，我就有點迫不及待了，我要投入到外面火熱的社會主義新牧場的生活中去。但是，出生並不是一件簡單的事情，從我媽的角度講，有一個順口溜叫做「四大累」的，其中第三累就是生孩子。從我的角度就更困難重重了，對於一個五個月的胎兒，有這個想法就已經是奇跡了，要想從娘胎裡走出去，就有些力不從心。雖然胎裡胎外，只有一步之遙，但是有時這一步，比紅軍的兩萬五千里長征還要遙遠，還要驚心動魄，還要艱難困苦，還要崇高神聖。我有時煩悶無聊，就在胎中胡思亂想。這胎裡是很不安全的地方，想想，多少能夠成為英雄豪傑的人物都胎死腹中了。我有時在胎中非常恐懼，就像膽小怕死的人坐上了飛機，又後悔，又害怕。

第七個月，我已經忍無可忍了，我決定為自己的出世進行精心策劃。首先，這件事我無法跟我媽商量，我知道她無論如何都不會同意。無論是愛護我，還是愛護她自己，因為他們有古老的傳統觀念，必需時機成熟，瓜熟蒂落，就像繭中的蝴蝶，提前一刻出生，都將成為一隻不會飛翔的殘疾蛾子。

我決定自己行動。我不怕殘疾，因為我已發育完好。我發誓說：能夠想到的事情，我就能做到。這句話後來成為名言，被一個叫牟其中的傢伙偷去，給改得面目全非。他篡改說：只有想不到的事情，沒有做不到的事情。結果他有些事情沒有想周全，把人生做得一塌糊塗，把人生的大把時光都送進了監獄。其實，監獄和子宮比好不了多少。根據我長大成人之後，對心理學的研究，喜歡或者常常光顧監獄的人，也是一種特殊的戀母情結。但是，此時我泡在子宮的羊水中，就像大海裡的一條魚，無法游上岸。我和我媽，母子連心，是有心靈感應的。於是我有意鬧，就像我的偶像孫悟空大鬧天宮，讓我媽感到鬧心、煩躁不安、天翻地覆。然後，我再去和我的那個在馬胎裡的女朋友感應，那個女靈魂收到我的短資訊之後，也在她馬媽的肚子裡鬧，鬧得她馬媽心煩意亂。就這樣，紅騍馬跑出馬圈，很煩躁地來啃我家的門，顯得莫名其妙。我媽覺得奇怪，就很煩躁地出去用鞭子抽她，她很衝動，一蹶子就踢到了我媽的肚子上了，我借勁兒就奮不顧身地衝出娘胎，從容不迫地走向了人世。

我精神抖擻地出生了，當時身高五十八厘米，體重四點二公斤。沒有人相信我是提前三個月出生的。我的靈魂，從虛無狀態變成了一個具體的人，我這一世又有了寄託。看著嬰兒的我，我感到很滿意，甚至有些興高采烈。這小子一出生，那塊頭就像一個大人物一樣，讓我一生都感到揚揚得意。我當時很擔心，如果生出一副瘦猴子似的乾癟皮囊，我不知道，我的靈魂將如何面對我的肉體。那樣不僅會丟光我的顏面，可能我連自信、品格、運程都要丟掉。長長出了一口氣，我感到慶幸。其實這種擔心不是沒有理由的，後來在人生路上行走，我見到很多本來高大的靈魂由於錯進了皮囊，在人群中像個癟三似的猥瑣、卑微，在人們的輕視嘲笑中，委屈地苟且偷生。

和我一年出生，但比我遲到了四個月的譚家二丫，這個與我沒有情緣，但是不斷闖進我的人生，顛覆我生活和倫理道德的女人，後來回憶胎中歲月時說，我們西屋南炕的馬叔經常去探望她。我感到奇怪。我說在胎中我怎麼從來沒見過馬叔？

馬叔是一個光棍漢，住在我們的西屋，和二丫家分別住在南北炕。我們家是他們的房東。後來我才知道，我們這裡的地理位置在內蒙古草原的東部，叫科爾沁草原。具體位置是莫日根牧場。本來我們這個牧場，在把原來關押日本犯人、美蔣特務的監獄合併進我們的牧場時，就已經留下一些外來人被安置就業了，這次又多了一些右派分子，他們這些外來人，一下子擁進我們這裡，我爸媽沒有準備給他們住的那些房子。場長特格喜也不想給他們蓋房子住，他說這些是南方飛來的鳥兒，過了季節就會飛走，我們留不住他們，幹嗎給他們蓋房子？我們還不如多蓋幾間馬圈，讓騍馬多下幾匹馬駒。這就是我們那裡的價值觀，馬比人重要。特格喜場長說，讓他們跟你們一家人，像親戚一樣住在一起吧，明年春天他們就會飛了。其實，特格喜場長錯誤地估計了形勢。我們這裡，是一個由勞改監獄改造成的牧場，馬叔和二丫她爸譚大爺，是運動發配來的。這裡是他們改造思想的家，不會再有人召喚他們回去。連馬叔他們這些被改造者，當時也很樂觀，他們沒有長久打算，以為這是一次免費的旅遊，很快就會回到他們的出發地。他們這樣樂觀地想問題，只有一個好處，可以讓他們有一個好心情。其實，文化知識對人類的靈性是沒有用的，只能用來平衡、安慰或者欺騙自己的心靈。他們看不見，也感悟不到命運的前方。如果人能看見未來的路，不知有多少人會灰心喪氣，提前絕望地自殺。

就這樣，一九六二年六月二十八日夜裡十一點多，也就是子時，在馬蘭花開藍幽幽的季節，我媽的肚子挨了紅騍馬一腳，我的陰謀終於得逞，我提前三個月來到人世報到。

我的出世，
對未來的草原是福是禍，眾說紛紜，
草原上充滿了傳說，
甚至有點人心惶惶。

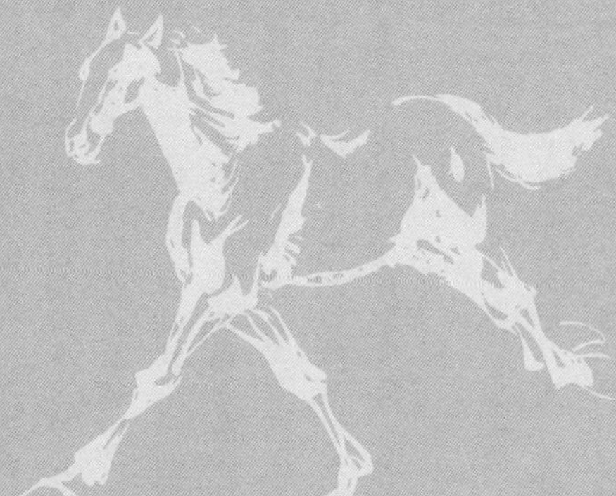

第二章

血玉紅馬

我出生時，並沒有像當時他們預想的那樣，面對迷茫的人世，痛苦地大哭一場。我很安詳地出來，沒有恐懼，一副敢於挑戰痛苦人生的英雄壯舉。大失所望的接生婆，那個草原上的著名老巫婆，覺得不對勁兒，用粗硬的鷹爪般的老手抓起我稚嫩的雙腿，讓我頭衝下，像體操運動員一樣，照我的屁股啪啪就是兇狠的幾巴掌。她想讓我哭，讓我虛張聲勢地大哭，以此來證明她的豐功偉績，有了她，我才安然無恙地從胎兒到嬰兒，跨越了兩個時代。我沒有哭，我是藉著紅騍馬踢我媽肚子的機會，我自己衝出來的，這不是她的功勞，是我的陰謀得逞，是一個胎兒的智慧結果。但是，被正好趕上的這個老巫婆居了功。我本來是面帶微笑的，因為這個世界是我自己主動來的，我喜歡這個世界，在來時，我已經進行了充分的時代考察，我是帶著女朋友來的，我並不孤獨。況且，提前來到這個世界，是我自己第一次成功的策劃。我也想表現我自己是如何大義凜然來著。這個巫婆，為了表現自己的權威，又更狠地揍了我幾下。我象徵性地哭了，我不能不哭，因為，他們已經懷疑我是不是啞巴。我太幼小，鬥不過他們。好漢不吃眼前虧，我不能沉默了，但是，我也為我自己的人生第一次妥協，而感到傷心落淚，我一出生就妥協，漫漫的人生之路，我還怎麼去張揚我的個性？想到這裡我就真的哭了。我哭聲悠揚，老巫婆和我們一家人，像獲得了重大勝利一樣，興高采烈，笑顏逐開。看到我痛哭，他們就歡笑。我好久沒有來到人世了，沒想到人類進化到了今天，竟然都變成了病人。說實話，我當時真有點後悔，還不如跟我女朋友一起投進馬圈，我想，如果投胎為馬，我也會是一匹駿馬。

我媽後來無數次甜蜜地回憶說：當時，把剛剛出生的我放在悠車①上，那是我姥爺，一個著名的老木匠親手為我造的。我悠閒地躺在悠車上，我媽藉著月光欣賞我，卻把她嚇了一跳，我像大人一樣，沒有睡覺，躺在那裡不哭不鬧，皺著眉頭，似乎正在思考甚麼重大問題呢。我媽當時就懷疑，這個孩子可能過無憂河沒喝迷魂湯，好像還在想著前世沒幹完的事。我思考的時候，我媽連奶水都不餵我，她怕打擾我的思路。我媽當時充滿希望地想：這個家族可能在他的身上會發生改變。所以我媽從來不揍我，對我很客氣，好像我不是她的親生兒子，而是來她家做客的尊貴客人。我與我那些兄弟截然不同，無論形象還是智慧，都鶴立雞群，我媽用的詞是：羊群裡跑出一匹馬來，就屬他大。所以我在家裡，可以不幹任何家務，他們看我讀書，就像牧羊人看羊吃草一樣。從古到今，讀書都是出人頭地的一條正確道路。我慶幸自己選擇對了人家，我爸媽都懂這個道理。如果不幸遇上愚蠢的父母，我沒準兒就是一個馬倌兒②，或者頂多跟我姥爺，那個著名的老木匠學手藝，當一個到處行走的小木匠。我是一個有天分的人，如果真的做了小木匠，家具打得款式新穎，我也可能會成為一個企業家。

① 傳統搖籃，木製，繫上長皮條或繩，懸於屋梁上。
② 養馬的人、牧馬人。

當然，一出生，我並不是一個十全十美的人。我雖然表現出了，是一個聰明、特異的小孩，但是，我的左手不會動，整個手攥著拳頭打不開，像一個肉錘。就好像投胎時，我在另一個世界正在跟人打架，攥緊了的拳頭，還沒來得及出擊就匆忙投胎了。周圍的親戚朋友，認識我的和聽說過我的，都為我感到難過和遺憾。他們認定了我是一個殘疾人。按著草原上的傳說，胎裡帶來的殘疾，肯定前生有甚麼沒解的孽債。我的出世，對未來的草原是福是禍，眾說紛紜，草原上充滿了傳說，甚至有點人心惶惶。最驚慌的是我們一家人。只有我媽好像心裡有數，她見過我思考問題，所以她堅定不移地認定我是福星。但是，我自己卻有些憂心忡忡起來，是不是真的像那隻沒到時辰的繭中小蟲，成了殘疾的蛾子，成不了飛翔的蝴蝶？

有一天，大雪紛飛。一個很髒的老喇嘛，到我家裡躲雪取暖，讓我爸給他燙酒喝。我爸喜歡喝酒，看那老喇嘛滿面紅光的，就知道是一個喝家子，於是煮了一塊羊腿肉，燙了一大壺白酒，就和他喝了起來。這是草原上祖先留下的習慣：只要驚動了看家狗，就要進屋喝碗酒。我媽也熱情地招待。老喇嘛愈喝愈高興，酒的度數很高，香味很濃烈，飄飄蕩蕩地直往我的鼻子、喉嚨裡灌。我很饞，可能我的前世是一個酒鬼。但是，他們沒人理我。我自己還不會站起來走路，我只有兩招兒，或者哭，或者笑。我想，笑不起作用，他們還會害怕，他們那些病人會以為我有病，我會嚇哭他們。那就只有哭，我一哭，他們就覺得我很正常，他們會開心地笑，很驕傲，並不斷地說：這小崽子可能也饞酒了。這時，那個正喝在興頭上的老喇嘛，被我哭煩了，順手扯了一塊羊腿肉就給了我。我伸出右手去拿，他一定要我用左手去接。我媽說：這孩子左手不會拿。老喇嘛不聽，拿著羊腿肉衝著我唱起了歌，我聽著是一首很熟悉的歌，爸媽後來說是喇嘛念的咒語。歌詞只有六個字：唵、嘛、呢、叭、咪、吽。他閉著眼睛，嘴愈來愈快，翻來覆去地唱。旋律由慢加快，由空靈變得愈來愈悠揚。我簡直都陶醉了。後來長大，活佛告訴我，念經就是歌唱靈魂，音樂是靈魂的翅膀。靈魂有翅膀的人，才能飛翔。我全身放鬆，幸福快樂，我張開兩手要飛翔，像飛翔的蝴蝶一樣。我從娘胎裡握緊的拳頭張開了。奇跡出現了，我伸開左手接過了那塊羊大腿肉。在我一張手的刹那，我的手裡掉出了一塊東西，老喇嘛的手早已等候在那裡，一下接了過去。老喇嘛這個動作顯得神靈活現，他閉著眼睛正念著經，卻準確無誤地抓住了我左手裡掉出來的東西。這是銅錢般大小的一塊馬形血玉，老喇嘛說：我幫你們治好了孩子的手，把這塊血疙瘩給我帶走，留個紀念吧。我們家人都像傻了一樣，誰也沒有反對，只顧得高興，我的左手好了，會拿東西了，他們的兒子不是殘疾人，也肯定不是災星了。就是後來，我媽也百思不得其解地說：老喇嘛治好了孩子，我們本來要好好感謝他的，他卻啥也沒要，拿著個血疙瘩就走了。那個血疙瘩可能是有啥說道，挺神的，像一匹小紅馬。我的手張開了，真的給草原人去掉了一塊心病，不但證明我不是禍星，而且有關我的傳說更加神奇了。老喇嘛拿著我的血玉紅馬走了，在紛飛的大雪中，消失得無影無蹤。

幸福和快樂，
一切美好的東西，
都是誘餌和欺詐，
只有痛苦，
才是人生活中永恆的擁有。

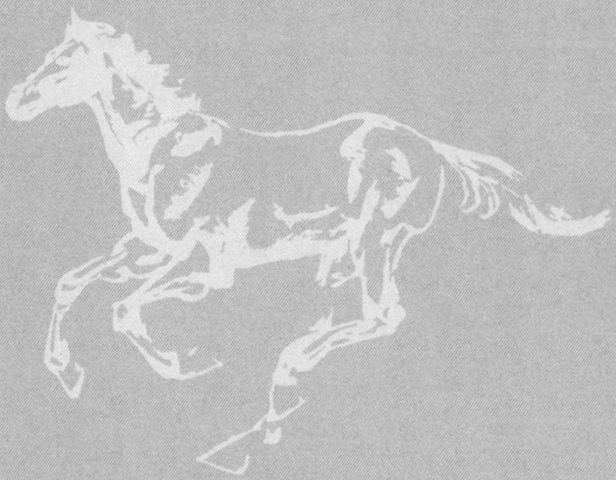

第三章

春天的痛苦

那天夜裡，紅騾馬在我家門口，踢完我媽的肚子，挨了我媽的一棒子之後，回到馬圈也生下了小馬駒兒。這小馬駒兒長得很像她媽，全身通紅光亮，銀鬃雪蹄，是一匹小騾馬。她長長的脖子，目光很生動，兩個圓圓的鼻孔很可愛地抽動著，牧場的人都叫她小紅騾馬。如果她和我一起來投胎做人，即使和我不是龍鳳胎，從別人媽的肚子裡出來，和我也是天生的一對呀。你看，小紅騾馬和她媽那動人的身段，和漂亮的容貌。四蹄踏雪的火龍駒，如果是人，肯定是一個大美女呀。命運，有時就是這樣令人不可思議，不如人願。幸福和快樂，一切美好的東西，都是誘餌和欺詐，只有痛苦，才是人生活中永恆的擁有。出生之前，我豪言壯語地說不怕痛苦，那時，因為還沒有痛苦，現在出生了，面對著小紅騾馬，我們倆的形象不一樣，我痛苦了。所以，美好的東西，總是以夢幻般的形式存在，而痛苦，是以現實的形式存在。

小紅騾馬比我強，我剛剛學會走，她就已經會跑了。這是因為馬和人的一輩子計算方法不同。馬活一輩子，二十歲就相當於人活了一百年。所以，小紅騾馬三歲時，已經相當於一個十五歲的少女了。那時三歲的我，搖搖晃晃剛會走路，一副愚蠢脆弱的樣子。我每天追隨著花樣年華的小紅騾馬玩耍，就像一個舊社會的小女婿一樣，荒唐可笑。

有時，我爸趕著紅騾馬拉的馬車，去拉牛糞，我和小紅騾馬就一起跟著，我爸幹活也喜歡拖兒帶女。我爸給小紅騾馬戴一個籠頭，拴在車的後尾，我則騎在小紅騾馬的身上。我感覺很快樂，好像多少輩子前，我們就這樣玩過，但是，那時我們可能都是人，或者都是馬，或者我是馬，她是人，反正，就有這種想也想不起來的奇怪感覺。小紅騾馬也是，她自從出生，雖然沒跟我說過一句話，但是，我知道她也有這種感覺。看著她那迷人的眼睛和生動的鼻孔，我總覺得她是一個美女。她的靈魂，在前世與我是相親相愛、相同的，只是進了這張馬皮裡，她的靈性遭到了封鎖。生命的遊戲規則，做了馬就要按馬的規範行事，遵守動物的紀律，否則，就要被當作妖怪痛打。

小紅騍馬，自從那一天在我家的上空和我分手，我進了家門，她進了馬圈，出生後，我就悲傷地知道，我們這一世姻緣完了。老喇嘛拿走了我手裡的那個血玉紅馬，我就預感她將因為我而做出犧牲，反正我們的美好日子，不會天長地久。

那一天，爸爸又趕著小紅騍馬的媽媽拉著的馬車，帶著我們去草甸子上拉牛糞。我騎著小紅騍馬，到處撒歡。天氣真好。天高雲淡，我總是浮想聯翩。春天的氣息，到處暖洋洋地飄蕩，冰雪全部融化成春天。所有的生命似乎都到了交配的季節，大地從堅硬中醒來，到處流淌著軟綿綿的泥水。泥水中混雜著各種動物的精液。在陽光的照射下，碧綠的小草受到了精液壯陽的啟示，生機勃勃地挺著軀幹刺向青天，讓天空的白雲像懷孕了一樣，顯得大腹便便。馬、牛、羊吃了小草，更加春心勃發，在白天就發出嗷耶的叫春聲。喝了牛奶、吃了羊肉的人們，晚上，發出了動物們白天的那種叫聲，卻更加風騷。這真是一條堅挺的生物鏈。春天的草原，最壯觀的景色就是牲畜們互相追逐，然後在光天化日之下交配，很從容，坦坦蕩蕩。

突然，我看上了一隻百靈鳥，我抱著小紅騍馬的脖子說：我一定要得到這只百靈鳥。小紅騍馬無可奈何地看了我一眼，對我這個花心小孩每天到處追逐有點怨恨。但是，她總像保姆一樣，默默地聽我的指揮。

百靈鳥在前面飛，我和小紅騍馬就在後面追。跑著跑著，百靈鳥鑽進了一片蘆葦叢裡去了。小紅騍馬也馱著我鑽了進去。蘆葦裡是一片蔓沼。外面，生機勃勃地躥出了一根根茁壯的蘆葦，下面，卻是潛伏著淫蕩的爛泥。小紅騍馬跑進去，就陷進爛泥裡了。爸爸發現後扔掉糞叉來救我們，當爸爸把站在馬背上一身爛泥的我拉出去時，小紅騍馬就剩下幽怨的目光，和一對美麗的鼻孔露在了外面，那雙美麗的鼻孔，眨眼間就在泥潭裡消失了。爛泥上泛起了一串串氣泡，像一串串悲傷的嘆息。但是，我卻總感到那目光沒有陷進爛泥裡去，她一輩子都纏繞在我的心裡。

我五歲的這一年，小紅騍馬就這樣在我的眼前消失了，消失在淫蕩的爛泥裡，無影無蹤。就像一個美麗的少女一樣，香消玉殞。我現在清清楚楚地記得，我五歲那一年的驚慌。我嚇壞了，從我一出生，會走路，我就在大地上奔跑。我相信大地，所有從天空中轉世來的靈魂都相信大地，就像翅膀相信天空一樣。我們把大地當成母親的懷抱。但是我在五歲時，卻目睹了大地吃人。我從來都是把小紅騍馬當成人來看待的，大地張開它黑臭的大嘴，活活地就把小紅騍馬吞掉了。那張在母親的懷抱裡張開的大嘴，就這樣吞得乾淨利落，連一根鬃毛都沒給我留下。除了記憶，我手裡沒有小紅騍馬的任何紀念品。

長大後，我常常喜歡翻一些關於命運、生辰、屬相的書。我是一九六二年出生的，屬虎，我驚奇地發現，無論是在婚姻還是命運中，旺我的女性或者男性，都是屬馬的、姓馬的，或者名字中有「馬」字的。這種生命中的玄迷，至今令我困惑不已。我不相信這是巧合，我相信，這是生命中一種無法破譯的密碼符號。人不但要看貌相，還要看屬相。

我有一種預感，那匹小紅騍馬肯定還會投胎轉世，而且肯定是人，是一個美女。所以我對女人，尤其對屬馬的、姓馬的、名字中有「馬」字的女人，特別關心，特別敬重，我知道，有一天肯定會再見到小紅騍馬。後來的歲月裡，果然這些令人匪夷所思的奇妙現象，都在我的生活中尋找到了我，讓我的人生，無法逃避地接受他們帶給我的現實。

天漸漸黑了，
他們把我裝在馬車上，
拉到草地上開始為我招魂。
這是內蒙古草原的一種薩滿土教。
我安詳地躺在馬車上，一動不動。

第四章

薩滿招魂

五歲這一年，我幾乎每天都是白天發高燒，晚上做噩夢。

小紅騍馬被大地張開黑嘴吞進肚子裡的情景，和她那乞求的目光、呼喚的鼻孔，每晚都在我的夢裡出現。而且是漫無邊際地出現，黑黑的大口無限誇張地向我撲來，讓我驚慌、恐懼、尖叫。

白天，一發起高燒來，黑狗大夫的退燒藥就無能為力。我媽就發揮她的想像力，用我爺爺喝的高度草原白酒，給我一遍一遍地搓身子，搓得我全身紅赤，雙目無光。到了晚上，我做噩夢，說胡話，從炕上站起來就走。我媽把我重新按倒在炕上，爺爺這時就用一碗墨汁，在我的臉上畫上各種薩滿符咒，然後在我的枕頭下放一把斧頭，刃口衝外，鎮邪驅災。

我覺得好笑，我媽揮汗如雨，爺爺念念有詞，好像在跟閻王爺搶我。每進行完一次儀式，他們就像勝利了一回。其實是我自己傷心過度，或者過於思念小紅騍馬，我才想放棄人生。但是爺爺和媽媽他們不讓我放棄，不是因為他們愛惜我的生命，而是因為，我已是他們的私有財產，他們要長期擁有我，才要延長我的生命。其實，像我這樣重視生命品質的小孩，生命長短是沒有多少意義的。我跟小紅騍馬，已經度過了一段美好的人生，小紅騍馬既然已經走了，那我獨生又有何意義？我還不如追隨而去。無論到了哪個世界，都不影響我們相親相愛。其實，就我多年輪迴的情感經驗，對感情最殘酷的就是人世間。人類自以為智慧的大腦，總是把簡單的事情複雜化，該愛的時候不愛，該恨的時候假裝在愛。其實，這是一種很沉重很可憐的智慧。感情，本來是生命互相之間最動物化的交流，可是人類總是給感情加上道德、門第、金錢這些交易元素，讓簡單的感情複雜化，讓歡樂的喜劇演繹成淒慘的悲歌，人類總是自作聰明給自己找麻煩。

想到傷心處，我淚流滿面。我不想活了。於是我決定辭職，不做人了，不做這戶人家的第二個兒子了。我倒不是痛恨這個家庭，而是面對整個人世間，面對渺小脆弱的生命，要承擔漫長人生的痛苦，我就覺得沒有意義，前途一片黯淡。

後來我恢復了做人的職務。我長大成人後才知道，小時的我竟然是很通靈的。我媽最了解我，我媽也說我的天眼是開的，能看到祖先。確實如此，我一發燒，超過39℃，就看到滿屋飄蕩著對我親切友好的陌生人。他們也幫我看病，我相信他們。甚至他們的醫術更高明。我爺爺和我媽他們簡直是瞎操心。他們以為我是他們看好的，每給我看完一次，他們就顯得趾高氣揚。但是，事實並非如此。我還是死了。其實也不是死，就是我的靈魂飄蕩出去尋找小紅騍馬了。我正輕舞飛揚，快樂地飛翔著，我的家人卻圍著我大哭起來。一開始我媽以為我睡著了，我很安靜，一點聲音都沒有，又不發高燒，她很高興，覺得這回我該好了。他們也要睡一個安穩的覺了。但是馬上又覺得不對勁兒，怎麼一點聲音都沒有？一摸我的鼻子，沒有氣了。他們很驚慌，剛才還好好的呢，怎麼一下子就沒氣了？這一下，家裡疲憊不堪的大人們，覺沒睡成，就全都亂了套。整個屋裡，像衝進了狼炸了群的羊圈。

他們開始呼喊我的名字，他們開始痛哭，他們傷心絕望。

天漸漸黑了，他們把我裝在馬車上，拉到草地上開始為我招魂。這是內蒙古草原的一種薩滿士教。我安詳地躺在馬車上，一動不動。他們在馬車周圍點上牛糞篝火，薩滿巫師身上掛著九塊銅鏡，綁上各種顏色的布條，臉面畫上符咒。滿牧村的人都出來圍著牛糞篝火又跳又唱：

四步四步跳啊，

八步八步踩啊，

把走的靈魂招回來啊……
四步四步跳啊，
八步八步踩啊，
把走的靈魂招回來啊……

我心裡好難受，好像有一種很大的力量在召喚我，讓我沒有前行的力量。像孫悟空一樣，我飄蕩的靈魂在上空，突然發現下面的草地上，燃燒著牛糞篝火，載歌載舞，熱鬧非凡。我興致勃勃衝下去想看熱鬧，不看不知道，一看嚇一跳。那躺在馬車上的不是我嗎？我的靈魂見到我的身體，很親切地就要撲上去擁抱，但是，我又很理性地制止住了自己。我再看，跳舞的人都是我的親人，在我爺爺的率領下，正在載歌載舞，他們雖然在演出，但是看得出表情很痛苦。

每個人都面帶憂傷，尤其是我媽，簡直是淚流滿面。

我想多看一會兒熱鬧。突然，他們的演出結束了。可能時辰到了，他們看我的靈魂還沒招回來，也就很失望地放棄了。他們站立兩旁，拿出鞭子狠狠地抽打拉車的紅馬，紅馬無人駕馭，很驚慌，失控地奔跑起來。我看熱鬧入了迷，等我醒悟過來，我的肉體已經被紅馬拉著，顛簸著，跑遠了。

我很著急，怕自己從車上摔下去。但是急也沒用，我已經從狂奔的馬車上摔了下去。這是草原上的習俗，叫天葬。我從哪裡掉下去，就說明我自己喜歡那裡，選擇了那裡。然後野狗和禿鷹就把我分食掉。我的靈魂，便隨著牠們的牙齒和我的肉體進行永遠的告別。看到那些痛苦絕望的家人，我良心發現了。我的靈魂撲向我的肉體，緊緊擁抱。其實，我自己也捨不得拋棄我的肉體。我說過，從出生那一天，我就很欣賞自己的肉體。我們朝夕相處已經很有感情了。甚至，我有一些自戀，像我這只有五歲的尊容，竟然老成到像一個三十歲成年人的成熟面孔。別人用三十年完成的作業，我五年就給完成了。這麼好的成績，我怎能輕易放棄？我的身邊黑影翻滾，我的先人們，正在和野狗、野狼搏鬥呢。面對著這群野獸，我五歲的小身體無能為力，打鬥不過牠們。

天漸漸亮了。有一個流著淚的黑影，飄到我的身邊。是我媽，她做了一個夢，夢見我活了。於是，從炕上爬起來就跑到草甸子上來找我。我看到媽媽，輕聲叫了一聲「媽」，撲進媽媽的懷裡，就熱淚盈眶地哭了起來。我媽緊緊地抱著我，當時我五歲的身體已經很沉重了，但是我媽不肯放下我，一直抱回家，她怕我再被甚麼東西給搶走。甚至回到了家裡的炕頭上，她都不肯放手。家裡人全都驚喜不已，每個人都想跟我親熱，就好像我出了一趟遠門，很久才回來見想念的親人。從這一天開始，我才知道了啥叫親人，為啥親人最親。

後來爺爺想給我改名叫狗剩，我沒接受。

那天老喇嘛走時留下預言：這孩子五歲這一年，是生命中的一道坎兒，如果五歲這一年過不去，他的人生就該畫上短暫的句號。

我知道，那樣我可能又去追趕小紅騍馬，尋找我的姻緣去了。其實不用老喇嘛預言，我自己就知道，因為，我當時已經計劃取消人生的成長，小紅騍馬的死讓我痛不欲生，我想為她殉情。

喇嘛廟沒拆之前，
拜過佛的老年人都說毛主席像活佛。
活佛是不會讓人像炸了群的羊一樣，
向四個方向亂跑的。

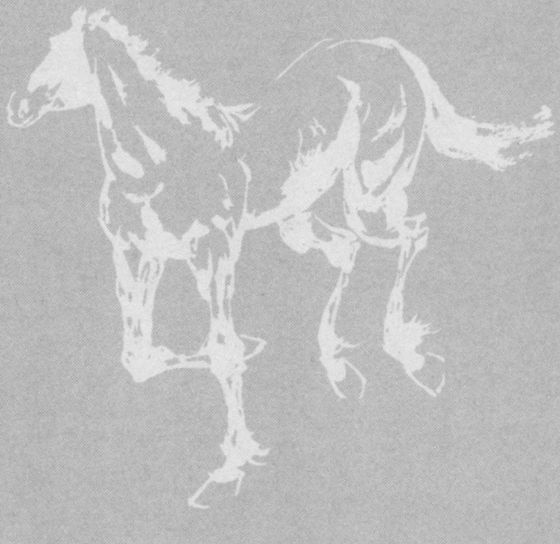

第五章

一九六八年紀事

一九六八年，我們科爾沁草原發生了一件奇怪的大事。不知道從哪裡來了一大批紅衛兵，像蝗蟲一樣擁進了草原，驚散了我們的羊群，惹得滿牧村的看家狗，到處驚慌地亂叫。

一開始，我們還以為他們是解放軍呢。他們穿著一身綠軍裝，戴著綠帽子，腰上還很耀眼地紮著令我羨慕的寬皮帶。其實，這些東西我都羨慕。他們一群一群地走過來，颯爽英姿，看得我眼花撩亂。他們在前面走，我們一群衣衫破爛的草原兒童，無知地跟在他們的後面，甩著鼻涕，領著狗。我們很恭敬、很嚴肅地，學著大人的語言向他們喊口號：向解放軍同志學習！向解放軍同志致敬！我揮著骯髒的小拳頭，無限虔誠，正討好般用力地喊著，一個綠軍裝，停了下來。這是一個高大的男人，可能是他們的領導。我雖然年齡很小，但是作為一個領頭的，就像羊群裡的頭羊一樣，也向那個綠軍裝走去。這鏡頭我始終難以忘懷，長大了我看電影，那些黑道上或者江湖上的人物，兩夥的老大就是這樣見面的。我真佩服自己，那麼小，就有了老大的風範。不過這次卻讓我感到恥辱，我剛一出山，就被對方打得威風掃地。因為我們沒有江湖經驗，不但沒有把對方當成敵人，反而當成了崇拜物件。就像毛主席批評的那樣分不清敵我友。其實，不用說小小年紀的我，傻乎乎得幼稚，就是我們草原上的大人，也分不清楚誰好誰壞。我們在草原上常年見到的，是馬、牛、羊這些牲畜，還有看家狗。這些都是我們的朋友，是草原人的命根子。狼是敵人，那也是傳說中的敵人，狼從來都不到牧場來吃羊或者小孩。牠們不是蠢狼，在草原上有很多獵物吃，何必來和人作對？人是那麼好惹的嗎？我想狼的智商不像有些人那麼低。我們很少見到這麼多人，按照草原上的規矩，來的都是客。就是仇人路過家門，也要下馬進屋喝三碗酒，何況這些神聖的綠軍裝。

我們跟在綠軍裝的後面，很興奮地喊口號，綠軍裝的領導，就回頭走向了我們。我也走向了他。我沒有戒備，甚至有些受寵若驚的感覺。

我以為，我那些草原的小夥伴，都是那樣善良地以為，他要給我們糖吃。因為我們很努力，我們喊口號了，我們有資格被他們獎勵。我們是草原上主人的小孩，他們應該喜歡我們。果然，綠軍裝微笑著走到我的面前，突然臉色一變，彎下腰，用一顆油膩膩的大頭頂著我骯髒的小頭，瞪著死狼眼，惡狠狠地對我說：小崽子，我操你媽，再喊，我踢死你們！我們嚇傻了，我領頭就跑。我們驚慌失措地跑進高草地裡，連狗也驚慌地跟了進來。從此我們堅定不移地相信：這夥蝗蟲不是解放軍，他們可能是一群蠢狼。

蝗蟲進了牧村，在科爾沁草原幹了一件驚天動地的大事兒。這件事讓地下吃草根的土撥鼠都受到了嚴重驚嚇。蝗蟲們在草原上，拆掉喇嘛廟，蓋了一座語錄塔。也就是用磚頭水泥蓋了一個很像煙筒、很高的樓，直接指向天空。這個樓裡面很窄小，只有用鋼筋做的樓梯。不能住人，沒有喇嘛，也不能燒香。只能站在外面站成排仰望，拿著小紅書，唸《毛主席語錄》。這個語錄塔是個方形建築，四面朝向草原的四個方向，四面都畫著偉大領袖毛主席的像，寫著偉大領袖毛主席的語錄。遠遠看去，毛主席穿著真正的軍裝揮著大手，站在雲端，像神一樣，給草原人民指引方向！

關於給草原人民指引方向，一個滿嘴跑舌頭、好說亂講的聰明馬倌，不幸成了反革命。有一天，趕著馬群，從遙遠的牧場放馬回來的那達慕賽馬冠軍，草原上的英雄人物，著名的馬倌羅鍋烏恩回來了。家鄉人都到語錄塔下面排隊，揮舞著毛主席語錄去迎接他。羅鍋烏恩很興奮，看見語錄塔，大叫：我們草原上為甚麼要修這麼一個東西？難道是要我們把羊群和馬群，從這裡趕到天上去放嗎？我的佛爺！難道天上有草場？他看見語錄塔的四面都有毛主席在揮手指引方向，一時靈感大發，創作出了當時在全國流行一時的反革命語言：難道，毛主席給草原人民指出了四個方向？

關於四個方向，在草原上引起了熱烈的辯論。最後，牧民們一致認為，毛主席不能給草原人民同時指出四個方向。因為草原人民就像羊群一樣，你不能同時給羊群指出四個方向，那樣羊群就不知道往哪個方向走了，那樣羊群就亂了套了。只有狼來了，羊群才會亂套，才會往四個方向跑。而草原上的諺語說：同時往四個方向走的羊，沒有草吃。喇嘛廟沒拆之前，拜過佛的老年人都說毛主席像活佛。活佛是不會讓人像炸了群的羊一樣，向四個方向亂跑的。每當牧民們困惑不解地這樣亂講的時候，就有紅衛兵出來阻止說：不要像狗一樣亂叫。

羅鍋烏恩在原始牧場放牧，一年才回來一次。他都不如我這個六歲的孩子，還知道是這一群蝗蟲在草原搞「文化大革命」呢。當然，我理解的「文化大革命」，就是不知從哪裡來的一群蝗蟲，在草原上拆掉了喇嘛廟，修了這麼一個莫名其妙的語錄塔，這些人都很凶。羅鍋烏恩被憤怒的蝗蟲們當成反革命分子，抓起來遊街。其實一開始，紅衛兵對羅鍋很友好，他身體殘疾，又是個苦大仇深奴隸的孤兒，又是賽馬冠軍，這是多麼好的革命條件啊。沒想到，這個羅鍋口沒遮擋地讓舌頭在嘴裡亂跑馬，沒有做成紅衛兵的革命戰友，竟然惹惱了他們。蝗蟲們滿腔怒火，把羅鍋打翻在地，恨不得踏上一萬隻腳。羅鍋這個馬背上的英雄，在紅衛兵的腳下變成了一隻狼狽不堪的羊。

我很好奇，
她不知道用的甚麼姿勢，
在沙土裡，竟然尿出了這麼美麗的漩渦。
我看得目瞪口呆，
簡直有點走火入魔。

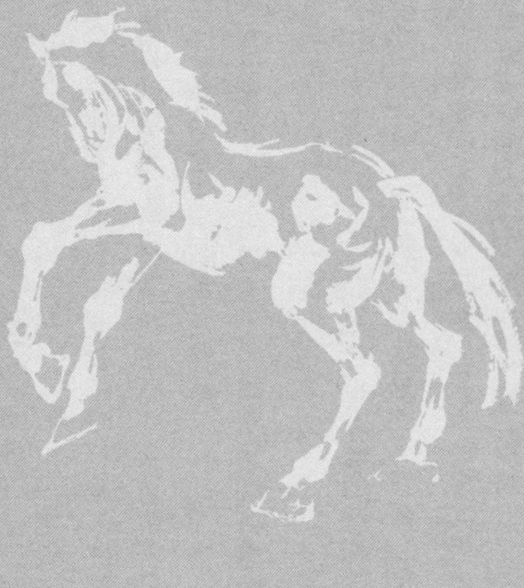

| 第六章 |

童年作風

講這個故事之前，我首先要坦白交代，其實我在五歲的時候，就已經有了犯作風錯誤的苗頭了。當時，我們鄰居家有一個一歲的小女孩，她媽媽，去尋找家裡丟失的羊羔，就把她放在了我們家裡。那個女孩白白胖胖，一笑兩個酒窩，很肉感。我控制不住自己五歲的激情，就用手摸她嫩嫩的小胳膊小腿，見沒有大人在身邊，就放開膽子摸她的臉，再後來，見還是沒有大人理我們，我就得寸進尺，開始把手指伸進她的嘴裡。我很放心，不怕她咬我，因為我知道她沒長牙。那時，已經五歲長了牙的我，常常像狗一樣咬人。我咬人不是想吃肉，是我的牙癢。我一咬人，就有一種很快活的感覺。我的手指放進小女孩的嘴裡，竟然也有這種令我快活的感覺，而且比我咬人還快活，癢癢的，我的手指在她的嘴裡抽動。小女孩也快活，我看得出來，而且她還非常貪婪，狼吞虎嚥地吮吸著我的手指，像吃著她媽媽的乳頭一樣。有時我累了，就要換一根手指。這個風騷的女孩，連手指也不讓我換，我一拿出來，她就哭，張牙舞爪地大哭，張著像老太太一樣空洞的嘴。她一哭，大人就狂叫著衝進來，問我為啥打她。然後我就裝著躺在她身邊睡覺。待大人哄好她走了，我又把手指伸進她的嘴裡，這個女孩，就快樂地瞪著烏黑的大眼睛，快樂地蹬著腿。我們正興奮著，陰謀被我媽戳穿了，她用鞭子狠狠地抽我說：你的手指頭上都是鹽，看不鹹壞了孩子。這是我媽為了別人家的孩子，第一次揍我。後來長大了，我才知道那種快活叫快感。當然不是在嘴裡發現的。

我七歲開始，在科爾沁草原上小學一年級。那時我已經沒有特異性，只是一個普通的聰明孩子，但是，我仍然顯得比正常孩子有靈性，因為我有基礎。見到「小紅馬」三個字，就像見到了戀人的名字，很敏感，有一種靈光在心裡很慌亂地閃動。我們是複式班，也就是說，一間教室裡有一年級和二年級兩個班上課，我沒有想到，二年級裡有一個九歲的女生叫馬紅。這個馬紅，讓我想起了我的小紅馬。馬紅黃黃的長髮，像飄逸的馬鬃，秀氣的馬臉紅撲撲的，閃亮著，那兩隻眼睛，有一種迷離的哀愁，尤其是她穿著一身紅花棉衣，那肉滾滾的身材，簡直就是一匹小紅騍馬。馬紅長大以後，變成了很醜的女人，嫁給了特格喜的禿頭兒子酒鬼長命。其實很多小時美麗的女孩，長大都變成了很醜的女人，我知道是造化捉弄女人。

我每天坐座位很想往她身邊坐，但是老師就是不讓。因為，馬紅太高而我太矮，我們不是一個層次的。有時上課間操，我就心怦怦跳地混到她身邊，結果被體育老師一腳就給踢到前邊去，他說：操！小雞巴個頭往後鑽啥？我很要面子，堅強地回頭看了一眼馬紅，如果她看著我笑，我就有一種無地自容的羞辱感。

馬紅太吸引我了。有一次，我們去沙坨子地裡勞動，我看見，馬紅脖子上繫一條紅紗巾，飄動著馬鬃般的長髮，跑到一個沙丘的後面去了。我知道她去撒尿了。我也假裝撒尿，像野馬駒子一樣，狂奔著衝向沙丘後面。這時馬紅看見了我，提起褲子就跑。我假裝沒看見她，待她跑沒了影兒，我很莊嚴地，走近了她剛撒過的尿窩，我很好奇，她不知道用的甚麼姿勢，在沙土裡，竟然尿出了這麼美麗的漩渦。我看得目瞪口呆，簡直有點走火入魔。終於我掏出工具，在馬紅的漩渦裡，很豪邁地，充滿戰鬥力地，灌進了我的一泡熱尿。那天的尿量很大，我像大人一樣嘩嘩地尿著，差不多尿了能灌滿現在的一啤酒瓶。我那天感覺到了快樂和成就感。

從此，我就對馬紅的撒尿迷戀上了，我以為，這是一種人人都會有的興趣愛好，後來，才知道這是我的一種早熟的病。你說那時七歲的我，怎麼就有了大人的這種壞毛病？成熟太早了。那時我病得真是不輕，最後差一點惡化。

一個已經放學的晚上，我和馬紅留下來值日。掃完了地，我們抬垃圾，去往廁所後面的大坑裡倒。

倒完，馬紅就鑽進了廁所。那時的廁所就是用高粱秸隔成的，縫隙很大。我受不了馬紅那嘩嘩流水的誘惑，趴在地上，就從秫秸縫往裡看。我只看到，白花花的一道亮光在閃耀，其他的甚麼都看不清。其實我也沒想看清甚麼，我只是奇怪那漩渦是怎麼形成的。正跟著飛流直下的瀑布往下看，突然，我覺得自己的腦袋沒費力，就鑽進了廁所裡。我正莫名其妙，我的頭又自動鑽出來了，然後頭衝下，兩條腿就在空中旋了起來。原來是體育老師來了，他在給我「幫忙」呢。

在體育老師的「幫助」下，我狠狠地挨了一頓揍，然後第二天，在全校的師生大會上做了檢查，我發誓說，再也不偷看女生馬紅撒尿了。那是我進入小學一年來，第一次那麼露臉，「出人頭地」，在全校的師生面前講話。為了讓這次講話不在師生們的面前丟面子，我私下很認真地反覆朗讀了我的講稿。我這次演講很成功，為我日後在大學參加詩會、走向社會公關，打下了功不可沒的基礎。如果追根溯源，我的文學興趣，也是這一次打下的。我因為寫檢查，又演講，用的都是語文課的知識。語文老師，那天也發現了我的語文天才，每次上語文課，我都有精彩的表現。這給我增加了極大的自信。我就愛上了語文課，後來因為語文成績好，就考上了大學中文系。因為唸了大學中文系，我就開始寫詩，寫小說。我現在還在寫著小說，你們說馬紅那一泡尿，尿出了多麼久遠悠長的故事。

天亮了，
我爸帶領人把我從一個坍塌了的元代墓穴裡找了出來，
我看見裡面，
是一具盤馬彎弓的骷髏，
和一具已經乾枯的女屍。
那就是七百年前的千夫長和阿蓋公主。

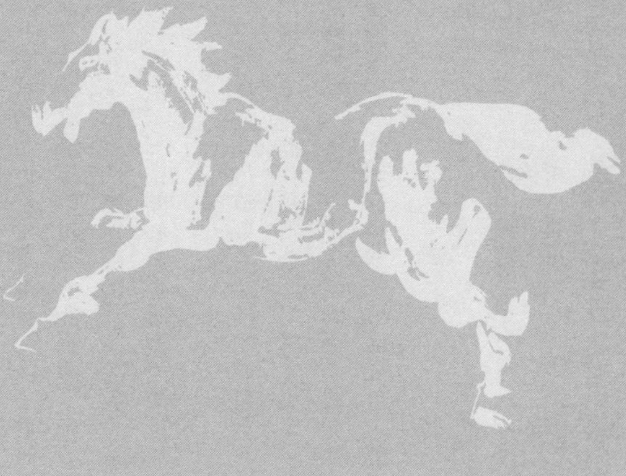

| 第七章 |

古代故鄉

五月過後，馬蘭花開的時節。碧綠的草原上，幾乎都被藍幽幽的馬蘭花改了顏色。那時候，我就愛做夢。夜晚，我不願睡在屋子裡的土炕上。太陽曬了一天，房後的沙漠，軟軟的，很熱。我躺在那裡，看星光。我總覺得小紅騍馬又投胎了，她一定要回來的，她絕對不能丟下我不管。她要來找我的，因為她知道我在找她，也在等她，她一定是以一個女人，而且是美女的形象來找我。我媽說，地上死一個人，天上就多一顆星星，那星星是那個人的魂。我相信，我會找到小紅騍馬那顆星魂的。有時，我媽見很晚了就來找我進屋睡覺。我不想回去，我跟我媽說，我在找小紅騍馬的星魂。我媽說，她沒跟我說過天上的星星，就是地上死了人的魂。我也糊塗了，那可能是我前一世的媽媽說的。我說完看著我媽，我媽有一點嫉妒的樣子。我又說：我前世的媽可能也是你。我媽笑了，很開心，很驕傲的樣子。她說我腦子裡的鬼就是多。

有一天我病了，病得很重。我們家裡的八個孩子都病了。從一九六〇年老大出生，截至一九六八年「文化大革命」的高潮期老八出生，我們兄弟八個都順利地誕生了，而且是百分之百活下來。我們站在一起，雖然不像八胞胎，但是絕對像兩對四胞胎。如果再把我們的八條狗算上，我媽率領我們那種威風，絕對像一個少尉連長。這不是我給我媽授的軍銜低，而是那時候，我認為，連長就已經是一個了不起的大軍官了，相當於胡傳魁那樣的司令了。

我們哥八個一病倒，就等於半個連倒了。我媽從黑狗大夫那裡，買來一大包藥，給我們逐個灌著喝。別人家的孩子也病了，黑狗大夫不可能來看我們，因為草原上還有比我們重要的病人。我媽給我們灌藥時，她這個連長自己也是一個病人。她常常給老三灌完就給老六灌，都灌完了，老五說沒吃著藥，老四說他吃了兩份。這好像是一個預言，日後老五的日子總是很窮，是哥八個裡唯一的瘦人。老四變成了從來都是多吃多佔的人，後來當了一個小領導，卻成了全國有名的大貪污犯。

我是一個有謀略的人，喜歡用腦策劃。我看，我媽讓我們這八個兒子給累糊塗了。我四肢無力也幫不上忙，就一個人開小差，虛弱地走到家後面的草地上去了。地上馬蘭花開，天上星光燦爛。聞著濃烈的地氣，我身上馬上有勁了。其實這就是生命的本能，從前沒醫生的時候，可能是史前時代吧，那時人類很靈性，病了就是自己救自己，爬到草地上找草藥吃，像蛇一樣，往往身體比大腦還聰明，找到的都是名貴藥材，而且對症下藥，藥到病除。後來的人有了聰明智慧，就沒有了靈性，就自己不給自己看病了，也就是說不相信自己了，只相信別人，相信叫郎中、大夫或者醫生的人。人身上那種與生俱來的特異靈性，也就退化了。

估計是後半夜了，我躺著的草地就陷進了地下。大地，又一次向我張開了黑洞洞的大嘴。我感覺掉到了一間房子裡，藉著星光，我好像看到了另外的一個我。看那人盤馬彎弓的樣子，是一個古人。那人站起來對我說：我是七百年前成吉思汗麾下的一個千夫長①。我說失敬，說著站起來就要給他行禮。他說，現在的你就是七百年前的我。我沒聽懂。他說，七百年前的我就是你現在的前身。你就是我，我就是你。你還行甚麼禮，哪有自己給自己行禮的，自己跟自己還客氣甚麼？傻小子！

① 古代一種官職名稱。

我好像想起了甚麼，問千夫長：那時的小紅騍馬是誰？千夫長責怪我說：你怎麼甚麼都忘了？她不是大汗的妹妹阿蓋公主嗎？後來招了咱做駙馬了。我說，那她咋又投胎成了一匹小紅騍馬？千夫長說：你們不是約好了，七百年後一起投胎成為馬，一起耳鬢廝磨，一起馳騁疆場嗎？結果你貪圖人間享樂，失約去做了人，她不忍心看你遭受人間苦難就走了。我說，她在哪裡？千夫長說：走，我領你去見公主。我跟在千夫長的身後，行走在鳥語花香的草原上，河水在大地上任意流淌，閃耀著白亮亮的光。天空中有陽光，有月亮，也有滿天的星群。公主正在銅鏡前梳頭，身邊沒有一個奴僕。我好像一下子回到了七百年前的一個早晨。公主把梳子給我，我在她的頭上，精心地編著花辮，繫著頭繩。公主站起來，身上披著的睡衣掉在了地上，她那不算很大的兩個乳房，兩個粉紅色的乳頭。滾圓肥大的屁股，托著一段細長的腰身。長長的脖頸上面，長著一張美麗生動的圓臉，這是一張我曾經朝夕相伴的面孔。那鼻孔和眼睛，就是活生生的小紅騍馬。我熟練地把公主抱到了床上。我可能太粗魯了，弄痛了公主。她發出了草原上獨一無二的指樂曲聲音。公主的聲音讓我迷戀。草原上都是一些粗獷的聲音，唯獨公主的聲音是那樣的細膩。愈粗野豪放的男人，愈容易被這種聲音征服、迷惑。

我像出門遠征剛剛凱旋一樣，公主對我百般風騷，萬種迷情。我忘記了一切，只記得眼前。

天亮了，我爸帶領人把我從一個坍塌了的元代墓穴裡找了出來，我看見裡面，是一具盤馬彎弓的骷髏，和一具已經乾枯的女屍。那就是七百年前的千夫長和阿蓋公主。

紅衛兵們見到墓穴裡像日月星光一樣閃爍的金銀珠寶，就要進去哄搶。我從我爸的手裡掙脫出來，喊叫著阻擋他們進去。突然一聲轟響，墓穴的洞自動合上了。紅衛兵氣急敗壞地弄來了炸藥，在發現墓穴的那個地方進行爆破。結果，任憑紅衛兵怎樣狂轟濫炸，他們都沒有得到一金一銀，因為墓穴已經消失得無影無蹤了。人們都恍如在夢中，驚詫不已，感嘆不已，紅衛兵更是感到不可思議，甚至恐慌。

那隻受傷的羊用繩子綁上四蹄，
掛在老譚頭的脖子上。
羊拼命地掙扎，
四蹄蹬在老譚頭的臉上、身上，
老譚頭的血混著羊血，
滴在地上。

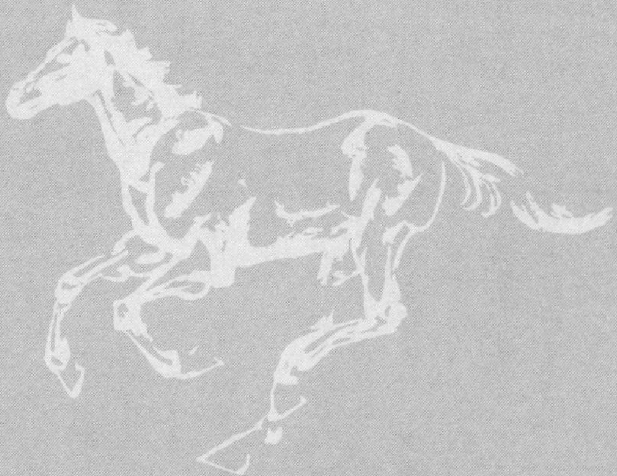

第八章

雨天的羊毛

我到現在也搞不清楚，我十歲時的那個年代，大人之間，錯綜複雜的關係。老譚頭，就是我們家西屋南炕，那個二丫的爸爸。草原上是生長傳說的地方，關於家長裡短，人們免費傳說用的工具舌頭，比馬蹄子跑得還快。當外面的世界，連牧羊狗都知道，二丫長得像馬叔時，老譚頭竟然坐在西屋的南炕和馬叔喝酒。這兩個講著南方蠻語的人，酒量不大，卻喝得很有風骨。看起來，他倆的交情確實很深，這兩個人喝酒不碰杯，不乾。就那樣隨意地喝著，顯得很從容，輕描淡寫。雖然喝酒，但是，酒對他們並不重要。這在草原上，從前是沒有過的事情，喝酒人講究的，最重要的就是喝酒。而且，他們喝酒只用一只酒杯，只用一只酒杯喝酒的兩個人，就是兩個人吃的是一個鍋裡的飯，睡的是一個炕的覺，在炕上也可以共睡一個女人。我媽說：這不亂套了嗎？文化程度不高，卻喜歡讀一些古書的我老爸卻很敬仰地說：這不是兩個一般人，古書裡講過，古時候的人有這種交情，他們比拜把子兄弟還兄弟，比親兄弟還親。他們雖然在喝酒，但是，他們的心境已經超越了喝酒，酒是他們的引子。這是兩個落配的人，有一天他們還是他們原來的自己，咱們這裡容不下他們這樣的人物。

我們屋子外面，滿村子的人都聽說了，這兩個南方的怪蠻子，在喝怪酒，就都想房前屋後偷著看。他們想看熱鬧，可能沒有惡意。我們這個偏遠落後的草原，很少有新鮮事物，人們就是出於好奇，想看個新鮮。這時，我爸就開始見義勇為了，我爸怕這些人，打擾這兩個漸入佳境的高人，他就放出狗群，驅散人群。兩個喝酒的人，好像神仙一樣，知道我爸心裡想啥，也知道我爸在幹啥。他們有時用目光，很感激地看我爸一眼，但是，就是不請我爸一起喝酒。我媽說，南方蠻子就是小氣。我爸豁達地說：這樣喝酒，我和他們喝不到一塊去，我想跟他們喝酒，也不用他們請我，我可以請他們喝。我不想和他們喝，我們不是同一路人。

老譚頭和馬叔，有時喝到興致來了，馬叔就拿出一捆他寫的書稿，嘰哩咕嚕地給他唸。有一次，馬叔正豪情滿懷地唸著，不知是啥內容，把老譚頭給感動了，或者征服了，一下子，心悅誠服地給馬叔跪了下來。馬叔看都不看他，仍然揚揚得意地唸。我本來坐在地下看他們喝酒，面對這突如其來的場面，我也傻了，不知所措。我爸領著狗，在地下一圈一圈地走，也一副驚慌失措的樣子。我媽說，這老譚是不是有啥短處，抓在老馬的手裡，要不這大男人，為啥說下跪就給他下跪了?男人膝下有黃金，可不是隨便跪的。外面偷看的人，馬上傳出去了，老譚頭跪下求老馬，不要和他搶老婆。我爸打開門放出狗去，說：你們這一群蠢羊，只知道亂叫。這是老馬比老譚有學問，還高明，老譚是在佩服他。這事與女人無關，再亂叫，看不讓狗咬掉你們的舌頭。

老譚頭，據大人從場部領導那裡聽來的小道消息，是發配到我們牧場裡的最大的官，是北京中蘇友好協會的副秘書長。他在蘇聯待的時間比在中國還長，他不僅僅是右派，跟國民黨還有關係，在他家那個南方城市，國民黨撤退時連將軍和豪紳都上不去船，國民黨卻派專機把他父母接到了臺灣。

老譚頭，我們雖然這麼很土氣地叫他，但是，他是我們這個草原上最洋氣的人。我平生第一次見到戴眼鏡的人就是他。可能是我孤陋寡聞，回想我的前生前世，都沒有見過眼睛上戴這麼個東西的人。雖然叫老譚頭，但是那時他的年齡也就是五十多歲。那時的人也老相一些，衣著扮相也老氣，半百之人，都是秋天的氣象。不像現在六十歲的人了，還哥哥妹妹地叫，穿著很酷的時裝，一派朝氣蓬勃、返老還童的氣息。每頭老牛都在尋找嫩草。

沒有「文化大革命」，也就是城裡的紅衛兵蝗蟲們還沒來時，老譚頭、馬叔這些「地、富、反、壞、右」，還有後院的日本翻譯官張大腦袋，和他的日本老婆小島馬子，他們下場還都挺好。牧場裡的牧民，不管你那些閒事，他們覺得，這些外來的人，遲早要走，還不如一群狼是永遠屬於草原的。尤其是特格喜場長，他根本不懂政治和政策。用現在的話說，他的素質很差。但是他簡單、善良，友好地對待每一個人，沒有敵我友的界限和階級立場。所以那些「牛鬼蛇神」們在我們的莫日根牧場，極其逍遙自在。後來我到城裡去讀大學的時候，我跟我的右派老師邵正午教授講我們那裡的故事，他羨慕地說：我被打成右派時，分到你們那裡就幸運了。我說：老師，如果您再被打成右派，一定要去我們那個牧場。老師似乎一點也不領我的情，他說：我寧可永遠不去你們那個牧場，再也不想當右派了。看他那神情，就像一個醫生邀請他的朋友，有病去他們醫院，結果對方不領情，還要罵人，好心不得好報。

其實後來蝗蟲紅衛兵來了，我們那個地方也就沒那麼好了，他們也沒那麼幸運了。一個下雨天，是迷濛細雨。紅衛兵讓「四類分子」在雨中打馬鬃、剪羊毛。馬叔是負責打馬鬃的，他不戴眼鏡，眼神好。他把老紅騍馬的銀鬃剪得整整齊齊，像一個要出嫁的老姑娘似的，美麗漂亮。老譚頭就沒有那麼幸運了。他在雨中剪羊毛，雨水迷濛了他的眼鏡片。他看不清楚，一會兒剪子用淺了，剪得少，紅衛兵就踢他一腳，說：不老實，壞蛋，留那麼長的毛茬，偷工減料，浪費社會主義的羊毛。老譚頭就緊張了，手顫抖著用力一剪，剪深了，眼鏡模糊，一剪刀就剪破了羊的肚皮，馬上鮮血就噴灑出來。老譚頭又遭到一頓猛踢狠打。老譚頭更加緊張，一剪刀又剪破了羊的大腿。紅衛兵火了，繼續打他，罵他：你這個反動的傢伙，這不是在毀滅社會主義的羊嗎？你想破壞勞動人民的勞動成果嗎？當時那些紅衛兵，說話亂用詞語，一點不負責任。我正是在學習文化的年齡，他們在我的幼小心靈裡，進行了嚴重破壞。而且後遺症很嚴重，我今天坐在這裡寫小說，敘述故事，用的都是一些不合語法規範的語言和邏輯思路。那時我每天傷腦筋地想，他們說羊是勞動人民的勞動成果，這話說得有點扯淡。羊是羊自己的成果，或者是大自然的成果。牠絕不是人民的成果，如果說一定要跟人扯上關係，那就是人像強盜一樣搶奪了羊群。

那天，憤怒的蝗蟲們，紅了眼似的讓全牧場集合開大會，對老譚頭進行遊街批鬥。

馬叔打馬鬃打得很好，紅衛兵就表揚他，讓他在前面牽著老紅騍馬走，馬後面用繩子拉著老譚頭，那隻受傷的羊用繩子綁上四蹄，掛在老譚頭的脖子上。羊拼命地掙扎，四蹄蹬在老譚頭的臉上、身上，老譚頭的血混著羊血，滴在地上，一滴，一滴，鮮紅混著黑紅，後面有一群很快樂的狗，爭吵著舔著血跡。紅衛兵跟在狗的後面，揮舞拳頭喊著口號。張大腦袋和小島馬子也被拉出來陪鬥，他們每個人，都戴著一頂寫著他們名字和反動罪名的高帽子，每個人都垂頭喪氣。我卻羨慕他們，覺得很威風。回到家裡，我就為自己造了一頂，結果剛戴上，就挨了我媽的一頓揍。

那天，狗叫聲和紅衛兵的口號聲，一直迴響在雨中的天空。

活該做了人，
就是要承擔痛苦代價的，
中國人和外國人都一樣，
不管是上帝的子民，
還是神佛的香客。

| 第九章 |

樹上結滿了孩子

我們騎著春風中的快馬，莽莽撞撞，一下子撲進了夏天的河裡，變成了水中一群光屁股的魚。我們光著屁股在水中像魚一樣，縱情地遊玩，快樂得忘記了陸地，忘記了陸地上的草原，忘記了草原上的羊群，忘記了趕著羊群的爸媽，和跟著爸媽的牧羊狗。在水中，我們的眼中只有天空。

想來，人在塵土飛揚的大路上行走，真是一種苦難，那怕做馬，四蹄奔騰，也是一種苦難。你看魚在水中洗澡，鳥在天空飛翔，都像夢想一樣，在人類的生活中飄蕩。人類不甘心呀，從我祖先的祖先就開始了，一定要學會上天入水，遨遊飛翔。

後來，人類真的有飛機了，也有潛艇了。但是那些玩具，畢竟不是人類自己的翅膀和身體，飛機在天空，有時自己正在飛翔就突然爆炸了，脆弱得很。鳥在天空飛，自己從來不爆炸。所以鳥比飛機強大。魚就更比潛艇強大了，成群的魚，在大海裡嘲笑某國的核潛艇，竟然沉進海底游不出水面，讓肚子裡的官兵和自己同歸於盡。水裡再蠢笨的母魚，也不會甩不出自己肚子裡的魚子，做出了不該有的犧牲。活該做了人，就是要承擔痛苦代價的，中國人和外國人都一樣，不管是上帝的子民，還是神佛的香客。

這是人類的一個錯誤，忘記了自己和魚不是一種動物，所以總是企圖把人類改變成不是人。這種企圖是徒勞的。人類不是由自己改變的，當你游進水裡的時候，你就會發現，自己在魚的面前是多麼蠢笨。在水裡，我看到光著屁股的我們。面對著閃光的魚鱗和天空鳥兒飛翔的羽毛，人類的裸體真是醜陋不堪。

我相信生命輪迴。投胎為魚，是生命中的上乘選擇，但是，投胎不是自由選擇的，所以我一次都沒有轉世成魚。轉世，是根據自己的命運被迫的，甚至是強制性的，你上世製造了因，這世就一定要品嘗果，這因果報應裡，我想，做了人，就一定是生命的下品，尤其看到那些蝗蟲紅衛兵批鬥老譚頭，我就更加堅定不移地相信，但這是由自己的孽障決定的，也無法選擇。我是一個無怨無悔的人，我就是為那些紅衛兵的未來轉世擔心。

如果真的有法選擇，我想，整個人類都要回到天地洪荒的年代，回到水中的歲月裡去，到時，我們會快樂得連水災都不害怕，世界上沒有怕水的魚。

我看水中的人還是人，水中的人看我已經不像人了，就是一條魚。魚能做到的，我就能做到。但是我們畢竟不是魚，我們必須上岸，為了安慰自己，我們說魚不如我們，魚不能上岸，但是我看到了水裡的魚在嘲笑我們，只有傻瓜能夠在水裡生活還要上岸。

我們自欺欺人，迫不得已地爬上岸，遠遠地就看見了秋天的果園，這是我們草原上唯一的果園。果園裡的樹上結滿了紅紅的大蘋果，我們爬上樹，樹上就結滿了孩子。突然，我們聽到了捉賊的哨聲，我們像熟透了的果子一樣，從樹上紛紛飄落下來。

逃跑的路上，我們碰見了場長特格喜，場長特格喜是我的長輩，他很關心我們，溫和地說：孩子不要像野馬一樣，在塵土中拼命奔跑，那樣，會傷害身體裡的氣管和你們那嫩小的肺。我受到了感動，在夥伴們跑到前頭之後，我留在後面，停下來誠實地對場長特格喜說：是我們偷了果園裡的果子。場長很惱怒，他說：我看見樹上結滿了孩子，就知道有人在偷果子，原來是你們。場長特格喜在秋風中吹響了哨子，基幹民兵緊急集合，像林場收穫蘋果一樣，我們被一網打盡。場長叫我們把偷的蘋果都交出來，我們異口同聲地說交不出來，都吃進肚子裡去了。

特格喜場長不依不饒，他一定要在我們當中，找出一個領頭的來懲罰。他說他要殺雞嚇猴，社會主義的蘋果，不能就這樣讓我們白吃。我看沒有人敢大義凜然地承擔領頭的責任，我也不敢，但是我推薦了一個合適的人選，就是我的親兄弟，我家老三。我大義滅親地用手捅了一下老三，老三就心領神會，毫不心甘情願地，從我們的隊伍裡邁出去，走到了特格喜場長的面前，特格喜場長就狠狠地抽了他一頓皮鞭。我家老三是我的親兄弟，也是我的好朋友，如果我們倆不是親兄弟，也會是好哥們兒的，我們倆相差十個月，在別人眼裡就是雙胞胎。但是，我們哥兒倆卻是命運截然不同的兩個人，我給他出謀劃策，他就衝鋒陷陣，他出現危機的時候，我卻要去拯救他，日後的歲月就是這樣。

我們總結教訓，秋天的誘惑，讓我們不能不偷果子，但是，我們不能再讓特格喜場長抓住了，即使老三替我們挨打，我也不忍心，讓我的親兄弟總是可憐巴巴地挨打，那怕前世他是我的一個衛兵，我們必須學會逃跑。於是，我們就騎馬進果園偷果子。我們站在馬背上摘果子，當有人喊樹上結滿了孩子時，我們騎在馬背上，就可以衝出特格喜場長的基幹民兵連的包圍。

我們很失望，果子即將撐破我們幼小的肚皮，特格喜場長他們還沒有發現我們，我們有個規矩，只是吃飽肚子，絕不從果園帶走一個蘋果。

終於聽見了喊聲，我們挑戰性地騎在了馬背上，喊聲卻不是說樹上結滿了孩子，或者大喊捉賊。喊聲來自進果園的路口，那眼灌溉果樹的土井。

喊聲淒慘絕望，卻又像民謠：

天寒了，
地冷了，
張大腦袋跳井了。

我們趕到井邊，發現了跳進井裡的，從前的日本翻譯官張大腦袋，水不深，淹在他的腰部。張大腦袋本來不想活了，想跳井尋死，結果井水淹不死他，水裡又很冷，他受不了，就像唱民謠一樣喊人救命。

今天偷果子，我們家來的陣容很強大，來了哥兒五個。

老三說：二哥快來，井裡是張大腦袋。

我和老大好像很興奮，趴在井邊對井裡的張大腦袋說：張大爺，你不要害怕，我們會把你救上來的。

老大向井裡伸出手，試了一下，井太深，夠不著。這時，老二，也就是我，像軍師一樣察看了一下地形，阻止了要往下冒險的老大說：大哥你別往下伸手了，一會兒你再掉下去上不來，我們不能一次救兩個人。

老三說：我下去用手抓張大爺，你們拽我的腳往上拉我。

老二：你也不行，我這樣拉你會都掉進井裡。

老大：再說你太小，會摔壞了。

老三：那咋辦？一會兒張大爺要凍死了。

老大：是呀，咱們得救張大爺呀。

老二：好了，有辦法了。

老大：啥辦法？

老二：你們還記得爸給咱們講的，猴子撈月亮的故事嗎？

老三：哦，我明白了，咱們一個拉一個下去救張大爺，那好，我在第一個。

老大：好辦法。不行，老三你不能第一個，你的勁兒不夠。

老大：我在第一個，老二拉住我，老三拉住老二，讓老四拉老三，老五拉老四。

老二：咱們三個在前邊可以，老四騎在馬上拉老三，老五把馬拴在樹上固定住，就這樣了。

就這樣我們互相拉著手和腳，讓大哥下到井裡去救張大爺。

秋風陣陣緊吹，寒氣漸漸逼來。冬天就要到了。天黑了，我爸見兒子們還沒有回來，我們領去的狗回家報信了，於是，在狗的帶領下，我爸著急地來果園尋找呼喊。他發現井邊幾個幼小的身影，像水中撈月的猴子一樣在晃動。

來抓我們的特格喜場長，和來尋找兒子們的父親，被這場面感動了。

父親在秋風中流淚。

我們終於在大人的齊心協力下，救出了跳井的張大腦袋。

特格喜和基幹民兵們，押著張大腦袋回場部去批鬥了，人民群眾，不喜歡要自絕於人民的敵人。我爸把兒子們領回了家。開了門，老三興奮地大叫：媽，我們救了張大腦袋一命。

外面真的下雪了，並且是今年的第一場雪。好大的雪呵。

我們家裡人正圍著火盆取暖，看著外面紛紛揚揚的大雪。我們一家人都很興奮，我們救了人，我們很有成就感地、興高采烈地，談論著救人事件，似乎沒有人，再提起我們進果園偷吃果子的事情，這就是我當時理解的，壞事變成了好事的辯證法。如果不去偷吃果子，我們怎麼能夠救張大腦袋一命？所以日後我長大成人，遇上壞事的時候，也從不急著下結論說壞事就是壞事。

外面一個雪人，敲開我們家的門走了進來，是後院的張大腦袋的老婆，日本娘兒們小島馬子，我們叫她張大娘。張大娘拿了一筐煮熟了的紅皮雞蛋，進了屋，就給我們一家人不斷地行日本大禮，感謝我們，救了她丈夫張大腦袋一命。

我們牧場裡沒有人知道張大腦袋是哪裡人，聽他說話的口音，沒有人能聽出來，從前，在日本人還沒有投降時，他是日本人的翻譯官，那時他講日本語。

小島馬子的父親小島先生，是日本人在東北吉林鄭家屯創辦的一所「共榮」學校的校長。據傳說，小島馬子，原來是一個日本軍官的老婆，日本投降時，軍官切腹自殺，小島馬子就跟翻譯官張大腦袋同居了。抗日戰爭勝利後，她沒有回日本國，留在中國，歷經了各種政治運動的考驗。張大腦袋和小島馬子，是牧場最早的外來移民。那時，這裡不叫牧場，是一個勞改監獄。我們這個牧場，以前是看押國民黨戰犯、日本殘留人員和解放後各種反動人物的。當時，這裡的原居民也就是當地的蒙古族，和看押犯人的大兵，都是一些頭腦簡單的人，他們覺得，張大腦袋領著這個日本娘兒們，背景太複雜，他們不想動腦筋，就用最簡單的方式起外號，來把他們和人群進行區別。張大腦袋，顧名思義就是他的腦袋長得特別大，大得讓人感到莫名其妙，甚至不可思議，沒有人懷疑，他的大腦袋裡裝的，都是跟日本人有關的學問。我後來成為新中國成立後，我們牧場第一個考上大學的大學生，牧民們看我的大腦袋就覺得合理，他們認為，根據張大腦袋的標準，聰明人一定是大腦袋。

張大腦袋被釋放後，和小島馬子一起留在了牧場就業，他除了和小島馬子生了三個兒子和一個女兒外，似乎在牧民的心目中，再也沒有幹過聰明的事情。隨著運動的發展，他常常被拉出去給收拾一頓，回來之後，他肯定要打小島馬子一頓出氣，平衡心理。後來他們的孩子們長大了，也就是最近幾年，他的四個孩子張金、張銀(女)、張銅和張鐵，最小的都比我大一歲，當張大腦袋再打他們的媽媽時，他們就會把張大腦袋揍一頓。

這次張大腦袋跳井，不是因為政府和紅衛兵的批鬥，是他揍了小島馬子之後，他的孩子們把他揍了一頓，趕了出來。他感到羞愧，走投無路才跳了井。

小島馬子拉著我媽的手，滿眼淚水，很親切地表示感謝，我媽卻有些不知所措。其實這麼多年來，我媽都不跟小島馬子來往，因為小島馬子讓我媽恐慌。小島馬子因為是戰俘，所以生活得比較封閉，但是，日本人和戰俘，並不是我媽不和小島馬子來往的原因。很早，我媽就聽說，小島馬子在家裡的一個玻璃罐頭瓶子裡，裝著他日本軍官丈夫的骨灰。按照我們的民俗，骨灰放在屋裡，屋裡就成了墳墓。小島馬子的家，一定是充滿了陰氣的，我媽覺得不吉利，所以從來不去她家，也不和他們來往。

外面，又一個雪人進了我們家門，是張大腦袋，被特格喜場長他們批鬥教育了一頓之後，放回來了。這又是特格喜場長發善心，沒把他交給紅衛兵，否則他幾天都回不來，像貓玩老鼠一樣。

張大腦袋進門之後，一個標準動作就跪在了地上，顯示出了訓練有素的軍人風度，顯得堅忍不拔。這個動作和表情，讓我們家的老三大開眼界，他從此發誓：長大要做一個優秀的軍人。

馬叔像謎一樣吸引我，
除了他人古怪之外。
他的西屋裡幾乎都是書。
這些書對我來說，就像春天新綠的草地，
吸引圈裡放出來的羊。

第十章

精神風骨

寫書的馬叔，我當時不知道他叫馬啥。他那怪怪的口音，讓我們牧場的人都自信地肯定，他是遙遠的南方人。理由是我們愈聽不懂的話，與我們的距離就愈遠。他住在我家的西屋已經很久了，也就是說，他來到牧場就住在那裡。

我家西屋，南炕上的譚家二丫一家，已經搬出去住了。特格喜場長，見下放來的人，被招回去的日子遙遙無期，他承認自己的判斷錯了。他說：驢和馬在一個圈裡待久了，肯定會生出騾子來的。他決定給有家庭的先蓋房子，就這樣，譚家一家，有了一套自己家的土坯房子，就從我家搬出去住了。馬叔是光棍，一個人的日子不算家，就還留在我家西屋住。馬叔當時在牧場裡，自己諷刺自己的兩句話，流傳到如今，已經成了草原上的諺語。一句是當別人問他吃飯了沒有，他說：一個人吃飽，全家都不餓，連狗都餵了。還有一句是關於住的：灶王爺貼在腿肚子上，人走家就搬，走到哪裡哪裡就是家。

二丫曾經不斷地跟我炫耀，她還沒出生時就已經多次見過馬叔。我當時不明事理，說她吹牛，甚至有點嫉妒她。但是，隨著光陰這把剪刀慢慢地、殘酷地，剪破歲月的真相，譚家二丫愈來愈親近馬叔，別人也覺得情況反常。當牧場的人都一口咬定二丫長得像馬叔時，連二丫她爸，那個戴眼鏡的老右派，似乎也默許了。我當時心裡很羨慕二丫，怎麼那麼多人幫她說話。同時，我覺得馬叔幹事令人費解。明明我媽比二丫她媽漂亮，為甚麼當時在娘胎裡我沒見過他，讓我這麼沒面子。後來情況發生了變化，沒面子的不是我，是二丫一家。他們決定搬出去住。當然，跟二丫比，我算跟馬叔認識得比較晚，雖然二丫比我晚出世四個月。我在我的前世就明白這個道理，這個世界的事情是不能比的，就像我媽說的：人比人，氣死人。當然，這件事不但絲毫沒有影響我和馬叔的交情，反而，二丫一家搬出去之後，我跟馬叔的關係更鐵了。這叫交情深淺不分認識早晚。

馬叔對我來說是一個謎。他的長相與眾不同，很出位。一個瘦高的人，如果是草原上的當地人，就要成為被同情的對象。因為我媽他們固執地認為，人瘦是因為有病，瘦人就是病人。就像瘦馬，不能幹活；瘦羊不能殺了吃肉；瘦狗不能看家院護羊群。然後，他們當中又有人提出批評，那麼，譚家二丫像他又是怎麼幹的？這馬叔呀，真讓草原上我們這些牧區老百姓費腦筋。這是他的長相，他的說話更是離經叛道。還是用我媽的話說：這個人挺大的舌頭，每句話都不往好裡說，一點都不正經。你說我媽這麼看不起他，我在娘胎裡怎麼會見到他？他管吃飯叫「七飯」，管睡覺叫「分高」，一開會就拎個凳子說「我愛你」，人家就躲開，「愛」誰誰躲開，最後誰也不愛他，他自己坐在一邊愛自己。後來，草原人都明白了他說的意思就是「我挨你」。但是那個讀音讓人受不了。對草原人來說，雖然男情女愛啥事也沒耽誤，但是沒人用「我愛你」那個詞，一用就覺得身上冷，起雞皮疙瘩。這倒不是說盛產讚歌的草原詞彙貧乏，而是這個詞是只可意會，不可言傳，才顯得奇妙。後來，這個故事被知情者寫成了相聲段子，在北京匯演時，姜昆因為說了這個相聲，一炮而紅。

馬叔像謎一樣吸引我，除了他人古怪之外。他的西屋裡幾乎都是書。這些書對我來說，就像春天新綠的草地，吸引圈裡放出來的羊。馬叔也喜歡跟我交往，甚至把我當成知己。他對別人說：這個小崽子別看他小，能看懂我的書，還能講出，你們草原上大人都講不懂的，外面世界的話。

馬叔雖然有那麼多書，但是我看他很少看書。他說，那些書他都已經看過了，有的還不只看一遍。他說這話，草原上沒有人相信，甚至，我家的看家狗，都瞪著眼睛衝他狂叫幾聲，懷疑他是吹牛。但是我相信。我沒法說服那些人，但是我可以揍我的狗。因為我隨便拿出哪一本書，他都能講出裡面的故事梗概。當然，我能看懂的這些書都是小說。

這個不看書的馬叔，每天都在寫書。這本來是一個秘密。馬叔寫書只有我們家人知道，但沒人知道他寫的是啥，我也不知道。我覺得應該是小說。

我看他那種神情，像在另一個世界裡生活，就是後來我理解的精神世界。馬叔一般都是晚上寫書。有時我從門縫悄悄看他，洋油燈昏黃的光暈，照在他的臉上，他的臉一會兒快樂，就像家人團聚了一樣很幸福；一會兒又很痛苦，好像他的父親去世了一樣難過。他有時寫著寫著，就突然扔下筆，在屋裡一圈一圈地走，顯得煩躁不安。然後上了炕，吹了燈就睡覺。可是他剛躺下，就又起來點燈，繼續寫。有時這樣要折騰好幾次，才靜靜地睡下。有一晚，我見馬叔坐在燈下，沒有寫書，就是一個人在那裡坐著，一動不動。我出去玩了一趟回來，從門縫裡看他還在那裡坐著，還是一動不動，像一隻凍硬了的扒皮整羊。我有點害怕了，就推開門進了屋。在燈光映照下，我見馬叔淚流滿面。我是個心腸很柔軟的人，見馬叔哭了，馬上我就心酸起來，也流出了眼淚。

我問：馬叔，你怎麼哭了，是想你媽媽了嗎？

馬叔一驚，好像一下子從另一個世界回來了。我進來半天了，他好像沒見到我一樣。他見到我在身邊好像很驚詫。他說：你來了？然後又用手慌忙地擦眼睛，問我：我哭了嗎？沒哭，我從來不哭的。

他又問我：我真的哭了？

我證實說：你就是哭了。

他看見我也在流淚，說：是你在哭。

我不知道馬叔為啥哭，我哭是因為馬叔哭。我又問一遍：馬叔，你是想你媽媽了嗎？

馬叔長嘆一聲：我沒有媽媽，我的媽媽早就死了。

我說：媽媽死了，就不想媽媽了嗎？

馬叔說：我從來沒見過我媽媽。長這麼大，我還沒叫過一聲媽媽，我從來都不知道，有媽媽的感覺是啥樣子的。

馬叔真的哭了，他給我出了一個難題：人怎麼連自己的媽媽都沒見過？沒見過自己媽媽的人就不想媽媽了嗎？

我這回是真的難過了。我想起了馬圈裡，那隻剛下出來的小馬駒兒，還沒睜開眼睛看見媽媽，媽媽就死了。我們都把牠當成孤兒來看護，見到牠的可憐樣，我們一家總是要心酸流淚的。

我想告訴馬叔，有媽媽的感覺是啥樣子的，但是我想了半天，也說不清楚。

回到我們屋裡，我鑽進了媽媽的被窩裡，緊緊地抱著媽媽。用嘴咬著被子，哭到了天亮。

起床時，我爸一回身看見了我，說：這小崽子咋鑽進來了？他抱著我，就把我扔回了我自己的被窩。

馬叔還繼續寫書。

後來，馬叔寫書這件事，全牧場的人都知道了。尤其是那些蝗蟲一樣的紅衛兵，他們每天用寫書的事來嘲笑馬叔。我感到很羞愧，我想，這事一定是我老爸，在一次醉酒之後講出去的。所以，從那以後見到馬叔，我就像我們家出賣了他一樣，心裡難過。馬叔是個很神奇的人，他竟然知道我心裡想啥。他說沒有問題，他寫書不怕別人知道，只是怕別人不懂亂說亂講，糟蹋他的心情。

一次，有二十多個紅衛兵，像蝗蟲一樣到我家的大門口，他們殺氣騰騰地說，要馬叔把寫的反動書稿交出來。馬叔躲在西屋很害怕，像一隻羊一樣，躲在牆角，面對著一群嚎叫的狼。這時，我媽勇敢地站出來了，她說：這是我家，我們也沒犯法，你們誰敢抄我家讓我看看，我是根紅苗正，三代窮人的後代，我哥哥是抗美援朝沒有犧牲的戰鬥英雄。

蝗蟲被鎮住了。這時有一個頭目出來說：我們來揪鬥寫反動書的人，不關你家的屁事。你不能管，你管，就是保護寫反動書的人，一同論罪，三代窮人的後代，英雄的親戚也會有罪。

我媽也被鎮住了。那時說誰有罪就有罪，誰都怕有罪，誰也不想成為社會主義的罪人。這時，大智大勇的我站出來了。大智大勇這個詞，是後來馬叔讚揚我時用的。我率領我們八兄弟，每人領著一隻狗衝了出來。這狗是我們家養的，並且用八兄弟的名字命名的，大狗、二狗、三狗……就這麼叫的，一人看護一隻，每天相依相伴，像連體嬰兒。在紅衛兵即將衝進院子，用當時流行的詞叫千鈞一髮的時刻，我們八兄弟，一聲令下，八隻兇悍的牧羊犬衝進了蝗蟲的隊伍。二十幾個紅衛兵，真是讓我瞧不起的軟蛋，他們哭爹喊娘、屁滾尿流、狼狽不堪地潰不成軍了。我哈哈大罵：紅衛兵永遠也成不了解放軍！

我們召回八勇士，到了西屋正要向馬叔報捷，見他臉色蒼白，手腳哆嗦著，正在往麻袋裡裝他寫的一本一本書稿。我發現，他的靈魂都在這書稿裡，如果，剛才紅衛兵拿走或者毀了他的書稿，他一定會死掉。我跟我媽說了，我媽說：這寫書人真是可憐，把魂都寫進書裡去了，他可真要看護好那些書呀，別把魂弄沒了。果然，我的感覺對了，我們今晚也做對了。馬叔說：我的書稿比我的命還重要，他們今晚要是毀了我的書稿，就是要了我的命，我不知道怎樣感謝你們一家救了我的命。你們的恩德我真是無以回報。

馬叔突然給我們全家跪下，感謝我們。他流淚了，一臉感激。我們家人驚慌失措地把他拉起來，我媽說：你可別這樣，大兄弟，這樣會折我們壽的，我們擔當不起你們讀書人這樣的大禮。

馬叔求我爸，趕著馬車，夜裡把他送到四十里外的地方，去坐火車。他說，他不能在這裡待了，要走了，否則，他的命早晚被紅衛兵搶走。馬叔只往馬車上裝了那一麻袋書稿。他把所有的書都送給了我，他對我爸媽說：你們一定要讓這個孩子唸好書，他是你們草原的文曲星，你們這裡，幾輩子就出這麼一顆文曲星。他又對我說：你把這屋裡的書都讀完，就走出草原吧。咱倆日後一定會有緣再見面的。
那一夜我和我爸趕著馬車，頂著星空，送馬叔到四十里外的地方去坐火車。我不知道馬叔去了哪裡。

我那時忘記了自己，
也管不了自己，
衝到老紅騍馬身邊就跪了下去，
我摟著牠的脖子，
大聲地哭喊著：媽，媽媽呀……

| 第十一章 |

那匹可憐的老馬

這是一九七三年的科爾沁草原。這天是八月十五中秋節。早晨羊群還沒有趕出圈，牧場的大喇叭就嘹亮地響起來了。先是放了幾段毛主席語錄，接著就是唱《大海航行靠舵手》。這首歌，不用說革命群眾，就是房檐裡的麻雀，都唱得很熟練了。以前喇嘛廟裡有一句妙語：老鼠在廟裡待三年，也會像喇嘛一樣念經。這話說得真精彩。大喇叭裡反覆地唱：

魚兒離不開水，
瓜兒離不開秧，
革命群眾離不開共產黨……

這時牧場的特格喜場長在大喇叭裡說話了，他接著歌曲的調兒，很神氣地說：

我們草原人民離不開肉，
我們的肉兒離不開羊，
我們的羊兒離不開草，
我們的草原離不開共產黨。

他胡扯了一通之後，開始講話。這個特格喜場長總是喜歡胡扯。後來我長大了，有了文化，開始思索和回顧「文化大革命」時，對特格喜這樣的人，怎麼會沒有被運動打倒，百思不得其解。看來「文化大革命」，或者那些年的政治運動，也不是恐怖得說錯一句話，就要倒大霉。如果那樣，這個混蛋特格喜早就完蛋了，還怎麼可能在這裡當甚麼場長。所以那個年代也不是像後來平反時，控訴者們誇張說的「打倒一切，打倒一大片」一樣。

我們還是聽聽，特格喜在胡扯甚麼吧。他今天倒不是胡扯，他說了一件大快人心的事。我用了「大快人心」這個詞，真是有領導潮流的先見之明。這個詞我用了三年後，中國才開始流行，並且是專用在粉碎「四人幫」這個事兒上。特格喜場長說：今天是八月十五中秋節，草原人民心歡樂，過不了冬的老弱病殘羊，像階級敵人一樣，今天將全部被殺掉，每家分上一斤羊肉。特格喜場長的講話讓全牧場的人歡欣鼓舞。

下午的時候，全牧場的人，家家戶戶都派了興高采烈的代表去領肉。草原人只要有肉吃，那目光，馬上就變得像狼一樣綠幽幽的，復活到了史前時代。

人這種殘酷的動物就是這樣，一見到有血腥屠殺就興奮，雖然是殺羊，但卻暴露了人的本性。有時我就想，人一找到藉口就會殺人，戰爭、判刑、維護正義，所有的藉口都是外衣，人的本性就是想殺人。當然，殺人也不是人的終極目的，人的終極目的，是通過殺人來獲得強權和快樂。

可能是今年的羊太瘦，也可能是有人搞了腐敗，還有十幾戶人家沒領到羊肉，羊肉就分光了。特格喜場長今年看走了眼，沒估算準。特格喜場長說：沒領到羊肉，也不能再殺羊了。圈裡剩下的羊，那些羊，都是社會主義的好羊，肚子裡都揣著羊羔，殺一個羊，就等於殺兩個羊，咱們科爾沁草原，從來沒有出過那樣的敗家子，敢殺懷孕的羊。我也沒有領到羊肉。我是家裡的代表，我代表家人和另外十幾個家庭代表一樣，心裡難過、失望，甚至有人想哭。這是我們牧場今年第一次分羊肉。特格喜場長像癩皮狗一樣，拍著自己長滿了濃密黑髮的大腦袋說：你們殺了我吃，也不讓你們再殺羊了。來吧，你們殺了我吧，我一百多斤，一家可以分上十斤肉。我比羊還肥。這時，馬倌老白頭來了，他衝著特格喜喊：別胡扯了，特格喜場長，那匹老紅騍馬摔倒爬不起來了。特格喜一聽驚喜地喊：這不救了我的命了嗎？老白頭你還等啥？把那老紅騍馬殺了，沒分到羊肉的，每戶分兩斤馬肉。這叫有福不用急，沒福磨光皮。

大家喜出望外，熱烈歡呼起來。那種氣氛，有點像慶祝十大的召開。

這老紅騍馬是小紅騍馬的媽媽。我已經有一年沒見到牠老人家了。牠確實老了，像一個百歲老人一樣，老得連路都走不動了。我的目光看著老紅騍馬的目光，我們看著看著，就都哭了。不過，老紅騍馬畢竟是經歷了太多的風雨和苦難，當刀即將捅進牠的脖子時，她倒顯得很平靜了，一副視死如歸的英雄壯舉。後來，我在學校老師讓我用視死如歸造句時，我寫道：老紅騍馬面對著殺牠的刀子，表現出了視死如歸的英雄壯舉。同學檢舉，老師批評我，說我污衊革命烈士。

面對著刀子即將捅進老紅騍馬的脖子，我著急起來，衝著劊子手大喝一聲：不要殺馬！

我自己不知道用了多大的音量，好像把所有人都嚇壞了。特格喜場長醒悟過來，很生氣地，揮舞鞭子，狠狠地，抽到了我的臉上，他罵我：這匹老紅騍馬是你丈母娘嗎？你叫牠媽，我就不殺牠了。

我那時忘記了自己，也管不了自己，衝到老紅騍馬身邊就跪了下去，我摟著牠的脖子，大聲地哭喊著：媽，媽媽呀……

等我哭夠了，領肉的人都失望地走了，拿著空盆，流著淚回家了。只有馬倌老白頭還站在那裡。老白頭說：特格喜場長都被你給哭哭了，孩子你是佛爺呀！我養了老紅騍馬一輩子了，牠可是有功勞的好馬呀。牠一輩子下了六個駒兒，一輩子拉車幹活，我不想讓牠這麼死了，到老了不中用了，就給一刀殺了吃肉，這人都太沒良心了。老白頭衝我一個勁兒地拜，讚美我，感激我。老紅騍馬也在流淚，牠用蒼老的舌頭，熱熱地，舔著我的臉和臉上的淚水，一副慈祥善良的老奶奶面孔。

我回家叫來七兄弟，我想把老紅騾馬抬回家去養。結果回來，老紅騾馬已經死了。我們哥兒八個把老紅騾馬抬到了草地上，舉行了一個隆重的葬禮。從此草原上到處流傳著關於我的讚美詩，甚麼佛爺轉世，心地像佛爺一樣充滿善良的陽光。

天亮了，狼群散了，
我和大人們跑到吉普車前，
見放電影的那個傢伙，
傲慢的劉寶庫，
只剩了一具白花花的骨架，
在陽光下閃亮。

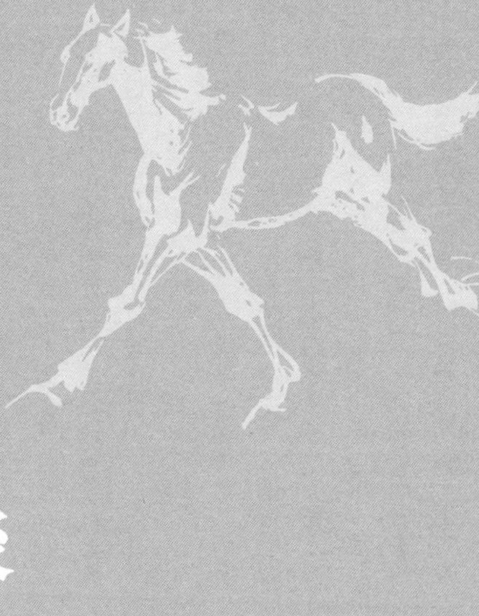

| 第十二章 |

狼群過後

在科爾沁草原，看露天電影是我們最奢侈的享受，也是我們最興奮的夜晚。場長特格喜，在廣播喇叭裡通知下來，我們頭兩三天，就開始喜氣洋洋地做準備。我們的準備，最重要的就是佔地方，在電影開演之前，我們總是因為搶佔地盤，要打上幾仗。打仗的動作和使用武器的方式，幾乎都是模仿上次看電影戰爭片的動作。搶佔看電影地盤，最霸道的，是我們家老三和特格喜的獨生子長命。

我們家老三搶佔地盤的主要優勢，是他自己打仗兇猛，仗著我們家哥們兒多，養的狗多，其實最主要是因為有我，因為有我給他當參謀策劃，老三總是能夠目標明確地知道跟誰打架，怎麼打，打贏之後怎麼逃跑撤退，被大人抓住怎麼辯護，這樣老三打起仗來特別理直氣壯；特格喜的獨生兒子長命，打架也兇猛強悍，他依仗老子的特權，打別人時，別人畏懼他老爸場長特格喜的權威，不還手，所以，他常常兇猛勇敢地一個人打贏戰爭，但是全牧場的人都知道，他的對手不能是我們家老三，如果是我們家老三，打贏戰爭的，肯定不是那個嬌生慣養的長命，他再能打，也架不住我們八兄弟的攻擊，蒙古族諺語說：好狼架不住一群狗。

長命的頭上，有一塊閃亮的疤，靠近耳朵上面，有雞蛋那麼大一塊，是他十一歲時，我和老三親手給他種下的，這是他的父母創造他這個肉體之後，沒有血緣關係的人，第一次在他的身上對他進行了改造。在他長大成人之後，有一次見到我，還很客氣地摘下帽子，讓我看那塊疤——閃著粉紅色的亮光，在濃密的黑髮群中，光禿禿的亮疤上，竟然長了幾根東扭西歪的蒼老白髮。據說此疤不但影響了他當兵，而且也影響了他的婚姻品質，他本來應該娶一個更好的女人，但是，由於他有了一個像日本名字的外號「禿子長命」，所以娶了一個左腿有一點瘸的女人，也就是我兒時的偶像，後來騎馬摔瘸了腿的馬紅，並且還是看在特格喜當領導的面子上，人家把他當成了牧場高幹子女的角色，才嫁給他的。當時心比天高的禿子長命，不太願意，特格喜場長說：你一個禿子還想娶啥樣的？趕快娶吧，等我下了台，連瘸子也娶不上了。對此，二十年後，由於老三不在身邊，我一個人，向長命表示了深深的、誠摯的道歉，這件事我覺得做得比日本戰犯有肚量。人為甚麼就不能為歷史道歉呢？

我接著敘述從前，為了搶地盤，我們又打了一架。因為地方都已經佔了兩天，經過反覆戰爭和談判，就像現在的以色列和巴勒斯坦一樣，每家的領地都已經基本劃好，到了晚上在開演前，放電影的突然宣布改地方，這樣，我們原來已經秩序安定下來的地方，就像被扔進了炸彈一樣，大家馬上驚慌失措地，向新的地方奔跑，搶佔有利地形。老三跑得快，很快就佔據優勢，為我們一家連人帶狗，劃出了神聖不可侵犯的中心地帶，只要老三劃出來地盤，除了長命，在牧場裡就沒人敢進入。但是長命不進入不行，他的老爸特格喜和老媽，還有四個姐姐，必須坐在中心地帶，這象徵著他們家的權威和地位。長命像失去了家園的阿拉法特[①]一樣，開始向老三的領地進攻。上次打架，老三在我的幫助下，用磚頭把長命的腦袋打開了瓢兒，特格喜說我們差一點沒把長命砸成短命鬼，是不是想讓他成為絕戶？從此我們家大人規定和長命打架不許用手動傢伙。

① 前任巴勒斯坦解放組織主席。

今天長命向老三搶地盤，明擺著老三有理。我就想了一個收拾長命的招兒，我集合了八兄弟，用腳把長命絆倒，然後八兄弟一個壓一個，層層疊疊，全部壓在了長命的身上，等電影開演，大人把我們從長命的身上拉下來時，長命已經奄奄一息了。

長命他媽哭天喊地，說早晚他們家的長命，也得死在我們兄弟的手裡。特格喜和我家大人們，抓住我們八兄弟就要懲罰，我申辯說：我們沒用手打他一下，不信你們問放電影的劉寶庫，我劉大哥。劉寶庫馬上放電影了，他走過來證明說：都是這小子出的壞主意。說完就給了我一腳，然後宣布，打架的事放完電影再說，現在電影開始。

那時，我們還不懂崇拜電影裡的明星，電影明星的概念太遙遠，太陌生，我們只把放電影的當成明星來崇拜，所以放電影的人地位很高。一到放電影的時候，我們就像崇拜明星一樣，溜鬚拍馬，前後圍著放映員劉寶庫。所以，當劉寶庫踢我一腳的時候，我不認為是恥辱或者仇恨，我覺得很親切，證明我很有面子，就像你崇拜的明星周潤發踢你一腳，你會說甚麼，除了熱淚盈眶地說感激之外，可能回家，還要把那個腳印用紙拓下來，包好，小心翼翼地收藏起來。

那一晚，我們牧村裡放的電影叫《渡江偵察記》，放完第一卷的時候，放電影的劉寶庫就停下，開著吉普車去另一個牧村換第二卷片子。第二個牧村是先從第二卷放起，換回來放第一卷。我們就要守在草地上等，那是一個顛倒的年代，我們也沒有順序，不但從第二卷開始看片，有時還從幕後看反影，反正熱鬧就行，不懂內容。我們家因為有老三，在中心地帶看正影，很多搶不到地盤的都看反影。第二個村子離我們至少有十幾里地，但是由於沒有高山，兩個牧村之間望得見炊煙，聽不見狗叫。蒙古人常常輕鬆地說，在馬背上一貓腰就到。

我們聽見了幾聲槍響，很久都不見放電影的劉寶庫回來。這時，一個獵人告訴大人們，放電影的劉寶庫被狼群圍上了，我就和大人一起向狼群跑去。遠遠地，見到有通紅的火光在閃亮。圍觀狼群的人比看電影的還多。我騎上棗紅馬，要帶領七個兄弟領著狗群，去救我們的明星劉寶庫，可是棗紅馬怎麼也不往前走，一圈一圈地在原地打轉，我著急，發怒，用鞭子狠抽棗紅馬，這是我第一次這麼兇狠打馬，棗紅馬一下子跪到了地上，淚流滿面。獵人說：小子，你別逞英雄了，前面是狼群，這馬有靈性，已經知道了，你還這麼愚蠢。

那個獵人推測說：放電影的劉寶庫拿了片子之後，在回來的路上，看見前面有一個動物在跑，看影子比狼小，他可能以為是狗就給了一槍，我剛好騎馬路過，也看見了，我想完了，他打的是豺。

我當時在草原上雖然是小孩，但是也懂得這個常識，這個比狼小的豺一出現，就證明後面有狼群，豺是狼的偵察兵，所以叫豺狼當道。我也知道在狼群後邊，和狼的王爺在一起的，比豺還小的叫狽，是很狡猾的軍師，所以叫狼狽為奸。

但是我們不怕狼，我們很少聽到狼吃人的故事，草原上到處是兔子、狐狸，狼群沒有笨到要吃人，和人作對。狼群知道，人也不好惹，除非狼群必須復仇。看來這個放電影的傢伙白放一場《渡江偵察記》了，他竟然像敵人一樣打了狼的偵察兵，那個狼群裡的英雄豺，惹怒了狼群。怪不得棗紅馬不敢往前走，誰敢去打狼群？看來草原上，人還不是最聰明的動物。

果然，那個被打斷了腿的豺，嘴插進土裡一陣號叫，狼群就包圍上來了。狼群開始向吉普車進攻，牠們就像拉登的恐怖分子，那些自殺死士一樣，前赴後繼地向車輪子底下鑽。平時那個驕傲的，放電影的傢伙劉寶庫，這時害怕了，他不敢開車了，狼皮很滑，車輪子壓上去就會翻車。狼怕火，劉寶庫一到狼群要進攻時，就把車上的汽油點著一些退敵，獵人和牧民們眼睜睜地看著，無法近前救援。這時的人群不敢和狼群交戰，他們不想為牧場惹出更大的仇恨。

天亮了，狼群散了，我和大人們跑到吉普車前，見放電影的那個傢伙，傲慢的劉寶庫，只剩了一具白花花的骨架，在陽光下閃亮。他那驕傲的表情，我一點都找不到了。

《渡江偵察記》成了一場我們沒有看完的電影，至今我還不斷地回想著，為那部電影續結尾。在戰爭過去了五十多年的今天，我知道，我們共產黨的軍隊贏了，但是我總在想贏的細節，我們贏在哪裡。電影沒有放完，隨著放映員劉寶庫在狼群裡殉難而結束了，但是，我們打長命的事還沒有結束。

第二天夜裡，我們家已經陳舊的土坯房，在充滿惡意的秋風中，瑟瑟發抖。現在的孩子都是在電視機上成熟的，我們那個年代的中國孩子，大都是聽父母的悄悄話成熟的。那一年十二歲的我和十一歲的老三，就是聽了父母一夜的悄悄話，在第二天成熟了。

那一夜，父母一夜沒睡。因為天冷，和我睡在一個被窩裡的老三也一夜沒睡。

母親：孩子太多了，愈大愈出去惹禍。

父親：這老二和老三不能在一起。

母親：是呀，他倆在一起，特格喜那個獨生子長命，早晚讓他倆給害死。

父親：這兩個小子倒是有點狠勁兒，你別說，我還真是挺喜歡，我這兩個兒子的脾氣。

母親：我們是過日子，不是打架玩兒，得趕快想一些法子才行。

父親：我想啥法子？哦，有辦法了。

母親：啥辦法？

父親：我把他們倆送到下荒遼寧他大舅家去養，反正他大舅也沒孩子。

母親：聽說下荒遼寧更困難，他們都在搞運動，很亂，送回去不行吧。
父親：他大舅是幹革命出身，國家有照顧的，替咱養兩個兒子沒問題。
母親：不能把他們兩個都送去，要分開，你看送誰去好呢？
父親：送老三去吧，老二留在家裡讀書，老馬說這個孩子將來不是一般的普通人，是有大出息的，送給別人家養我不放心。
母親哭泣了，她說：就是老三還小，捨不得讓他離開。
父親：離開，又不是送給外人，是讓自己的哥哥幫助養，大了想他們還可以回來。
母親：道理我懂，就是感情上捨不得。
父母突然聽到了一陣輕輕的哭泣聲，他們點上燈一看，是我和老三在被窩裡哭泣。
媽媽拉出老三說：老三，你咋的了，哭啥？是不是做噩夢了？
老三：沒有。
父親：那哭啥？是不是聽到爸爸媽媽的講話了？
老三：是，聽到了。
母親：你沒睡覺？
老三：沒有，二哥也沒有睡。
父親：那你不想去下荒遼寧大舅家？
老三傻乎乎地說：想去。
天將曉時，父親和母親做出了重要決定，把老三送到下荒遼寧大舅家去。

我很著急，
趴在馬背上，拼命用力。
突然我覺得我的身體進入了馬的體內，
我和馬合成了一體，
也就是說，變成了一個人。

第十三章

騷動的馬背

十三歲時，我正在成長的身體，發生了令我恐慌而又驚喜的變化。那一年的八月，我們牧場開那達慕大會[1]。我是馬背上的苗子，是最有希望，能選拔到旗裡，去參加旗裡那達慕大會的。那時，我作為一個天才騎手，幾乎是眾望所歸。在我們科爾沁草原上，騎馬不僅要講天分，更要講緣分。我天生和馬有緣，無論多麼烈性的野馬，我都能把牠們馴服。我馴馬的方法與眾不同。像馬倌羅鍋烏恩靠的是套馬杆和鞭子，再加上勇猛彪悍的脾氣。我不用鞭子和套馬杆，我只用我的感情，讓馬把我當成和牠們是一個家族的成員。每次羅鍋馴馬都是草原上的熱鬧事件，比放電影還精彩。那天，羅鍋要馴服一匹棗紅馬。早早地，太陽還沒在遠方的草地上露臉，羅鍋就打開了馬圈，放出了馬群。羅鍋騎在馬背上，揮舞著套馬杆，顯示出了不可一世的樣子。這個羅鍋，只有騎在馬上才顯示出他的威風和高大形象，騎馬的人都要貓著腰，人們看不出他的羅鍋來。只有這時，他才會像一個真正的男子漢一樣，縱馬揚鞭。可是，那天套住了棗紅馬的羅鍋運氣很差，他剛剛騎到馬背上，棗紅馬就揚鬃奮蹄，狂跳不止，羅鍋用鞭子猛烈地抽打牠，牠驚慌地狂奔起來。羅鍋像一帖膏藥貼在了馬背上，棗紅馬費盡了心機，就是甩不掉他。最後性格比羅鍋還剛烈的棗紅馬，突然趴在了地上，拼命打滾。羅鍋跳下馬，驚慌地逃跑了，他被壓傷了腿，像球一樣彈跳了出去。這是他的本事，如果不是羅鍋，換上別人，不能及時跑掉，可能會被棗紅馬壓成肉餅。這是科爾沁草原著名馬倌羅鍋烏恩的恥辱。勃然大怒的羅鍋，又一次用套馬杆套住了棗紅馬，他把棗紅馬拴在了拴馬樁上，要給牠施以酷刑。這時，老馬倌老白頭來到我身邊，他說：孩子，你去馴這匹馬吧，這匹棗紅馬，是死了的那匹老紅騍馬的第四個孩子。

我說：老白大爺，我可沒馴過馬，羅鍋烏恩都馴不了的馬，我更不行。

老白頭說：去吧，孩子，這匹馬羅鍋用他的辦法馴不了。我了解老紅騍馬家族孩子的性格，馴服牠們不能用鞭子和套馬杆，要用心，用感情。

用心、用感情去馴馬，老白頭的話打動了我。趁著羅鍋烏恩去喝酒消氣，我走近棗紅馬的身邊。棗紅馬渾身傷痕累累，我見到牠這個樣子，心裡就難過，控制不住地就流出了眼淚。棗紅馬見到我，很親切，像見到了親戚一樣，嘶鳴著，踏蹄揚尾，眼中流露出無限的親情，像要訴說牠的委屈。但牠沒有流淚，仍然表現出一副桀驁不馴的樣子。我心裡早已沒有了對這匹羅鍋征服不了的棗紅馬的恐懼，我們像親兄弟一樣，我抱著牠的脖子親熱。

看熱鬧的人，歡叫著大聲起鬨。特格喜場長說：騎上牠，騎上牠，那達慕賽馬牠就是你的馬了。我看老白頭，他正揮著拳頭鼓勵我上去。

當羅鍋醉醺醺地拎著馬鞭子回來時，我已經騎在了棗紅馬背上，跑向了遠方愈來愈大、愈來愈高的紅太陽。

當時在那達慕賽馬大會上，作為馬倌羅鍋烏恩培養的，訓練有素的弟子，名師出高徒的那群狂傲的傢伙，要和我爭第一。歷年來，烏恩培養出來的賽馬手和選的馬，就像後來馬俊仁培養的長跑冠軍，就像張藝謀培養的演員，出來一個紅一個，出來一個火一個。他們像江湖老大，在草原上無人能與其爭鋒。

① 蒙古族的傳統節日，是為慶祝豐收而舉行的文娛大會，有賽馬、射箭、歌舞等節目。

這次我簡直就是向江湖盟主挑戰。白大爺鼓勵我，說我的馬好，個人素質也好，棗紅馬跟我的感情又好，一定可以奪魁。傳說，這白大爺，年輕時也是一個了不起的騎手，曾經多年領風騷於草原的霸主地位，是後來羅鍋成長起來了，挑戰了他的江湖地位。

比賽開始之後，我得意忘形，可能過於輕敵了。開始，一圈下來，就有羅鍋弟子的兩匹馬，超過了趾高氣揚的我們。我和棗紅馬的情緒馬上受到了影響。第二圈下來，又有一匹馬超過了我們，我們的情緒更加低落了。我緊緊地貼在棗紅馬的背上，牠的銀色長鬃，在我的頭上迎風飄揚。我心急如焚。我不能直起身來，白大爺告訴我，那樣會給前進的馬增加阻力，必須趴在馬身上，和馬一起順勁用力，像膏藥一樣貼上。我很著急，趴在馬背上，拼命用力。突然我覺得我的身體進入了馬的體內，我和馬合成了一體，也就是說，變成了一個人。我們用力向前奔跑，不像是棗紅馬揚鬃奮蹄，好像是我自己，像一匹人頭馬邁著四蹄在狂奔。我已經忘記了棗紅馬，或者忘記了我自己，人馬合一。棗紅馬好像也感覺到了我們合為一體，牠也忘記了我，牠像注入了興奮劑一樣，飛奔了起來，騰雲駕霧，我快活得大腦一片空白，恍惚中，我感覺興奮地撒出了一泡尿。前面的三匹馬，像三個黑影兒一樣，無力地飄向我的身後。不負眾望，我們終於奪得了冠軍。

下了馬，還來不及去領獎，我就感覺到褲襠裡黏糊糊的。鑽進了一片高草地裡，我解開褲子，見褲襠裡白白的一片，不像是尿。白大爺來喊我去領獎。我解開褲子給老白頭看。老白頭說：這是跑馬，你小崽子長成了大男人，回去告訴你爸，雞巴能有用了。我要喝酒祝賀你，你今天雙喜臨門。

我很興奮，這就是跑馬。我聽大人們互相嘲笑時常說這個詞。我操，我長成大男人了。我揮舞馬鞭，甩出一串長長的炸響。

領完獎，我又回到高草地裡，解開褲子。我躺在草地上，陽光照進了我的褲襠裡。我發現，我的下身長了很多茸茸的黑毛，像爸爸的鬍子似的。我真他媽的是大男人了！學著大人的語氣，我狂叫了起來，後來，長大了，我才知道那種騰雲駕霧的感覺。

這跑馬本來是我成為一個大男人的標誌，可是，卻像病根一樣不斷地出現在我的生活中。從那以後，我就不能著急，一著急就跑馬，不分時間，不分場合。

回到學校，期末考試。那天是考我最拿手的語文，在班級，語文課我是坐第一把交椅的，老師認可，同學裡也無人匹敵。可是那天，竟然有人比我先交卷，就像賽馬有人跑到了我的前邊一樣。我就著急了，一著急，像在馬背上一樣，就大腦一片空白，然後褲襠就黏糊糊的一片了。從那以後，我簡直成了習慣。有時我很害怕，聽老人們講，這是很傷身體的勾當。我總懷疑，會不會有傳說中的女鬼附了我的體，每天在吸我身上的精氣。但是很難收手，就像女鬼有無窮的魅力一樣，我欲罷難休。

後來，長大成人在床上跟女人睡覺，我常常遭到她們的嘲笑。她們說我嫩，像小男孩一樣衝動、著急。我真的著急，本來我也想從容不迫，但是一到關鍵時刻就著急，自己完成任務之後，就仰天長嘆，而身邊的那個女人，卻自己翻滾著嗷嗷號叫。女人在那個時候的面孔是最醜陋的，五官扭曲，表情猙獰，讓你不能不把她往妖上想。後來我上了大學中文系，研究這個「妖」字，才驚奇地發現，「女」字加一個「矢」，就是女人中了一箭，那號叫的表情就是妖。我當時就很噁心地看著翻滾號叫的女人，很想用鞭子抽她。

在主持人老白頭悲壯的聲音中，
棺材頭上綁了一隻領魂的紅公雞，撲棱棱，叫著，
我爸把一個裝滿了紙灰的黃泥盆子摔響在地上，
就像運動會開幕一樣，
葬禮就開始了。

| 第十四章 |

雪天葬禮

一九七八年，我十六歲。那一年是驚險不幸的一年。冬天的晚上，我躺在冰涼的被窩裡，幻想著十三歲時，在馬背上發生的，令我愉快的事情。洋油燈，輕輕地晃動著幽暗的光芒，讓我浮想聯翩。手抽動著，在呼喚女鬼。我有時很怕女鬼，有時，覺得自己就生活在女鬼的傳說故事裡，我覺得那種生活很浪漫。

我爺爺和草原上幾個有名的馬倌，白大爺他們，在地下圍著火爐子喝酒。自釀的老白干酒勁頭很大，熏得我全身血脈賁張，有一陣陣像大人一樣，那種堅強的衝動。我仰望著房梁，正在演習馬背上的那種快樂，我手在動，人也在動，突然見到房梁也開始劇烈地抖動。我停下了，房梁還在動。真的有女鬼了，我嚇壞了，一動也不敢動，感覺到有無數個鬼魂在作怪。我媽衝進來，大喊著：地震，地震了！快往外跑！我們八兄弟一聽地震，響應我媽的號令躥出被窩，光著屁股就向外跑。地下的馬倌們喝得快不清醒了，我媽端起一盆冷水就潑向了他們。這幾個馬倌不愧是放馬的高手，雖然有些年老又喝醉了酒，但爬起來速度比馬還快，奮不顧身地就衝向院子裡。

那年的冬天，院子裡有零下四十攝氏度。我們光屁股的兄弟們衝到外面又馬上跑回了屋裡拿衣服。我媽喊著：命重要還是衣服重要？快滾出去。她把我們又趕出去，然後，就把衣服、被子一抱一抱地抱出來，讓我們兄弟往身上穿、蓋。我們也不管誰的衣服和被子，抓起來就穿。那一天，我才感覺到，我媽原來是一個女英雄豪傑。危難當頭，在媽的心裡，兒子們永遠比自己都重要。

地震結束了，我們又回屋裡睡覺。我們很興奮，很久都睡不著。從這一天開始，我就發現了我的一個愛好，一遇上要發生甚麼大事就興奮，而且，不管這大事是好事還是壞事，總是希望發生大事。

剛剛睡著，又是一陣大叫。我醒了，一睜眼，見好多人站在我的頭頂旁。我以為自己出了甚麼事，嚇得一下子站了起來。原來，是睡在我身邊的爺爺病了。爺爺躺在那裡一動不動，喉嚨艱難地發出呼呼的喘氣聲，好像已經糊塗了。我穿上衣服，就跑到外面去撒尿。往外跑時，見赤腳醫生黑狗大夫來了。我對黑狗大夫沒有好感。好像他去誰家，那家不是病人就是死人。我回屋時，見爺爺的呼嚕聲已經停止。我以為黑狗大夫已經給我爺爺看好了，走近時，我才發現大家在哭，爺爺已經死了。他老人家是個吝嗇鬼，臨死的時候還把屎屙在了炕上。全屋的人不管啥關係，出於禮貌都開始痛哭，哭聲中散發著爺爺的屎的惡臭味。好像沒有人嫌棄，也沒有人責怪。那些活人對死人都很寬容。只有我對爺爺的死不滿意，他把炕上搞成了這樣，我還咋睡覺？在家人感謝黑狗大夫時，我恨恨地看著他，我覺得這是一個災星，他不來，我爺爺可能還不會死。剛剛出去的時候，我覺得我爺爺還在睡覺，他只不過是昨天晚上喝多了酒，怎麼就會死呢？其實這種質疑算我不懂道理，草原上的人，冬天死了大多都不是年齡的原因，都是因為酒的原因。

喝多了酒的爺爺死了，爸爸要給他舉行葬禮。

那一天又是大雪紛飛。我們一家人和親戚朋友，還有牧場的領導特格喜場長，為我爺爺舉行了隆重的葬禮。爺爺被裝進了棺材裡，棺材被放在了馬車上，棗紅馬拉動了馬車。在主持人老白頭悲壯的聲音中，棺材頭上綁了一隻領魂的紅公雞，撲棱棱，叫著，我爸把一個裝滿了紙灰的黃泥盆子摔響在地上，就像運動會開幕一樣，葬禮就開始了。我爸率領我們八兄弟，披麻戴孝地在前面帶路，送葬的隊伍浩浩蕩蕩起程了，奔向事先選好的墓地。

前方隱隱地見到，在飄灑的大雪中有一匹紅馬，在我們的前邊引路。雪白的世界中，那匹紅馬像紅色的花朵一樣鮮豔奪目。紅馬前面還有一個模糊的黑點，像是一個人在牽著那匹紅馬。所有送葬的人都見到了。大家發出一片驚嘆。特格喜場長說：馬童牽著紅馬引路，你們家要出貴人呀。

到了爺爺的墓地，紅馬和馬童都不見了。大家開始給爺爺下葬。突然我覺得眼前紅光一閃，跪在地上的我，一抬頭見到了小紅騍馬。她在雪中就像一個仙女一樣看著我。我起身就去追趕她。

我已經長大了，小紅騍馬好像還沒有長大。我騎上她軟綿綿的身體，她就馱著我奔向了一個亮晶晶的世界。她好像沒把我當成人，我也沒把她當成馬。我們就親呀，樂呀，向前跑著。一會兒我們兩個都是馬，像兩個少男少女一樣並肩跑著；一會兒我們又都是人，手拉著手親親熱熱地耳鬢廝磨，像兩匹小馬駒一樣地跑著。時光倒流著，我們一會兒跑向一個世界，一會兒跑向另一個世界。就像後來我到北京，第一次坐地鐵，我就驚慌失措地回憶起了那時候的感覺，就像坐地鐵一樣，一會兒到一站，一會兒又到一站，但是每一站都不同。我們在每個世界穿的衣服都不同，一會兒我們是人，一會兒又是馬。突然到了一站，我是人，她又是馬了。她像一朵紅花一樣，飄向了浩渺無窮的白色裡去了。我拼命地喊著她，喊著，喊著，就聽見特格喜塲長在叫：回來了！我睜開眼，見自己躺在家裡的熱炕上。一屋子的人圍著我。特格喜塲長說，我的佛爺差一點那一天埋了你家兩個人。

後來他們告訴我：給你爺爺下葬的時候，每個人都在哭，沒有人注意到你去了哪裡。埋完了墳墓，一清點人數，少了你。幸虧那天佛爺保佑，雪不下了，我們順著腳印，找到了掉進冰井裡的你，如果沒有腳印，我們還以為把你和你爺爺一起埋上了呢，大冷的冬天，如果我們再扒開墳墓去找你，那可遭罪了。

我們憑著兜裡攢的幾個零用錢，
沒有任何告別，
買了一張短途車票，
便從遼寧鄭家屯，
登上了奔向北方草原的火車。

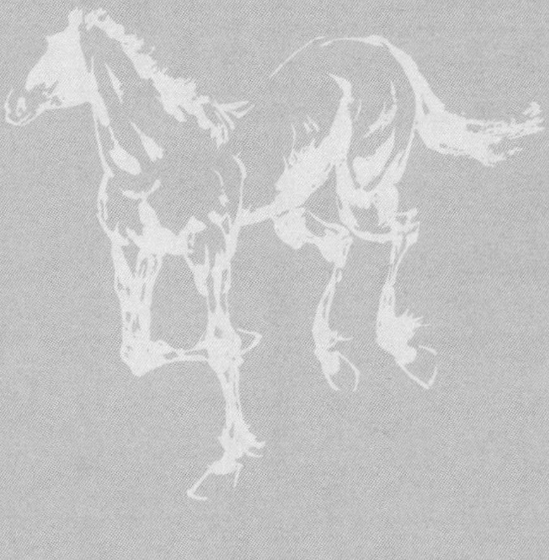

| 第十五章 |

少年逃亡

在走出草原去遼寧的時候上，老三第一次坐上了火車。

他的內心充滿了憧憬和快活。那一天，我這個十一歲的兄弟，臉上閃著幸福的陽光。他第一次感覺到，爸媽是這個世界上最偉大的兩個人物。爸爸要把他送到遠方去，這個不安分守己喜歡打架的傢伙，多麼希望到遠方去呀，重新開闢一個跟陌生人打架的戰場。

這是老三獨特的個性和宿命，長大成人以後面對不斷的成功和挫敗，他總是滿懷希望地憧憬著遠方，其實老三的成功很少，他總是失敗，好像運氣很差，在關鍵時刻，總是要我出現，來幫助他走出困境或者危險。

火車在前進。

在一個溫暖的下午，父親帶著老三來到了我媽的老家，下荒遼寧一個叫馬莊的村子裡。高氏大家族不同輩分的老老少少，都聚在大舅家裡，來看望我媽這個大家閨秀的後人。

下荒遼寧的馬莊，給了我爸和老三父子倆一種全新的環境和心理感受。

這個高氏家族很大，稱呼人不能夠按照年齡來。所以在人群中既是晚輩中的長輩，也是長輩中的晚輩。這裡不同於草原上的習俗，老三覺得好奇，我爸雖然來過，但仍然覺得新鮮，他用力地抽著煙，用力地握著手，馬莊的太陽親切地照在他那紅光滿面的臉上。他在族人們的面前講述著自己的見聞，講述著草原上的異俗風情，講述著自己見到的或者聽到的，令人匪夷所思的神秘傳說，和來我們草原上的那些「牛鬼蛇神」。我爸下結論說：那些人都是一些了不起的人。

他似乎忘記了，那片土地上曾經給予他的痛苦。人就是這麼善良美好，只要這一片土地養育過你，離開那片土地時，一切都將變成親切美好的回憶。有多少痛苦都將忘記，而永遠牢記的都是一些美好的日子。

在我爸的講述中，族人們不斷地發出一陣陣驚嘆、唏噓。那些沒有走出過馬莊的族人們，紛紛驚詫於外面世界的精彩和不可思議。他們用敬重的目光看著我爸。老三幾乎受到了整個家族的喜歡。族人，這血肉之緣是永遠也割捨不斷的。

族人們排著輩分，也紛紛地給我爸講述馬莊的故事。

他們講述著村裡出去的誰誰，現在已是中央的甚麼甚麼大官了，而原來國民黨時代，跟隨少帥張學良的甚麼甚麼大官，已逃到臺灣去了。

這是一次隆重的家族大會。這一次，開始在老三這十一歲的生命中，注入了與科爾沁草原截然不同的命運符號。我爸和高氏家族的人，安慰著、互相爭吵著、講述著，最後歡笑著，家族大會在幸福美好的氣氛中，圓滿結束。

在這個溫暖的新環境裡，看到父親臉上洋溢著的快樂，老三也一臉喜氣洋洋。但是私下裡老三卻有點憂鬱。

父親嚴肅地向他宣布：老三，從今天起，你又多一個新爸爸了。你來到這裡，要讓大舅家養育。今後就管大舅叫爸爸，現在就跪下給新爸爸叩頭。

老三倔強地不跪下。

父親：老三，你為甚麼不跪下叫爸爸？

老三：我有爸爸。

父親：我不是你爸爸了，你要管大舅叫爸爸。

老三：那你也是我爸爸。

父親：快跪下，今天開始大舅是你的爸爸。

他看到父親那痛苦堅決的目光時，妥協了，跪下給大舅叩了一個頭。但是仍沒有叫一聲爸爸。

大舅是高氏家族傳說中的，抗美援朝沒有犧牲的英雄。在當時人們普遍的知識概念中，只有犧牲了的人才是英雄，而活著的人就成了英雄，讓人們在心裡不好接受，我大舅是個另類。在科爾沁草原時，媽媽就常講大舅的故事，甚至拿大舅來嚇唬紅衛兵，而當時，我大舅也正在馬莊這裡挨紅衛兵批鬥呢，真是一個滑稽好笑的年代。那年代是一個崇尚英雄主義的年代，大舅的英雄形象在我們兄弟當中已根深柢固。

可是今天面對這個六十多歲的殘疾老頭子，十一歲的老三，怎麼也與心目中的英雄也對不上號，所以與這位英雄的革命大舅，也就親近不起來。但他畢竟是一個十一歲的小孩兒，在吃飽了飯的新家裡，他要出到野外溫暖的陽光裡，去釋放童心，盡情地去玩耍，或者找陌生人打架。

革命者出身的英雄大舅，是絕不會嬌慣地養育老三的，一套吃苦耐勞的培養接班人的方針，是我們黨早就設計好的。按照情理講，這樣做無可非議。但是，按照心理分析情況就完全不同了。當時在老三的內心世界裡，完全不承認這個新家，甚至有一種排斥力。那時的中國，正處在不理解人的心靈、不尊重人的個性的愚蠢的時代。他強迫你，按他們自己設計的一個好孩子的標準，去吃喝拉撒睡，去學習勞動走路唱歌。當你一旦節奏慢一些或者說不，或者叛逆時，你便會在眾目睽睽之下，遭到大家一致擁護的懲罰。但是老三天生就不是好孩子。其實，按照他們好孩子的標準培養的下一代，都當上了紅衛兵，開始殘忍地鬥爭培養他們的上一代，老師老子老幹部，統統被年輕的紅衛兵踏在了腳下。

歲月就這樣開始了，從家裡到學校，各種懲罰讓老三已經習以為常了。但是愈是這樣，在他的內心世界裡，對媽媽和草原的家的思念就愈是強烈。

一九七五年，我大舅，那個抗美援朝的殘疾軍人，下荒遼寧馬莊的大隊黨支部書記，去大寨參觀，回來時路過我們家，把放暑假已經上中學的我，錯誤地帶到了馬莊，大舅這一次錯誤，注定了他一生都沒有兒子。

剛來馬莊，我也感到新鮮，尤其是這麼久沒見兄弟老三了，特別感到親切，不過老三在這裡，我一點都不羨慕，甚至覺得他可憐。那時我還不知道有一句歌詞叫：沒媽的孩子像棵草。當時，老三見到我這個家裡的代表，和從前打架的戰友，淚眼汪汪地哭了。他不斷地問我：媽好嗎？爸好嗎？大哥好嗎？老四好嗎？老五好嗎？老六好嗎？老七好嗎？老八好嗎？狗好嗎？我們打過的那個長命好嗎？我們救過的那個張大爺好嗎？

老三問得我心酸，我跟他說，乾脆我帶你回家。老三聽了很興奮，於是我們便開始醞釀一場逃亡馬莊的陰謀。一天晚上，一個手電筒引發我們下定決心，馬上開始逃跑行動。

像從前在草原一樣，吃完晚飯，我和老三出去在村子裡閒逛。實際我們是在找機會打架。這時一道手電筒光在漆黑的夜空裡，像鬼火一樣向我們飄來，打手電的人用一塊紅布蒙在玻璃片上，並且嘴裡發出鬼叫聲，嚇唬我們。

我和老三都不怕，就一起喊：

有錢沒處放，
買個照爺棒。
有錢沒處扔，

買個照爺燈。

那個傢伙就追我們，最後追到大舅家，聲嘶力竭地叫罵著，要揍我們。他說：你們兩個小蒙古球子，我今天要揍扁你，看誰是真正的大爺。

其實那個傢伙年齡不大，也就比我們大個一兩歲，但是他輩分大，是真正的爺，我大舅還要管他叫二爺。

這一下惹了麻煩，夜裡我和老三商量，在明天高氏家族收拾我們之前，天不亮就起來逃跑回家。

那時的人們雖然愚昧無知，但卻淳樸單純。沒有人會懷疑我們要逃亡。當時十三歲的少年老三，穿著革命英雄的老婆，我的大舅媽，漿洗得乾乾淨淨的衣衫，在我的帶領下，我們憑著兜裡攢的幾個零用錢，沒有任何告別，買了一張短途車票，便從遼寧鄭家屯，登上了奔向北方草原的火車。

我和老三上了火車，發現火車上人很多，很擠，但很友好。上車之前，我們為自己的逃亡設計過各種陰謀。比如列車長來查票，可以提前進入廁所不出來，等查票過去了再出來；如果當時廁所裡有人進不去，就鑽進座位底下藏起來；如果不幸被抓住，就說是階級敵人，把我們從草原騙到了遼寧，然後是我們自己聰明，像小英雄海娃一樣從敵人的魔爪裡逃了出來，現在要回家。我們一遍一遍地回想父母的名字和家裡的住址。很遺憾，在通遼下火車時，我們被抓住了，這些策劃都沒派上用場。

下了火車，我們在出站口給抓到了。

你們從哪裡來呀？

遼寧。

你們票呢？
我想解釋，每次和老三合作，遇上動腦的事，他都不傷這個腦筋，全聽我的，就像遇上動手的事，就全靠他來擺平一樣。
你們有票沒有？啥也別說，就說有票沒有？
我沒辦法解釋，只能回答：沒票。
走，跟我們走，沒票還說啥。
原來沒票就沒有權利解釋。
我和老三被領進一個屋裡，那個女檢票員說：讓派出所的來，這裡有兩個從遼寧來的逃票的小傢伙。
兩個穿藍衣服的員警來了，看上去雖然威嚴一點，但是也很客氣，員警讓我們哥兒倆走過去站在一個大秤上，他在秤我們的重量。我覺得好玩，我還從來沒有秤過自己的重量，老三站在秤上，故意往下用力，他想讓自己的重量超過我。但是老三還是沒有我重，我九十一斤，他九十斤半，我重半斤，不管怎麼說，我沒白比他多吃十個月鹹鹽。
員警秤完我們的重量，和顏悅色地問我們：知道為甚麼給你們秤體重嗎？
我和老三異口同聲地說：不知道。
員警對我說：我看你長得比那個小子聰明，你猜猜，為甚麼？
我絞盡腦汁想了一會兒，還是謙虛地說：不知道，猜不出來，你告訴我答案吧。
老三站在那裡，無知地傻笑。
員警啟發、鼓勵我們說：不對吧，有頭腦從遼寧逃票到內蒙古來，也應該能回答這個問題，是不想說？

我誠實地說：真的想不出來。

員警說：那好，我告訴你們，秤你們的重量，是用來罰你們的款。從鄭家屯到通遼的票價是五元錢，我們不按票價罰你們，要按斤罰你們，一毛錢一斤，算一算，你們兩個人，每人罰多少？

我和老三都不吭聲，員警火了：你們連算術也不會嗎？

我說：會，我罰九塊一毛錢。

老三說：我罰九塊零五分錢。

老三的數學不好，後來我問他：你怎麼算得那麼准，那麼快？

老三說：我抄的近路，我比你少半斤，肯定也少五分錢吧。

這小子今天遇上事，倒顯得比我還聰明了。

員警這次很滿意我們的回答。員警就是這樣，他問啥，你就回答啥，有時他要的不是甚麼答案，而是他的自尊心和對他權力的尊敬，即使一個人不是員警，問你問題，你不回答，他也會惱火的，但是對員警不能亂回答，不是你幹的事，千萬別承認是你幹的，是你幹的，承不承認就由你自己決定了，有時好漢做事好漢當會害了自己，法律不比江湖，義氣狗屁用都沒有。

但是這個答案我們不滿意，我和老三都傻了，長這麼大，我見過的錢最大的是一元錢，這麼多錢咋給呀。況且，我從來都沒聽說過有用這種辦法罰人的，但是當時，按斤罰款，我沒想到是一種侮辱。後來我長大成了人物，選拔人才幹事業時，我真想把這個有創意的員警找到，讓他幫我搞策劃。我正胡思亂想著，一股濃烈的臭味，毫不客氣地湧進我的鼻腔。不用去調查，一定是老三放的。能放出這種令人噁心味道的臭屁，只有老三。我想，現在如果員警重新秤我和老三的重量，我肯定比他重一斤，也會少五分錢罰款。我在心裡責怪老三，這臭屁為啥不早放？

員警可能也聞到了，捂著鼻子，不耐煩地又問我們：你們有錢罰款嗎？

我和老三一起搖頭說：沒有。

員警讓我和老三把衣服脱下來，脱得乾乾淨淨，連一件褲頭都不能穿，他一點一點檢查，終於拍了我的屁股一下，很失望地把衣服還給了我們，他沒有找到他要罰的錢，有幾毛零錢他不感興趣，又給我裝進了口袋裡。我眼睛一直盯著他拿我錢的手，一直到他放回去，我才長長地出了一口氣。

員警自言自語地說：一般有錢都縫在褲襠裡，看來你們真沒錢，有錢罰錢，沒錢罰力，罰你們去煤場推一個月煤。

煤場在火車道旁，第二天推煤時，根據火車上始發和到站的名字，我看好了往我們牧場方向的火車道。我和老三商量，晚上收工時趁著混亂，就順著鐵道往家逃跑。

下午借著上廁所的機會，我用兜裡的九毛錢買了幾個大麵包，偷偷地塞進了我和老三的懷裡，晚上收工時，趁著混亂，在滾滾的煤煙中，我們果然逃跑了。

我和老三離開了城市，順著鐵路，在夜色裡開始狂奔。我們向牧場的方向奔跑。一開始我們很興奮，像從屠宰場跑出來的牛一樣，歡叫著慶祝我們的新生，我覺得整個夜空都充滿了幸運。我們跑得滿身大汗，城市的燈光漸漸消失了，我們在鐵軌上奔跑，愈來愈安靜，只聽見自己的腳步聲和喘氣聲。

第三種聲音出現，肚子咕咕作響，於是我和老三便接連不斷地開始放屁，聲音響亮到極其誇張的程度，就像當年土匪打的冷槍一樣清脆。這時老三說：二哥，餓了吧？

於是，我們從懷裡掏出麵包，開始狼吞虎嚥地啃了起來。吃完麵包，正渴得著急，一列火車鳴叫著，盛氣凌人地衝了過去，我和老三跑到路基下躲避火車時，卻發現了一片白菜地。火車過去，我們不敢停留，一人拔一棵大白菜，又爬上鐵路，就邊走邊啃白菜。當一棵白菜全部啃進肚裡的時候，我的胃裡開始翻江倒海，白菜沫像肥皂泡一樣開始在我的呼吸中，向夜空裡飛揚。我邊打著飽嗝，邊飛揚著白菜沫，邊想像著，如果在白天的陽光下，這輕舞飛揚的泡沫肯定是色彩繽紛的，一定很壯觀。我邊想像著，邊為這夜空中的浪費，而感到遺憾；老三沒有這特異功能，只是聽到他的肚子裡，像牛一樣在吼叫。

我們奔走著，我突然感覺，後面綠綠的有兩盞燈光在幽怨地閃著，我感覺到我的靈性在復活，後面有一隻狼在跟著我們。我從小就懂的生活常識，如果遇上狼跟在後面，不要停止腳步，速度既不要快，也不要慢，不要做出任何要跟牠搏鬥的舉動，甚至你要假裝沒有發現牠，狼就不會進攻你，狼也假裝沒有發現你，等天亮了，或者遇上人群了，狼就會走了，否則，當牠發現你要進攻牠時，牠會先發制人向你進攻。

老三早就發現了，當他發現我發現狼之後，他說：二哥，你不要怕，或許不是狼，是一條狗。我心裡感激老三對我的安慰，但是我知道狗是不會在野外跟人的，那目光也不會是綠幽幽的。

火車又來了，我們跑下路基躲避，火車過去後，我們又上了鐵軌，我希望狼被嚇跑，或者最好被火車撞死，但是我用餘光往後看，綠幽幽的兩個眼睛還在閃，並且保持著原來的距離。可能由於緊張，我和老三又同時放起屁來，根本控制不住，聲音更加洪亮，更加有獵槍的效果，不僅僅聲音像，連味道都是一股火藥味兒。我心中禱告，真怕後面那匹狼誤解，以為我們是獵人，已經向牠開槍了，然後，牠向我們拼命撲過來怎麼辦？我把意思跟老三說，他不這麼想，他說如果那匹狼很愚蠢地誤解了，我們放屁就是獵人開槍，那就是好事，從來都是狼聽到槍聲就逃跑的，沒聽說有哪匹狼，會撲向開槍的獵人的，老三說完更加用力地放起屁來，他說最好讓狼懷疑我們是兩個獵人。

老三說：二哥，咱們走的方向對吧？從哪裡下鐵路能走回咱們牧場，你能知道吧？別走過了。

我說：沒錯，城裡到咱們下鐵路的地方是五十里，下到鐵路走四十里，我早就清楚，天還沒亮，咱們這個速度一夜走不出五十里。

其實我這樣說，我的自信來自於一種感覺，我總是看到前面有一盞紅燈在引路，而那盞閃耀的紅燈，一定就是小紅騍馬的靈魂，在幫我帶路。

我恍恍惚惚地就好像騎在了小紅騍馬的身上，飄飄悠悠地向前走著。

老三突然搖晃我，喊我：二哥，你怎麼走路睡著了，你看前面，有一匹紅馬？

我一下子醒了過來，天亮了。在前面遠方的鐵軌上，朝霞下，一匹渾身閃著光的棗紅馬在衝我們嘶鳴。

我一下子興奮起來了，這不是我在牧場騎的那匹棗紅馬嗎？

我和老三跑到馬跟前，摟著馬脖子親熱得熱淚盈眶。棗紅馬怎麼來了呢，難道他知道我們回來，來接我們？老三困惑不解，向我發出愚蠢的疑問。我知道，是誰在幫我們的忙了，一定是小紅騍馬，叫來了她的兄弟棗紅馬來接我們，她的靈魂肯定一夜在跟著我們，保護著我們，我們再回頭看，那匹狼早就不見了，老三堅定地說：肯定是用屁嚇跑的。

我和老三騎上棗紅馬向牧場的家裡奔去。

一九七五年九月，草原上已是寒冷的深秋，在牧場炊煙裊裊的一個早晨，稀稀疏疏的幾個晨起的影子，在無精打采地晃動咳嗽。這時，我們家的土坯房門被敲開了。正在做早飯的媽媽，見門口兩個髒兮兮的少年在敲門。

媽問：你們找誰？

我聲音顫抖：媽，我是老二，我把老三帶回來了。

老二和老三回來了！媽媽激動地一喊，爸爸和大哥等眾兄弟都從炕上爬起來，跑了出來，狗群也在前後興奮地跳著，一家人激動得淚花飄灑。

我出神地看著她的眼睛，
說：馬老師，我看見你很親。
她把我的頭摟進了懷裡。
那股濃烈的杏仁雪花膏味讓我醉了。

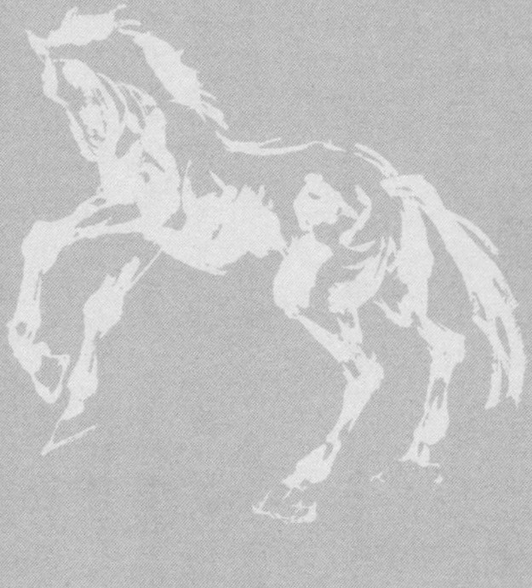

第十六章

我的情竇初開

馬老師是我的初中語文老師。她第一天給我們上課的時候，我就覺得她是世界上最讓我著迷的女人。那時候，我還不知道甚麼是愛情，但是，我就覺得，她比我們家裡的任何親戚都親。馬老師的身上有一種味道，好像是帶杏仁苦味的雪花膏。我很喜歡聞她身上的這種味道，也喜歡親近這個比我至少大十歲的老師。但是，無論我怎麼把自己的才華和功夫都用在語文課上，讓我的成績在班級是最好的，馬老師還不是最喜歡我，她甚至有時都不注意我。上課時，我的目光一分鐘都離不開她的臉，她卻很少看我。走下講台，她微笑著到其他同學身邊看他們寫作業，卻很少到我身邊來。為了聞她身上的味道，讓她注意我，我常常故意把作業答錯。比如翻譯古文「皆指目陳勝」，正確的譯文是：都用眼睛看陳勝。我翻譯成：都看陳勝的眼睛。在課堂上講作業時，馬老師注意我了，她很生氣地讓我站起來，讓我講為甚麼都看陳勝的眼睛。我說可能是陳勝上火了，眼睛紅了，鬧眼睛了。同學們滿堂大笑，馬老師氣得暴跳如雷、花容失色。我對她那生氣的樣子非常著迷，我當時不明白為甚麼喜歡看她生氣的樣子，後來長大了走出草原，談戀愛時，每次氣得戀人又哭又鬧，我的心裡就像樂開了花一樣，我喜歡看我喜歡的女人生氣，女人只有生氣的樣子，才能撼動得我心旌搖曳，讓我狂野的心產生憐憫。後來，陳勝鬧眼睛的故事成了我的經典故事，據說二十幾年過去了，這個故事還在我家鄉的草原中學流傳。當然，同時流傳的還有貴州小毛驢的故事。

馬老師在教《黔之驢》時，她叫學生自己用自己的話，很通俗地講出這個故事。馬老師叫我起來講述。下面，就是我巴拉站起來，瞪著眼睛面對老師和同學講的瞎話。

巴拉說：貴州那個地方沒有小毛驢，是一個沒事幹的人用船運來的，運來了小毛驢沒有用，就把牠放在了樹林子裡，老虎來了，見是跟自己一樣的龐然大物，嚇了一跳。老虎每天在旁邊觀察牠，發現牠只有三招：瞎喊叫，尥蹶子[1]，拉屎撒尿。於是，老虎上去就把小毛驢咬斷脖子，吃了小毛驢的肉，走了。

我一敘述到小毛驢全班同學就笑。

馬老師說：巴拉，你不唸小毛驢行不行？

巴拉說：就是一頭小毛驢，為啥不唸，馬老師？

馬老師說：你怎麼知道是小毛驢，你就唸是驢不就行了。

巴拉說：是驢也要分大驢和小驢，我們家的習慣是大驢就叫大驢，小驢就叫小驢。書上沒寫大驢我看就是小毛驢。

馬老師說：書上也沒寫是小毛驢呀。

巴拉說：馬老師，我看一定是小毛驢，他們用小船運去的，大驢怎麼能行，不把小船壓沉了。

馬老師有點火了：他們就不能用大船去運大驢？

巴拉驢勁上來了比驢還強：書上沒寫用大船運大驢。

馬老師簡直有點哭笑不得了：小巴拉你這個一根筋，你就那麼喜歡小毛驢，大驢到哪裡去了？

巴拉說：大驢在家裡拉車幹活，誰能那麼傻，把大驢拿那麼遠去玩？我們都不知道貴州在草原的哪裡，拿去了還要給老虎吃掉，真是可惜。

[1] 蹬起後腿，向後踢。

馬老師說：巴拉，那個被老虎吃掉的又不是你們家的驢。
巴拉說：老師，那是你們家的驢？
馬老師說：也不是我們家的驢，是古代的驢。
巴拉說：馬老師，是古代誰家的驢呀？
馬老師說：馬老師是現在的人，不是古代誰家的驢。
巴拉說：馬老師，我覺得不管是誰家的驢，一頭小毛驢也不能白白被老虎吃掉呀。
馬老師說：巴拉，這是古人講的道理，根本就沒有運毛驢到貴州去這回事。
巴拉假裝大惑不解：老師，是古人在撒謊、吹牛嗎？那我們還學習這個課文有啥用，還不如回家去放驢。

馬老師笑了，我以為一定又氣得她大叫，結果她說：小巴拉你真是個怪腦筋，有這種怪腦筋的人，世界上真是不多，你不能在草原放驢，你要走出草原去幹點大事業。

我這是第一次受到馬老師的表揚，後來我走出草原，走得離草原愈來愈遠，就是她的話不斷地鼓勵我，給我信心，給我鬥志，給我希望，我像一匹馬一樣在走，馬老師就是一條鞭策我的鞭子。

一篇驢課文，徹底把我在馬老師的心目中，變成了有才華的好學生。馬老師留的作文，要求我們寫一個動物，要有景有物有情。在發作文時，馬老師抱著作文來班級批講。她拿出一本放在旁邊，把其他三十本作文都翻了一遍，幾乎把全班都批評了一通。

然後把二丫叫起來，馬老師說：我讓你們寫景，是寫生活中的景物。你寫和阿公領著斑點狗在法國的梧桐樹下散步，我問你，咱們草原有斑點狗和梧桐樹嗎？

沒有。
你見過嗎？
沒有。
這是你的生活嗎？
不是。
你是從哪裡抄來的？
我在書上看的。
你寫的是中國嗎？
不是。
你甚麼時間去了法國？
沒去過。
你看你還和阿公一起散步，阿公是誰？
是我爺爺。
是你爺爺就叫爺爺嘛，還叫甚麼阿公？
我就是管爺爺叫阿公。

馬老師和全班同學都笑了，顯然是嘲笑，但是我知道，二丫一家就是管爺爺叫阿公，他們是南方人。但是馬老師他們不知道。二丫眼含著淚花坐下了。我從那個時候就明白了，這個世界，永遠不會有百分之百的透明公正的真理，因為，沒有人能夠像上帝那樣洞悉人間的一切。上帝在哪裡？我們不知道上帝在哪裡，但是我真的相信有上帝，也相信他老人家也有疲勞打盹的時候，那個時候，人間便出現無數的冤假錯案。

馬老師的臉上馬上熱情洋溢起來，她說咱們班出了個大作家，這篇作文讓她驕傲。那就是我的《小紅馬》。我講了我們草原上有一匹神奇的小紅馬，是草原上人人喜愛的女神變的。小紅馬不僅帶給草原人美麗，還帶給草原人智慧。最後，我說這匹小紅馬，就是嘔心瀝血哺育我們成長的敬愛的馬老師。馬老師唸到這裡激動得滿眼淚花。當然，我也寫景了，甚麼六月的草原開滿了藍色的馬蘭花，小紅馬在馬蘭花上馳騁，就像馬蘭花中又開了一朵鮮豔的大紅花。馬老師告訴我，她的名字就叫馬蘭花。這是馬老師教了我們一年，我第一次知道她的名字。那時我就悟出了一個寫作的規則，就是毛主席說的要有生活，我對小紅馬的生活，不是在娘胎裡就開始的，而是前生就有的；另一個規則是我自己琢磨的，就是天分，也就是說，寫作不是天才就不要浪費時光，該幹啥幹啥去，否則你的人生肯定白費。

那天放學，馬老師讓同學們都回家，她留下我，說要給我輔導作文，吃偏飯②，讓我早日成為真正的大作家。在通紅的牛糞火爐邊，我出神地看著她的眼睛，說：馬老師，我看見你很親。她把我的頭摟進了懷裡。那股濃烈的杏仁雪花膏味讓我醉了。

我少年的情竇，就這樣初綻在馬老師的溫柔懷抱裡。

---

②吃比別人好的飯菜，比喻享受到特別待遇或幫助。

這個女兵，雖然是我開天闢地見到的第一個女兵，
但也深刻地給我留下了兩個病根。
我的感情這麼脆弱，
你說我能不成為感情病人嗎？

第十七章

暗戀女兵

我十七歲的那一年，真是大開眼界。我們牧場在瀋陽當兵的吳黑小，竟然領了一個女兵回來。我那時沒有見過女兵，只聽毛主席說過，女兵颯爽英姿五尺槍，一定是很有風采很漂亮。

那個女兵個子不高，臉很白，穿著肥大的軍褲顯得屁股特別大，前胸也把軍衣鼓得高高的，這種形象不像我軍的女兵形象，有點像國民黨的女報務員或者女特務，特別風騷。我們的女兵形象應該是胸膛上一塊紙板，兩個圖釘，排骨顯得堅硬。那時我就很困惑地想，同是中華女兒，怎麼穿上不同的軍裝，就會有不同的形象？但是我還是喜歡這個女兵肉感的形象，看見她的身體就有點想入非非，真希望我是那個幸運的狗雜種吳黑小。但是一往上邊看，一顆紅星頭上戴，革命的紅旗掛兩邊，我內心就崇高神聖起來了，膽小了，也不敢癡心妄想了，似乎覺得想多了，會褻瀆神靈。

吳黑小的家，跟我們是一個牧場，不是一個牧村。我放學回來，走過一片草地就可以直接回到我們的牧村，但是為了看女兵，過眼癮——其實長大成熟了之後，我才知道實際是在過心癮——反正為了過癮，我就找藉口，穿過一片繁榮的墳地，到吳黑小家的那個牧村去。墳地和牧村是我們科爾沁草原的生死兩大陣容，它們的共性共同顯示著，我們國家人口眾多的社會主義優勢，但是它們也在鬥爭，無論活著的人多麼不心甘情願，根據自然規則，鬥爭的結果總是墳墓獲得勝利，沒有一個牧村裡活著的人，死後不搬進墓地，但是從來沒有死了已經搬進墓地的人，又搬回牧村，當然，五歲時的我是個例外。有的時候我回來晚了，墳地裡鬼火跳躍，我為了給自己壯膽，就把自己想像成一個軍人，高唱軍歌衝過去，我唱的最威武的軍歌是《打靶歸來》，這首歌我現在還唱，我不是為了懷舊，當然也不是路過墳地，而是從桑拿或者夜總會回來。有一天，我去吳黑小家的牧村，沒有見到女兵。我很失落地回來了，我以為他們已經走了，失落讓我有些灰心喪氣。走到村子口，碰上了傻子吳六。吳六拉住我說：你看見兩個穿綠軍衣騎自行車的人嗎？有一個還是女兵，那可是我們家親戚呀。我恍然大悟，女兵沒走，今天來我們牧村了。吳六家和吳黑小家就是本家，他們應該來的。雖然他們走了，但我的心裡還是很高興，就像他們看我來了一樣興奮。進了牧村，我還破例高亢地唱了一遍《打靶歸來》。

後來那個女兵還是走了，我再也沒有見過那個女兵，我有時幸災樂禍地想，是不是吳黑小和那個女兵吹了。

這個女兵，雖然是我開天闢地見到的第一個女兵，但也深刻地給我留下了兩個病根。我的感情這麼脆弱，你說我能不成為感情病人嗎？一個是我無論走在海口的大街上，還是走在無論哪裡的大街上，一見到女兵就被征服。還沒見到她的臉，就已經迷迷瞪瞪，魂不守舍了；第二個病根，就是當時我不想好好學習了，每天鍛煉身體想當兵。我不服氣，吳黑小當兵可以帶回來一個女兵，難道我就不能嗎？他一副狗雜種愚蠢的面孔，我多麼聰明伶俐的形象，毛主席說：世上無難事，只要肯登攀。我那時對自己的要求也很嚴格，每天像軍人一樣，早晨起來上學一定要跑步前進。為了加快我的速度，我有時故意晚走，然後為了不遲到，就快速向學校奔跑。晚上放學，也是故意晚回來，路過墳地時，就要驚慌地奔跑，我現在也解不開這個恐懼的心結，為甚麼一個人活著的時候，肌肉結實的身體我都不怕，甚至還欺負他，揍他，但是他死了，被埋進了土裡，我卻那麼懼怕那些躺在土裡的骷髏？我每天走火入魔地上下學來回跑步，我當時以為是鍛煉自己，現在常常回想，這是一種對自己的殘酷虐待。不過我現在有一種承受苦難的意志，就是那時候鍛煉出來的。身體沒強壯，靈魂卻堅強起來了。

到了秋天徵兵的時候，特格喜場長真的讓我去驗兵了。那一年特別幸運，我們要當的是空軍。我天天幻想著，我當上了空軍，駕駛著飛機在天空的白雲中飛翔，就像我騎著小紅騍馬在白色的世界裡奔騰一樣。到時我有可能帶回來的女兵是空軍，有可能還會開著飛機回來，真是出人頭地呀。驗兵時，當把其他報名的青年放在一個大圓鐵輪子裡轉的時候，我看他們嚇得靈魂已經飛出了身體，差一點把苦膽都嘔吐出來了。我卻覺得很美好，因為從前我的靈魂在投胎前，就像小鳥一樣在藍天白雲中飛翔，在空中自由地上下翻滾，我充滿了樂趣，那些害怕飛翔的人，肯定是從地獄來的。

但是，我還是沒驗上，我的視力不行，當我用槍打前方五十米外的一隻烏鴉時，我差一點打死右邊三十米處的一頭驢。武裝部徵兵的説：你運氣不好，要是今年是陸軍你就驗上了，空軍太嚴格。你的眼睛如果開飛機，不是向自己的機群開炮，就得自己撞大樓，喜歡當兵明年再驗吧，晚一年不怕，你年齡還小，革命不分先後。

這個武裝部徵兵的同志不理解我，我著急呀，這比革命還重要，我要早點帶女兵回來呀。不是空軍，陸軍也行呀，只要是女兵就行。這是一個人的面子和尊嚴問題。誰知道明年形勢會發生啥樣變化？

明年的形勢果然發生了翻天覆地的變化，高考恢復了。學校一下子像部隊一樣，進入了緊急的高考戰備狀態。馬老師要考大學，她是外地的城裡人，每天在宿舍裡複習，基本不給我們上課了。我每天都要去馬老師的宿舍，給她生爐子，打水。她每次都用細嫩的手摸我的臉，然後我聞著她那濃濃的苦杏仁雪花膏味兒，就心滿意足地回到班級。

馬老師如願以償，真的考上了七九級的通遼師範學院（一九八〇年更名為內蒙古民族師範學院）中文系。馬老師臨走時，把她的複習指導書和課本都留給了我，她對我說：巴拉，你一定會考上，我在大學裡等你。馬老師的話像給我裝上了一台發動機，一下子發動鼓舞起了我的精神力量。我決定好好學習，一定要考到馬老師的師範學院中文系去。我幫馬老師收拾東西，打包行李，在她的褥子底下，我發現了一捆硬硬的帶血的布，像手絹那般大，卻又很粗糙。我怎麼看都看不懂是甚麼東西，就拿來問馬老師：

老師，這布是做甚麼用的？

馬老師看見，臉馬上紅到耳根，一把搶過去，說：你從哪裡翻出來這個東西？

我說：這些奇怪的布是幹甚麼用的？

馬老師：這是女人用的東西，你不要問了。

我還是覺得奇怪：女人用這些帶血的布幹甚麼？這麼硬。

馬老師說：這是女人的騎馬布。

我覺得明白了，可能是女人騎馬時墊在褲襠上的，但是怎麼會有血，難道她們騎馬磨破了身子出了血？還是因為布太硬的緣故？褲襠裡墊上這麼硬的布，在馬身上一磨不出血才怪呢，女人這麼愚蠢嗎？

我把想法跟馬老師說了，同時表達了對女人騎馬的同情。

馬老師說：你胡扯甚麼？這騎馬布，就是女人來月經時用的，這個騎馬是一種比喻。

我恍然大悟，真的明白了，但是有點尷尬，因為馬老師的臉，也是紅紅的。這個比喻真是奇妙，女人來月經時，在褲襠墊上一塊布，然後布被血染紅了，就像女人騎在了一匹紅馬上了，故曰騎馬布。這是馬老師在我們莫日根牧場中學給我上的最後一堂課，這堂課真讓我長見識，後來，社會上流行黃色的俗語叫四大紅：

殺豬的血，
廟上的門，
大姑娘騎馬，
火燒雲。

其他三個紅，別人都能理解，但是大姑娘騎馬，多數人理解成大姑娘騎紅馬，或者穿紅衣服的大姑娘騎著馬，都不對，我有標準答案，我懂，那騎馬是怎麼回事。這是馬老師給我吃的偏飯，別的學生沒上著這最後一課。

我不再想當兵了，一心一意想考大學。我成了一個喜新厭舊的人，我開始忘記那個性感的女兵，我每天想念著馬老師和馬老師身上的苦杏仁味道，還有那神秘的騎馬布。我也不再鍛煉身體了，每天我窩在一個角落就開始啃書本，一遍一遍地演算習題，複習課文。有的時候我搖頭晃腦，裝模作樣，像個古代要趕考的書生。

特格喜場長表揚了我，
給了我一種崇高的榮譽，
我真的感覺到自己跑在草原上是駿馬，
飛在藍天上是雄鷹。

| 第十八章 |

招手就停的火車

一九八〇年高中畢業的我，如願以償，考上了內蒙古民族師範學院中文系。特格喜場長說他很替我爸高興，他說：老哥你那二兒子在領頭打我兒子長命時，我就看出來，他從小就是一匹有出息的好馬，他不但拳頭狠，還會用腦子出壞主意。我替你高興，為了減輕你的負擔，在我沒醉酒之前，我代表場部獎勵你兒子三十元錢上大學用。特格喜場長酒後說話不算數，在我們莫日根牧場早已經臭名昭著。但是這次他是真的認真了，不但親自把三十元錢獎勵送到我們家，還親自交到我的手裡。他鼓勵我說：把錢帶上吧，孩子，我知道你不是那種狼崽子，離開娘窩，不會一去不回來的。你會成為一匹草原的駿馬，你會是藍天上的雄鷹，讓我們為你驕傲，為你們家族驕傲。

我很感激，特格喜場長那天給我三十元錢，和說了一番鼓勵的話，喝醉了酒之後，他在廣播喇叭裡慷慨激昂地又讚美了我一通。我是我們牧村裡的第一個大學生，前無古人，據說現在也沒有來者。面對荒原之悠悠，我真想獨愴然而涕下。特格喜場長表揚了我，給了我一種崇高的榮譽，我真的感覺到自己跑在草原上是駿馬，飛在藍天上是雄鷹。

上學的那天，我爸趕著馬車送我去趕火車。我穿上我媽給我新做的布鞋，白底黑面，我媽說：你上了大學，走上了一條沒有牛屎的路，走新路一定要穿新鞋。沒有新衣服，但是舊衣服被我媽漿洗得乾乾淨淨。我爸驕傲地趕著馬車，在沒有道路的草地上，向火車道的方向慢慢地行走。我坐在馬車上得意揚揚、躊躇滿志。除了行李外，我還帶了一個書箱，裡面裝著馬叔送給我的書，當然不是全部。我已經有了識別能力，我挑選了一些我自己特別喜歡的書，裝了一箱子。牧村裡的人，草地上放牧的人，和莊稼地裡幹活的人，都停下手裡的活計，跑到路口來送我。活蹦亂跳的狗跟著主人跑出來，互相調著情，聲音悠揚地叫著，也像樂隊一樣歡送我。和我成績差不多，但是沒有考上的同學，卻很自卑地躲得遠遠的，羞澀地望著我。我似乎感覺又經歷了一場精子戰爭一樣，我贏了這場戰爭，我又成了凱旋的勝利者。

出了草地，我和我爸趕著馬車加快速度上路了。拉車的也是紅騍馬下的駒。但他不是騍馬，是兒馬子，也就是小公馬。他應該算是老五，是棗紅馬的弟弟。兒馬子也是一身紅毛，渾身閃亮，但是沒有銀鬃，可能像他爸爸。看見兒馬子我又憂傷起來了，我想起了老紅騍馬和小紅騍馬。如果小紅騍馬還活著，按著人類的說法，兒馬子應該是我的小舅子。我正胡思亂想著，兒馬子用他那矯健的四蹄跑完了四十里路。我們已經趕到了火車道邊。

這火車也真是一個神奇的器物。草原上剛剛通火車的時候，草原人都趕幾十里或者上百里路來看火車。當火車真的從很遙遠的地方開進草原時——當時有人說是從北京城開來的——驚散了牛群、羊群和馬群，連草原的牧人也被驚嚇得四處逃竄。草原上很多騎手，在馬背上喝醉了酒互相打賭，有的說，這火車剛開進草原，趴在地上跑速度還算慢，過一段長大了站起來跑就更快了。有的堅決否認，火車站起來跑，不可能比趴著跑快，他的證據是站著跑的人就沒有趴著跑的馬快。一直到今天，這還是一個難解的問題，因為無人能證明火車站起來跑的速度。沒有證據，那些堅持者就不服。

我們這裡沒有火車站，在我的故事裡，我們莫日根牧場這片草地上，從來沒有出現過火車站，沒有一間房子，沒有一個鐵路工人，也沒有信號燈。所以我們說是來趕火車。我爸下了馬車，趴在鐵路上，用耳朵貼在鐵軌上聽聲音。他抽一袋煙就聽一次。鐵軌有震動了，他就讓我準備好，然後他揮起繫著紅纓的馬鞭子，就向遠方揮舞著發信號。火車鳴叫著，喘著粗氣，冒著興奮的黑煙，衝過來，在我爸這個臨時站長招著手勢的指揮下，停了下來。

後來在通遼、海口、廣州、北京，在愈來愈大的城市裡，我生活裡的牧群消失了，滿眼都是車流。我們坐招手即停的小公共巴士，或打的士時，我說：我們草原的火車也是招手即停。所有人都嘲笑我吹牛，天方夜譚。

就這樣，我進了大學中文系一年級。來火車站接我們新生的是老生馬老師。馬老師變得比原來小了，也就是說年輕漂亮了。看著她拿著話筒呼喊著我們，她一點都不像老師了，就是一個大學生。這種感覺後來給我靈感，我寫了一首詩叫《背景》：

魚是魚
有大海背景
馬是馬
有草原背景
我是大學生
有大學校園背景
龍的傳人在海外流動
有華夏民族背景

但是那一天在火車站，我還是親切地叫她馬老師，差一點沒撲進她的懷裡。馬老師對我也很親，但是她不讓我叫馬老師了，她說她是我的師姐，現在不是師生關係了，是同學關係，就叫名字吧。我說我叫不出口，她含著笑說：那就叫姐吧。我叫了一聲姐就陶醉了，因為一股苦杏仁雪花膏味飄了過來，很濃烈。這種味道給我這個羞澀男生一種自信，一種大學真美好的感覺。

馬姐說：我看了你的成績，你的分數完全可以報考北京的中央民族學院。
我說我不想上其他的大學，我想跟姐上一個大學一個系。
她說：傻。

二十一歲的老三，結束了四年軍旅生涯，
帶著一身堅硬的肌肉，
帶著一臉剛毅，
帶著壯志未酬的遺憾，
像一個優秀的球員，
在關鍵的時刻，
在岔道上把球踢進了對方的球門。

| 第十九章 |

幸運的岔道

一九八〇年秋天，我上大學之後，我們家雙喜臨門。冬季徵兵，第二個喜事又來臨了，十七歲的老三初中畢業（老三因為打架留過兩年級），參加解放軍，穿上了綠軍裝，實現了我和他少年時代共同的夢想。那個年代，最流行的時尚，除了上大學，就是穿綠軍裝當解放軍。春風得意的老三，顯然成了那個時代的明星。當他穿著綠軍裝，背著綠行李，戴著大紅花，思緒萬千地坐上了漫長的西去列車時，他的眼裡閃著淚花。

那天早晨，我領著老三，從下荒的遼寧馬莊逃回家時，當時擁在媽媽的懷抱裡，老三痛哭著揉著骯髒的五花臉說：媽，我再也不要離開家了。

媽媽也流著淚摟著他說：不離開了，媽再也不讓你走了。

離家對家的思念，離開草原對草原的親近，都化作了情感，像根一樣種進了這片土地，想家，想媽，想媽媽的眼淚，想家裡的親人和馬、牛、羊、狗，想自己打過和打過自己的鄉親夥伴。

一天，下荒遼寧的馬莊來了一封電報，我爸讀完，將玩興正濃的老三叫到了跟前，說：你準備一下，還要回下荒的馬莊去。

老三很固執地說：不回去。

但是那一次我爸很粗暴，又很堅定地說：一定回去。

老三求助於媽媽，媽媽也嘆息著，一臉無奈轉過身去用圍裙擦眼淚。老三又去求助大哥和二哥我。

大哥走到我爸面前說：爸，老三一定要回馬莊去嗎？

父親：一定要回去。

老大：老三是咱們家人，現在他大了也不和老二出去打架了，不回去不行嗎？

我爸不吭聲了。

我把所有的兄弟都集合來，跪在地下，陪著老三一起求我爸，不要再把老三送走了。

我爸坐在炕上喝了半斤酒之後，同意了我們的請求，他說：行了，你們起來吧，我把我三兒子留在家裡，不給人了，就算是你大舅也不給他了，他沒有兒子是他沒種，那個騾子英雄。

我媽說：不讓老三回去了，我也高興，但是，你不要用這麼難聽的話講我哥哥。誰說他沒種？他是英雄，他不是騾子。

我爸說：好，我說錯了，不是你哥沒種，是你嫂子不下蛋，那個不下蛋的母雞。

我爸這個決定讓我感動了很多年，最近讀黃仁宇先生的歷史書，我接受了一個大歷史觀，才明白，我們這個民族，不單純是指蒙古族，我是指中華民族，從家庭到社會的權力結構是多麼鬆散，充滿了隨意性。其實現在看，老三如果當時送給我大舅，我們家不反悔，他在馬莊的人生起點，肯定會比在我們這裡要高，發展的結果也肯定不一樣。可是，當時就是家長制決定一切，說不給人當兒子就不當了。

帶著夢想的年輕的革命軍人老三，在新疆烏魯木齊郊外的一個軍營裡，開始了四年的軍旅生涯。他實現了幾年前看見張大腦袋下跪時發下的誓願，要做一個腰板筆直的優秀軍人。

這是一個斯文剛剛抬頭，依然尚武的鬥志高昂的時代。在這樣一個火紅的年代，哪一個有志青年不想大展宏圖？老三每天都沉浸在興奮當中。在第一年的新兵訓練和大比武中，他發揮了從小打架鍛煉出的素質，對兵器的感覺特別好。他以準確的射擊命中率，多次獲得部隊的嘉獎，並以破格提升為副班長而結束新兵生活。那時，青年人的革命目標，仍然是接好革命班，埋葬「帝修反」[1]。雖然，毛主席他

[1] 指帝國主義、修正主義、反革命分子。

老人家去世了，但是還是要遵照毛主席的教導，必須走「又紅又專」②的道路。青年軍人老三，在軍旅中，開始了奮筆疾書。如果說，寫文章是老三的長項，這應該也是我們家族的長項。他是屬於那種思維跳躍，情感豐富，喜歡衝動又具有一定文字感覺的人。那時，人們仍然還在空洞地高唱頌歌和讚美詩。老三把學習體會化作文字，在軍報和地方報上為時代歌功頌德。在報紙上，他的每一篇文章化作鉛字時，他都有一種難以抑制的快樂。人，一出生來到人世間，都是有價值和能量的。幸運的人，將自己的能量化作社會的主流動力，一生都春風得意幸福美好。像吸星大法一樣，一切榮譽、功勞、價值都紛紛地飄向你；而有人的能量先是順應社會主流飛黃騰達，突然就出現一個岔道口，整個人生的形勢便急轉直下，結果就算不悲慘凄涼，後半生也會一蹶不振，碌碌無為；更有的人，天生下來就是唱反調、開倒車、倒行逆施的。他的力量，永遠是社會主流力量的阻力。在陽光的照耀下，社會從來不把美好的字眼頒發給他。但，社會卻永遠重視他能量的存在，阻力永遠都不可藐視。

老三的人生，是三種力量的混合體，後來岔道口多一些。一個善用《易經》八卦批算命運的江湖高人，在為老三測命時說了六個字：亦莊亦諧亦邪。

莊、諧、邪就是三種生命能量，但是，後來老三邪的多了一些。

老三剛到部隊時就是這麼一個幸運的人。試想一個部隊的營地崇尚的是武士精神。而文與武，從來都是針鋒相對水火不容的。偶爾會產生一個吸盡了文武精華的人，日後成了氣候，必定是一個文韜武略的國家棟樑之材。新兵老三剛到部隊就以文取勝，一開始就贏得了令人驕傲的目光。在部隊裡，一貫以歧視新兵蛋子為傳統的老兵們，甚至也有點喜歡或者崇敬老三了。老兵對付新兵，一貫是以拳腳和勞動來取勝的，一碰上舞文弄墨就招數不靈了，有的就主動敗下陣來。在老兵裡，最喜歡老三文武全才的要數指導員了。

一九八一年，是令人哭笑不得的一年，也是老三差一點葬送前途和生命的一年。這一年乍暖還寒。這一年，政治學習中，在部隊裡思想跟不上就要掉隊的危險當口，部隊組織看幾年前的電影《春苗》。部隊的政治步伐總是要比社會慢幾年，可能對穩定軍心有好處。電影講述了一個女赤腳醫生，經過兩條路線的鬥爭，在農村給貧下中農治病的故事。青年軍人老三看完電影激動了。後來，在海南，差點成為偷渡分子的老三，平靜地對我說：其實，我那時的激動是對電影演員李秀明的喜歡。那時還沒有追星族，自己十八歲，正是青春萌動的季節。由於封閉愚昧，自己也以為那是革命的激情。於是，他寫了一篇《寧要社會主義的苗，不要資本主義的草》，投給了軍報。這一下他惹了滔天大禍。他本來是想歌頌《春苗》的，所以叫寧要社會主義的苗。不想，犯忌於當時還沒有結束的政治口號：寧要社會主義的草，不要資本主義的苗。相沖了，這還了得！在這雖然農村已經包產到戶，大學裡恢復高考，但是部隊裡還是政治掛帥、政治第一的政治年代，可以把這解釋成是向黨和社會主義的挑戰，可以把他定性為反黨反社會主義，不但可能開除軍籍，還可能拉出去槍斃。在無所適從的年代中，無所適從生活的人，倒楣時拍馬屁，都要拍到馬正在拉糞的肛門上去。

事情發生後，上邊的壓力很大。這件事指導員不讓任何人插手，親自來處理。他找來老三談話。

②「紅」是指正確的政治觀點，「專」是指專業知識及技能。

指導員：你怎麼會想到寫這麼一篇文章？

老三：我看了電影《春苗》很受感動，所以寫了一篇讚美文章。

指導員：我看了你的文章，文筆和內容都很好，我相信你的出發點也是好的，本意是想讚美，但是，你的題目就有了大問題。你想一想，我們的口號是：寧要社會主義的草，不要資本主義的苗。都喊了多年了；你卻反著說：寧要社會主義的苗，不要資本主義的草。

老三：我所說的苗是指《春苗》的苗，不是資本主義的苗的苗。此苗非彼苗。兩個苗不是一樣的苗。

指導員：我能明白，但是，上面一上綱上線你就完了，你解釋不清的，有可能愈描愈黑。

老三有些恐慌：指導員，那我怎麼辦？

指導員：你不要怕，一切由我來安排。我是愛你這個人才呀，這輩子，我這個沒文化的人，就是喜愛有文化的人。唉，人生難測呀，沒文化的人吃了沒文化的虧，有文化的人也吃了有文代的虧。

指導員最後這句話哲理很深。老三的腦海裡浮現出一句古語：

禍兮福兮，相伴相依。

經過一個星期的禁閉教育，他獲得了新生。

指導員出於愛才，尋找各種藉口把這件事往下壓。否則當一個典型報上去，沒準兒，指導員將獲得一個難得的向上發展的政治機遇，那樣老三必死無疑。就像一棵向太陽的樹，正在享受成長的快樂，突然遭遇了雷電的摧毀。直到今天，老三都在感激他的老指導員，那個厚道的河南人。在我們百姓的心目中，指導員和政委、書記是一樣的，都是黨的形象代表。當然，對上面來講，小平路線基本全面貫通，著名的白貓黑貓論即將出籠，人性的陽光正在穿透政治的雲層，把我們的土地和人民照亮。

當時社會上都已經流行李谷一和鄧麗君了，還有程琳的《小螺號》，部隊卻還在唱：春苗出土喲迎朝陽。老三夾生在了那個年代裡。

就這樣，悲喜交加的一九八二年，老三的軍旅生涯先是有驚無險，然後就平平淡淡。雖然，苗與草事件與他的生命已無關係，但在革命的道路上，躊躇滿志的老三，革命軍人的前途，已經不順暢了。這場轉折是他沒有預料到的，他春風得意的前程黯淡了。

一九八四年，在大學中文系要開除我的那一年，老三也離開了部隊。一九八〇年我上大學，他當兵，我們家雙喜臨門。但是，我們這一年算甚麼？二十一歲的老三，結束了四年軍旅生涯，帶著一身堅硬的肌肉，帶著一臉剛毅，帶著壯志未酬的遺憾，像一個優秀的球員，在關鍵的時刻，在岔道上把球踢進了對方的球門。

這第一次握手，
是以老譚頭為代表的長輩一代，
對我進入成年人行列，
舉行的一個重要禮儀，
並且給了我一個與眾不同的價值肯定。
我感覺到自己不是一個平凡的成年人了。

| 第二十章 |

第一次握手

第一次握手

寒假回家，我見到誰眼裡都閃著淚花，都是親人。親哪！家人親、親戚親、同學親、場部領導親，凡是認識的人都親，就連狗、馬、牛、羊和草地牛糞篝火，早晨的炊煙都親。我本來十幾年就像圈養的羊一樣，很少出遠門，離開草原和爸媽，這一下一出去就是半年。我懷疑，如果回家的那個晚上，碰上狼群我都要去親一下。

不過，回家的那個晚上，讓我震驚的還是老譚頭跟我握手。這是我人生的第一次握手。我剛剛在我爸的馬車上下來，就見老譚頭走了過來，我親熱地看著他，剛叫一聲譚大爺好，就見他很親切友好地，伸出手來，握住了我的手。那是一雙飽經人世滄桑的有力大手，就這樣，他用早年在蘇聯已經習慣的禮儀，握住了我這大學一年級學生幼嫩的手。蘇聯的影片我看過很多，所以，我斷定老譚頭的握手，絕對是純正的俄羅斯風度。這時很多人都圍上來了，但是，我仍然戀戀不捨地握著老譚頭的手，顯得極其驕傲，甚至驕傲得有點傲慢。我在老譚頭的手中，真正感覺到了，作為一個大男人的價值。我當時激動得眼含淚花，內心充滿了感激。這第一次握手，是以老譚頭為代表的長輩一代，對我進入成年人行列，舉行的一個重要禮儀，並且給了我一個與眾不同的價值肯定。我感覺到自己不是一個平凡的成年人了。

這時我媽把我摟了過去，看到了我的淚花，她說：我兒子心腸熱，見到媽就哭，想媽了吧？老譚頭順勢把我推向我媽：去跟你媽親熱一下吧，兒子不能離開媽的胸懷太久，就像羊群不能太久離開草地一樣。在老譚頭的身邊生活了近二十年，這時，我才猛然間感覺到，他老人家的內心很寬很深，這是一個博大的男人。他像一本深奧的古書一樣，吸引住了我，讓我產生了強烈的閱讀欲望。

那天晚上，我跟家裡人在一起喝酒。這是我人生的第一杯草原白酒。酒很辣，但是，我卻喝得極其豪邁。我跟我哥一起給我爸敬酒，給我媽敬酒，然後又跟我哥乾杯。那些小兄弟們，還不夠資格，就只能在一邊觀看了。本來我也沒想到要喝酒，我爸說：多加一個酒杯，咱們家又長大了一個男人。

寒假裡，我幾乎每天跟老譚頭在一起。讀了大學就等於登上了一座高山，登高望遠，這時才看清了另一座山上的風景。老譚頭的學養、閱歷讓我折服。他是三十年代老北京大學的畢業生，也是學中文的。翻看他家裡的藏書和馬叔送給我的書，老譚頭說都已經是舊學問了，他說，今後就從我那借書看，以前他借書給我，以後我就要借書給他。這就是禮尚往來的君子之道。我很高興這種交易。老譚頭的過人之處就在這裡，他對我的每一個舉止言行，我都感到受到了尊重和鼓勵，我總覺得他才是我的老師，不僅僅為我解惑，更重要的是潛移默化的氣質影響，讓我回到學校，就是後來走向社會都覺得有價值、實用。現在，人們評價我，為人處世既老道又大度的這種氣派，裡面就蘊藏著老譚頭的功力。我看古龍小說，他寫的那些功夫深不見底，又隱藏於民間的，像玄機老人那樣的武林高人時，我總要想到老譚頭。他給我講的每一個字，我都當作武功秘笈，收藏在心裡，然後在日後漫長的人生道路上進行心法磨煉。

每次我去老譚頭家，我都看到他坐在炕上，靠著窗子曬太陽。他眯著眼睛似睡非睡。譚大娘叫他時，總是說老頭子人老不中用了，迷糊了。不過我看他倒沒迷糊，他是在思考、回味幾十年的滄桑人生，或者是更久遠的人類歷史。草原上傳說老譚頭要平反了，馬上要回北京當大幹部去了。我想可能是真的。我的寫作概論課老師邵正午教授就是右派平反回來的。

我放寒假回來，由於常上老譚頭家裡去，外面給老譚頭就又多了一個傳言。傳言說：老譚頭要招大學生巴拉為女婿。也就是說我要和二丫訂婚。這事傳到了我媽的耳朵裡去，別人又向她求證。她說不知道，回來讓我交代。當時我媽顯得心情很壞，沒好語氣地跟我說話。我知道，即使我跟二丫訂婚，我媽也是不會反對的，她喜歡二丫。但是這麼大的事不跟她說，她感到母親的權威受到了嚴重的挑戰。我跟她說：沒有的事，純粹是捕風捉影，不但沒有，我連想都沒想過。我媽相信我了，果然，她說：你要跟二丫還真是不錯的一對。她小的時候也吃過我的奶水，你倆同歲，都是屬虎的，虎虎相生，將來日子肯定興旺。我說：我對二丫不感興趣，我是對他爸老譚大爺感興趣。老譚大爺的學問和做人的魅力吸引我。我去譚家是和老譚大爺探討學問。我說：我還有三年半才讀完大學，先不談這個。學校老師不讓。不用說老師不讓，就是後來回學校我跟馬姐說了，她都反對說：傻，急啥？

傳言一出來，我就覺得很尷尬，不知道怎麼辦才好。所以我也就迴避，不太上老譚頭家裡去了。為了怕誤會，我就騎著馬不停地跑同學家，跟同學喝酒，常常不回家。我覺得酒這個東西就是一個魔鬼，只要你沾上它，它就會纏上你，讓你丟丟不得，甩甩不掉，又愛又恨，好忙壞忙，它都能幫上你。多年來，我對酒深深地怨恨，又深深地感激。曾經幾度，戒了喝，喝了戒，反反覆覆，藕斷絲連，糾纏不休。

那幾天老譚頭也不找我。快開學了，老譚頭叫二丫來叫我。我見了二丫感到很不好意思。二丫也是羞答答的，我們本來是同學，要講青梅竹馬、兩小無猜，我們真是標準答案。我那天看她，秀氣的身條兒，白裡透紅的臉真是很美麗。她就是與我們草原的粗壯結實的蒙古女人不同，於是，癢癢地，我就有了惻隱之心。本來我們倆從小就在一起玩大的，又是同學，彼此心中沒有障礙，常常隨便打鬧、開玩笑，有時又像兄妹一樣互相照顧，彼此很輕鬆自如，沒有顧忌。別人這麼一說，學師範教育的我明白這在心理學上叫暗示，說白了就是經別人提醒，當事人恍然大悟。都長大了，我們倆還真挺合適。

在路上，我和二丫彼此看了一眼，互相一笑，心裡有話，誰也沒說。我本來想關心一下二丫的複習情況，話到嘴邊，就顯得笨拙了。我想算了，索性就閉緊了牙關。但是，愈是這樣，我就愈覺得有點此地無銀三百兩的感覺，或者像古代丟斧子的那家鄰居，我不但感覺斧子像我自己偷的，我還真希望我能偷二丫這把斧子。我們羞羞答答彆彆扭扭地走了一路。

老譚頭見了我，說要開學了吧。我說，是，明天就走。他寫了一封信給我，說：帶給你們的寫作老師邵正午教授，他是我在北京時的好友。我一聽振奮了，也來了勇氣，就添枝加葉地把傳言中我和二丫的故事說了出來，他聽了淡淡一笑，毫不在意地說：順其自然吧，這是你們年輕人的事，老夫不管。

我如釋重負，卻也很失落。

那天喝酒，
老師真的喝多了，
他痛苦萬分地向我哭訴：那米是多麼好的一個女詩人呀。
你說，我找一個女朋友，
你師娘為甚麼不讓？

| 第二十一章 |

雨季無傘

邵正午教授，是我們中文系寫作教研室教寫作概論的老師，嚴格地說，他是副教授的職稱，正教授的年齡和水準，因為右派剛平反，是講師的地位。他很有舊文人的風骨，放浪形骸，不修邊幅，用當時人的眼光看，就是一個頑童，被打成右派二十年，他童心不改。

我把老譚頭的信交給他，他下課就請我去喝酒。一隻燒雞，兩瓶草原白，一下子讓我們跨越了師生的障礙，讓我走進了老師的世界。

先看一下他的檔案。

反右派那年，他是北京大學中文系三年級的學生，會跳華爾滋，會唱《讓我們蕩起雙槳》，是學校裡的四大才子之一，與當時的神童作家劉紹棠幾乎齊名，並且同系同班。他寫的詩常常發表在《詩刊》頭條上。在一個月黑風高的夜晚，一斤紅高粱酒給了他勇氣和力量，他用大字報封上了黨委書記的門窗。黨委書記是走兩萬五煉成的鋼鐵，那天不太高興，強制性地發給他一個回鄉證，讓他與地球奮鬥了二十年。後來平了反，回到大學校園裡教書，仍是中文系的第一支筆。

這兩年政府又創造了一個新節日，九月十日，被隆重地命名為教師節。各級領導，利用這個藉口，在豪華酒店，充分地發揮了社會主義優越性，擺上了慶祝的酒席。邵教授作為地方文化名人也上了桌。在胡吃海喝前，為吃這頓公款找一個合理的藉口，像古代祭祀一樣，頭領們要講一些禱告詞，但不像古人那麼真心虔誠。他們是唯物主義，只能講一些蒙人的虛話。邵正午心裡不存邪氣，眼裡不揉亂泥，眼看不慣心裡憋氣，於是站起來對眾首領們講：全體起立，為敬愛的偉大領袖毛主席逝世忌日默哀。誰人敢不起立默哀？那幫領導只怪自己倒楣在傳統的超前習慣上，那天正好是九月九日。三分鐘後，眾人坐下，可能真的感到心中有愧，對不起毛主席他老人家，反正大家都很沉默。胃口不太好，剩下的酒菜特別多。後來，他才猛然醒悟，那天那些人的沉默不是愧對毛主席，是恨他！

去年搞精神污染又找上了碴兒，說他的言論嚴重西化了八二、八三兩屆學生。把他反右時取消的預備黨員，後來平反恢復了，這次又無情地取消了。

邵教授邊喝酒，邊給我朗誦他當年那首著名的詩《雨季無傘》：

不怪天空不怪狂風黑雲
編織了一個雨季

雨總是要下的
就該在我的命運中淋漓

不是宿命不是無可奈何
生命有它的規律

雨即使就是為我下的
沒有傘也不自怨是苦命的孩子

不求花好月圓不求陽光燦爛
願望太重心背負不起

雨在命運中淋漓
沒有救生圈也要游過苦海去……

一瓶酒見了底兒，邵教授問我：給你們講文學概論的成教授水準怎麼樣？

我說：你讓我說真話還是說假話？

邵教授就啪地照我的肩給了我很痛的一拳：說假話還是我的學生嗎？

我說：我不知道你們啥關係，別到時候把他給得罪了。

邵教授說：你這小子這麼虛偽，告訴你，我已經在上午就把他給得罪了。

我說：那就好，這個老成頭，說話磕巴①，眼睛看人又鬼鬼祟祟的，特別虛偽，我不喜歡他，幾乎不聽他的課。每次上課時，一聽見他那磕磕巴巴的聲音，我就特別煩，感到心裡難受。邵教授，你說這人咋就這麼沒有自知之明，自己說話磕巴，咋還去當老師？我真不明白，一個磕巴怎麼混進了大學當起了教授，並且還是黨總支副書記、教研室主任，我覺得很荒唐，但是一點都不幽默，好像是在戲弄我們。

邵教授：中國歷史上這種令人拍案驚奇的事多了，頭幾天你是不是在班級帶頭罷了他的課？

我說：你也知道是我幹的？

邵教授：你別跟我裝傻了，中文系的師生誰還不知道？今天上午系裡開會就是為了這件事。他是系黨總支副書記，又是寫作教研室主任，被學生罷課感到沒有面子，就想找藉口說你們無理取鬧，要處分你們，並且他自己發誓下學期要改革自己的教學。我實在看不下去他那虛偽拙劣的表演，就站起來發言，說敗兵之將，不可連戰。結果這一句話就把他打倒了，其他老師也跟著表態，自己教課失敗，不要歸罪於學生，學生不聽你的課，罷了你的課，就等於你已經沒有教課的資格了，就像唱歌的，沒有聽眾你還唱個屁。

成老頭子當時差一點沒氣絕身亡，他磕巴著一句話都說不完整了。這個在教師節上認為邵教授給中文系丟了面子，影響了寫作教研室名譽，又利用精神污染作藉口充當急先鋒，想復辟從前搞運動的招數，來置邵教授於死地的老學棍，今天可被整慘了，他徹底明白了現在是甚麼年月了。

我說：罷他的課就是我領頭幹的，歷史上的是是非非我不管，反正當事人都已化作了煙塵，但是，我不能眼看著他在戲弄延誤我們的青春年華。

我找來兩隻大碗，把另一瓶草原白二二添作五，一人一半分了，我端起來說：老師，我感激您，敬佩您，我願終生做您的弟子，敗兵之將，不可連戰，您這話說得真有大家風骨，歷史肯定會給您記下一筆，來，我敬您，乾了！

邵教授也豪情滿懷：但願別記下一筆到時反攻倒算。我們端起兩個大酒碗，像梁山好漢一樣，氣貫長虹地碰到了一起。這一碗酒進到肚裡，我們就成了兩個古代文人，並且是醉酒的古代文人。

① 口吃。

我覺得今天的邵教授一點也不像頑童，好像是特別慈祥、溫和、寬厚的一個長者，而且還很理性。他見我有一點生不逢時的感覺，好像我應該出生在「五四」那個年代，那樣，我不是李大釗就應該是胡適，或者是後來的徐志摩也行，偏偏是現在這麼一個沒有英雄的年代，我又不想做普通人。我三杯酒下肚，仰天一聲長嘆，那怕是像老師混個右派當當也好過這麼平平淡淡呀，我痛苦地大叫。

老師拿一張餐巾紙當成宣紙，揮筆給我寫下了一首詩：

不要說，
生不逢時，
命運薄。
人生的路，
你才走了幾何？

夜深了，天氣很冷。我攙扶著老師，在馬路上搖搖晃晃地行走。我們的眼睛和路燈一樣，都散發著迷蒙的紅光。

當時的意境，很像大詩人艾青他們，當年在雪天寒冷的夜裡，尋找酒館的情景。老師背著當時艾青的名句跟我說：哥們兒，咱們找酒館去！

第二天，太陽升起的時候，一切依然如故。邵教授還在好好地教著他的寫作概論，我卻不想好好地跟他學了。我覺得這種知識對我沒用，按照寫作概論去寫文章，寫出來的都是虛假的屁話。邵教授說：

我總得吃飯呀，不教這個又能教甚麼？我知道大學中文系裡肯定教不出作家來，就像廟裡修不出佛來，是作家是佛，在哪裡都會成為作家成為佛。但是，學校和廟是社會結構的一部分，我們必須要辦學，我們必須要修廟，我們要培養人才修煉心靈，人的精神境界和文化修養總是要提高的，不能說培育不出作家和佛來，我們就廢除教育拆掉廟宇。

邵教授那晚雖然喝醉了酒叫我哥們兒，但是我始終不敢叫他哥們兒，按輩分我應該叫他大爺，但是我就想叫他哥們兒，覺得那樣很合我們的感覺，一定很痛快。他講完課，就走到後面我的座位旁，坐下和我抽煙。我不是像中學生一樣個子高才坐到後邊，大學裡反正上課隨便坐，我坐到後面，方便抽煙或搞一些小動作，尤其是邵教授上課時，我不喜歡聽，可以隨便站起來就走，到酒館裡去等他，點好菜，燙熱了酒，邵教授一下課，我們就可以喝上，喝完他結帳。

精神污染，和九月九日因為給毛主席默哀三分鐘，搞飯局，和告誡成教授「敗兵之將，不可連戰」，這些事件，都沒有影響頑童邵正午教授給我們正常上課，雖然我不去正常聽課。沒人能扳倒他，讓他再走回從前右派的日子。

但是他也不是沒有麻煩，一個從吉林來進修的女詩人那米，刻骨銘心，愛上了我們的頑童教授邵正午。

我現在離開那個時代已經二十年了，我在追憶那個似水流年的故事，有時我過於裸露真實的性情，閱讀的人，對寫書人的敘述，可能都有點心靈感到不安。但是，我與當時的女詩人那米大膽的描述相比，不但落後了二十年，而且也略顯得拘謹和恐慌不安。先鋒就是先鋒，我有時就感到力不從心，無法爭鋒。還是別掉書袋了，看看那米的詩到底是啥貨色。

無題

男人走進男人的廁所裡
為了表示男兒堂堂
要放儘量把屁放響
響聲過後
我們就看到精液
在地上　漫無邊際地流淌

就是寫這種風格的詩的那米，把我的老師邵正午教授愛得死去活來。我的老師家裡有三口人，他的女兒邵小滿是我的同學，不但是詩歌愛好者，而且和那米是死黨，寫同一風格的詩，也同樣是藝術先鋒，同樣生活前衛。小滿堅決支持那米愛她爸爸，但是有一個人堅決反對，那就是我的師娘，小滿的親娘。

本來，老頑童邵正午教授已經要接受那米的愛了，其實他在心裡早就接受了。那米很年輕漂亮，和他女兒站在一起，比他女兒小滿還出色。哪匹老馬不喜歡吃嫩草呀。其實他就是怕我師娘反對，果然我師娘知道了便表示堅決反對，而且她第一個斷絕關係的不是我老師，而是她的女兒小滿，師娘罵小滿喪盡天良，背叛老娘，竟然要活生生地拆散父母的姻緣。

我知道老師甚麼都不怕，政治、法律、道德他都不怕，都經歷過了。他就怕自己的良心。所以師娘一罵他還有沒有良心時，他就怕得發抖。

老師當年被當成右派回鄉下改造時，他對自己的前途已經灰心喪氣了。那時，我的師娘，一個小老師十幾歲的鄉下美麗姑娘，認準了這個失意落魄的讀書人，她衝過層層防線和老師結了婚。當時我的右派老師真是喜從天降，感恩戴德，他覺得能夠娶上師娘這樣美麗賢慧的女人，這右派當得很值，他甚至感謝這次當右派的機遇，否則在大學裡，也不一定能娶上這麼美好的妻子。於是，他就心存感激地以良心作筆名，給師娘地老天荒、海枯石爛地寫了幾十年感恩的詩。師娘把每一個字都完完整整地收藏起來了，本來以為，一直白頭到老，他們的婚姻都可以是銅牆鐵壁，沒想到，那米這個小詩人竟然要把這個堡壘給攻開了，而且女兒成了內奸還和她裡應外合。

那天喝酒，老師真的喝多了，他痛苦萬分地向我哭訴：那米是多麼好的一個女詩人呀。你說，我找一個女朋友，你師娘為甚麼不讓？

在沒有詩歌的年代裡寫詩，
就像在沒有軍隊的國家裡，
邁著軍人的步伐一樣。

第二十二章

想像的天空有一匹馬

我原來的馬老師，現在的師姐，我叫她馬姐。是她叫我這麼叫的，她說那樣感到親近。馬姐是學生會的幹部，這不重要，重要的是她已是學校很有名氣的詩人。在二十世紀八十年代初，詩人和作家的江湖地位，就像現在的那些明星們一樣，幾乎受到天下人的推崇，甚至比現在的明星還崇高。那時如果寫了一首詩，那怕一句，被天下人傳誦，你就成了人們頂禮膜拜的神明。可以說，到館子裡吃餃子都不用給錢。有一次，童話詩人顧城來我們學校參加詩會，那規模，簡直像開了一次隆重盛大的廟會。不管哪個系的，也不管老師還是學生，反正全校都轟動了，全校都沸騰了。就是因為他寫了《一代人》：

黑夜給了我黑色的眼睛，
我卻用它尋找光明。

其實，文化人的靈魂更容易被思想征服，就像沒文化的人的靈魂容易被金錢征服，幼稚的人的靈魂容易被明星征服一樣。

我上了中文系使用的第一個成語就是愛屋及烏。因為喜愛馬姐，我也就喜歡上了她喜愛的詩歌。後來，我有一天，在海口聽到了港台流行進來的一首歌，有一句詞叫「因為愛著你的愛」，一下子就震顫了我的心靈。在那以前我和所有愚昧無知的人一樣，以為世界的中心在中國，那麼漢語的優秀文化中心也在中國。其實扯淡，像愛著你的愛，能煉出這麼通透語境的句子，在當時我正敘述這個故事的年代，沒有人能夠達到這個高度。我能悟到，但是用文字表達不出來，儘管，我有時一夜不睡覺，在喝醉了酒的亢奮中，能寫出六十多首詩。

我一夜能寫六十多首詩，儘管後來我沒有成為大詩人，但是我像先驅一樣，我的事蹟成了一個美妙的傳說。據說，現在還激勵內蒙古民族師範學院中文系一代又一代的學弟學妹們，踏著我的足跡，前赴後繼。在沒有詩歌的年代裡寫詩，就像在沒有軍隊的國家裡，邁著軍人的步伐一樣。

那天，學校和《荒原》詩刊聯合舉辦了馬姐的個人專題詩會。據說，這是學校開天闢地頭一回的大事。當時中國的詩壇上，女詩人有「南舒北馬」的說法，舒是大名鼎鼎的舒婷，在南方福建廈門的海島鼓浪嶼上。馬就是北方科爾沁草原的馬蘭花，我馬姐。她們兩個的出現和呼應，證據確鑿地證明了一個真理：大海和草原是懷孕詩歌的子宮。

馬姐在她的詩會上表現得美麗出色。那些後來的歌手在他們的演唱會上比較成功的表演，都有馬姐當時的影子，她對後來者的影響太大了。我喜愛她那一身紅袍子。社會上來了一些大名鼎鼎、如雷貫耳的大詩人，一個一個上台或是朗誦馬姐的名詩代表作，或是朗誦自己創作贈送給馬姐的詩，但是他們在我眼裡都成了一個一個小黑點，變成了省略號。我的眼裡只有馬姐。馬姐慢慢地變得模糊了，一匹小紅驃馬活躍在詩會的講台上。我激動，我顫抖。

我即興創作了一首詩：想像的天空有一匹馬。

我像脫韁的野馬一樣衝上台，就手舞足蹈地吟唱表演起來。其實追本溯源我的祖上，我應該是行吟詩人的後代，所以，我的朗誦很像馬背上醉酒的行吟詩人。我打破了那些做作的娘娘腔的聲調，甩出了高亢粗放的蒙古野調。無招勝有招，我的任意妄為，竟然陰差陽錯打響了。我把那些自命不凡的詩人給震驚了。他們給了我狂熱的掌聲和呼嘯。

原來按計劃安排的是我朗誦馬姐的成名作《致草原》，但是詩人是沒有程式的，詩會也就沒有了程式。馬姐以為我這首詩是在讚美她，激動地站在台上，深情地看著我，和我一起沐浴著掌聲。

馬姐的詩會開完就是酒會。酒會上大家都說我的詩寫得好，朗誦得也有激情，個性超群，於是邊敬酒，邊又讓我朗誦詩。我朗誦了多少首詩，喝了多少酒，我自己不知道，別人也不知道。因為酒桌上已經沒有清醒的人了，包括所有的詩人。據説，那天晚上由於我們把空氣都灌醉了，為我們服務的服務員，至少有兩個受薰陶後來成了詩人。又由於我像明星一樣奔放的激情，有一個差一點為我獻身，成為我的女朋友。那天晚上我詩情澎湃，心中烈火燃燒，我還怎麼能夠睡著覺？我騎上自行車歪歪扭扭地就在寒冷的夜幕中失蹤了。

早晨天快亮的時候，在火車站的候車室裡，我被馬姐強力推醒了。她和很多醉得不太厲害的詩人們找了我一夜。我懵懵懂懂地睜開眼睛，見馬姐抱著我的自編詩集正在感動得流淚呢。原來這一夜我並沒有睡覺，我寫了六十多首詩，一大半的內容都是寫給馬姐的。馬姐動情地唸起了我那首《想像的天空有一匹馬》，唸著唸著，情不自禁地在火車站的候車室裡，大庭廣眾之下，就在一九八一年的冬季某日的早晨狂吻了我。由於喝多了酒，記不清具體日期了，但我能記清這是我處男的初吻。我喜出望外，我熱淚盈眶。從此在我人生的味覺上，幸福的味道永遠是苦杏仁雪花膏的味道，無論吃多少蜂蜜，都去不掉那種醉人的苦味。當時在火車站裡，那些趕火車的人，看見我們胸前戴的校徽，就很羨慕地說：你看這些大學生，真開放，在火車站就親嘴。有的接受不了就說：快閉上眼睛別看了，會得紅眼病鬧眼睛的。我和馬姐旁若無人地摟著、親著，連車站派出所的員警都不怕。

這次詩會，托馬姐的福，我認識了《荒原》詩刊的編輯，大詩人野馬。野馬在《荒原》上，頭條發表了我的組詩《想像的天空有一匹馬》。立即轟動，我頭上戴上了詩人的桂冠。我是詩人我怕誰？這句話不是嚇唬人，我真的誰也不怕。就像後來王朔大兄的名言：我是流氓我怕誰？很多傻瓜來爭論這句話，結果把這句話爭論成了名言，把大兄王朔也爭論成了名人，其實我告訴你們，流氓就是誰也不怕；如果怕，他就不是流氓。

當我把道爾基介紹給張有，
炫耀般地重點強調他是萬元戶時，
我和道爾基發現，
張有像被雷電擊中了一樣，
目瞪口呆。

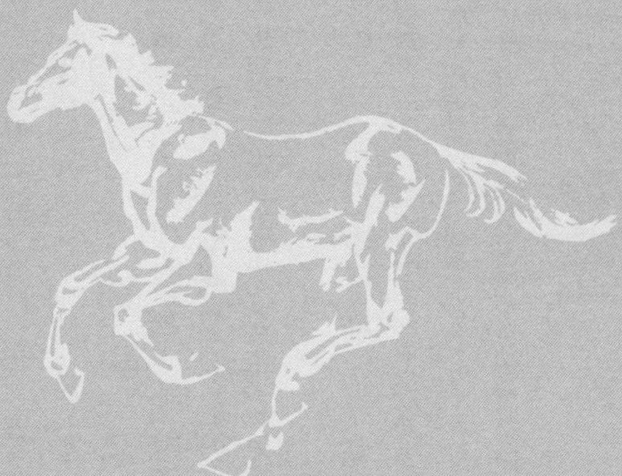

| 第二十三章 |

上鋪來了個萬元戶

一九八二年，大約是在冬季，當我們班女生斯琴把她的老鄉，一個她的中學同學領到我們宿舍時，我當時大開眼界，平生第一次見到了一個萬元戶，一個最有錢的人。這個傢伙極其時尚地趕著一九八二年的時髦，穿著緊身的大喇叭筒褲子，紅線衣領子和袖口露在外面，一塊很招搖的十七鑽的梅花手錶，卡在線衣的紅色袖口上，閃閃發光。他留著那年頭只有社會痞子才敢留的波浪長髮，上嘴唇留著一撮小鬍子。那副造型，讓人看了，常常會往原始社會遐想。我自己至今都不可理解的是後來流行開來，我也曾是這樣一身扮相。我們的副校長，那個在槍林彈雨中留下滿身傷疤的老革命，在一次要開除我的談話中，代表黨大失所望地教訓我說：你看你這個德行，後面看像個婦女同志，一回頭還有小鬍子，你哪像個大學生？

斯琴把這個叫道爾基的傢伙領到我們宿舍，我就和道爾基成了互相看重的朋友。斯琴和道爾基不是我們科爾沁那片草原的，他們是從錫林郭勒草原來的。其實，斯琴把她的老鄉領到我們的宿舍來住，不是因為我的關係。和我同宿舍的張有，是斯琴已經公開的男朋友。張有沒在，等於我為她簽收了。因為我和道爾基這傢伙一見面就對脾氣，況且人家又是萬元戶。

這是一個飄著雪花的寒夜。外面，零下四十多攝氏度的天氣，出不了門，道爾基要請我出去吃涮羊肉的計劃實施不了，讓我大失所望。不過想喝酒的人，總是有辦法喝上酒的，我用電爐子和飯盒，煮著道爾基帶來的羊血腸和我的速食麵，道爾基從包裡拿出兩瓶草原老白干，我們就乾上了。

我問：我說道爾基，你是萬元戶，是我見過的咱們草原上最富的人，有錢了你想幹甚麼？

道爾基：我還想賺更多的錢。

道爾基問：你是大學生，讀完書你想幹甚麼？

我說：我想寫書。

道爾基問：你真的能寫書？

看道爾基那神色，幽黃閃亮的蒙古種目光專注地看著我，比我看他這個萬元戶還神聖。

我自己一揚手喝進一杯，傲慢地說：甚麼叫真的？我肯定能寫書，而且寫得比現在看的這些書一定還要好看。我發誓我將來到四十歲的時候，一定能寫出一本我自己都沒看過的書！我說你這個傢伙，賺多了錢，也到大學來讀點書吧。

道爾基說：我連高中都考不上，才去做生意的，還怎麼能讀大學呢？我看你是喝多了，拿我開心當一道菜吃。

我說：你當然可以，我們學校每個系每個班都有自費進修生名額，不用考試，不過，他們來進修的大多數都是有背景的，學費由公家出。你是萬元戶自己出沒問題。

道爾基豁然開朗，覺得我的提議非常可行。

他說：我要感謝你，賺錢的事到哪裡我都有辦法，讀書我總找不著門，來，我敬你一杯。

我說：斯琴沒跟你說過？

道爾基說：她上大學以後，我這是第一次見她。

我說：那，這麼說你們兩個以前不是一對？

道爾基：我還想問你，你們兩個是不是一對？

我說：你們兩個要不是，我就告訴你吧，我跟她也不是一對，她已經有了男朋友，是個漢族學生，叫張有，就睡在你坐的那個床上。

這時我和道爾基已經乾進了一瓶，他可能喝多了，他說要給我講斯琴他爸打她媽的故事。我不知道甚麼毛病，對這類故事特別感興趣。

道爾基說：馬倌巴特爾也就是斯琴她爸，在我們錫林郭勒草原不是一個有出息的牧馬人，他牧馬的成績一般，從來沒受到過政府的表揚，但是他打老婆的名聲很大，常常遭到老人們的咒罵。巴特爾打老婆，從來不在屋裡打，也不在夜深人靜的時候打，基本選定的時間都是在炊煙裊裊，飯菜飄香、每戶人家都在吃晚飯的時候。巴特爾像馬一樣，把老婆拉到院子裡，在老婆高亢的尖叫聲中，開始打。巴特爾打老婆用的第一道工具，常常是生鐵鑄造的爐鉤子。好像是他正在忙著做飯或者餵狗呢，老婆惹怒了他，他來不及放下爐鉤子，就開始打老婆了。一般的習慣是，人們正在吃飯時，聽到巴特爾老婆的尖叫，扔下碗筷就向巴特爾家跑來，如果很長一段時間牧村裡沒有聽到巴特爾打老婆的尖叫聲，牧民們就會很不習慣，吃飯不香，心裡很失落，即使吃完飯，也消化不好。

來看熱鬧的人多了，巴特爾揮舞著爐鉤子就要向老婆的身上打去。這時看熱鬧的人，就有人勸解說：巴特爾，你個牲口人，打老婆不好用那鐵爐鉤子打腦袋。巴特爾聽了，像受到了鼓勵，就用鐵爐鉤子向老婆的頭刨去，老婆的頭一下子就噴出了血。巴特爾的老婆發出了令人恐懼的尖叫聲。

看熱鬧的人就再勸：巴特爾你個牲口人，真用鐵爐鉤子刨老婆的腦袋，你看打出了血吧，她要真該打，你為啥不用鞭子抽她？巴特爾被提醒了，扔下爐鉤子，進屋就拿出了馬鞭子，向老婆的身上抽去。

這時看熱鬧的人群裡，有德高望重的老者說話了：巴特爾，你個牲口人，放下你的鞭子，那是你老婆，你以為是你放的馬呢，打老婆哪有這樣打的？她有哪些地方做得不對，打她兩個嘴巴就行了，幹嗎一家人，還要動傢伙往死裡打？巴特爾從打老婆到現在一句話也沒說，只有老婆在恐懼地尖叫。這時巴特爾說：看在老人家給你講面子的情分上，我不打死你了，但是我也不會輕饒你。說完照老婆的臉，就是幾嘴巴。

這時看熱鬧的人群裡，就有人問了：巴特爾你個牲口人，你為啥要打老婆呀？

巴特爾氣憤地說：我放了一天馬，餓著肚子回來，家裡的鍋還是冷的，孩子們也快餓死了。

看熱鬧的人也跟著氣憤說：這老婆真該打，為啥不給男人和孩子做飯？

巴特爾的老婆停止了哭聲，說：家裡沒米，我用啥做？

人們恍然大悟，馬上回家都端來了同情的米飯。

我總覺得巴特爾打老婆表演的成分多，人不多他不打，好像氣氛不夠似的。後來他家的兩個女兒都走出了草原，斯琴上了大學，高娃當了演員，受她老爸的影響當上了表演者。

道爾基講完，我說：道爾基你講的故事真是精彩，斯琴現在是學生會的文藝部部長，在學校是比程琳還紅的歌手，也是一個表演者，這家庭教育真重要啊！

道爾基說：這不是我講的故事精彩，是斯琴他們家的故事精彩，這是一個會表演的家庭。

我說：你自己的故事也一定很精彩吧，你是做甚麼生意成為萬元戶的？

道爾基自己乾進一大口酒說：販馬。

這道爾基確實是一個馬販子。那時候馬販子販馬，比現在廈門賴昌星他們走私還危險。其中一個危險是，如果馬隊遇上白毛風，也就是暴風雪，可能一夜之間連人帶馬全部凍死在冰天雪地裡。但是這天災不是最危險的，最危險的是人禍。在草原上，每一片草原都界限分明。我們內蒙古草原和蒙古的邊界是用拖拉機翻耕之後，拉上五道鐵絲網；內蒙古各個草原之間，一般拉上三道鐵絲網。道爾基他們的危險就是進入我們科爾沁草原之後才會發生。那時草原之間最怕的就是馬群帶來傳染病，現在歐洲流行過來的詞語叫口蹄疫，我們那時叫四號病。道爾基他們趕著馬群，一定要通過我們科爾沁草原，才能到達漢族地區的遼寧或者吉林、黑龍江。原則上我們絕不讓他們通過，如果有錫林郭勒的馬群過來，被我們的獸醫檢查出有四號病，草原上就會被挖出一排大坑，找來邊防軍幫忙，用機槍把馬群全部槍斃，然後埋掉。如果趕馬人抗議，就有可能被套馬杆套上，被馬背上的人在草地上拖死。

販馬一般都是在過年的前後進行，因為過完年，買馬的漢族地區就要開始春耕了，這時的價格最好。而且，道爾基他們賣掉的馬也是最好的，一般都是六歲口左右的。我說過，馬的二十歲就是人的一百歲。六歲口的，就是相當於人三十歲的年華，正當年富力壯。道爾基他們對馬比對人還熟悉，用手掘開馬嘴，看牙齒就能知道是幾歲口的。

道爾基成了萬元戶這一次，幾乎是用命換來的。當時，他們從錫林郭勒盟草原西烏珠穆沁旗的烏拉蓋，也就是張承志下鄉寫《黑駿馬》的地方，剛進入我們科爾沁草原的霍林郭勒就被巡牧的抓到了。

當時，抓道爾基他們，領頭的是女民兵連長白音花。道爾基和白音花認識，他們曾經在呼和浩特一起參加過全區的基幹民兵大比武。這次見面，道爾基假裝老熟人一樣，拿出一百塊錢，給大家買酒、買肉，他說：我和白音花是老戰友，今天請大家喝酒，我們後面還有三百匹馬，明天到了，獸醫檢查完，一起趕回錫林郭勒草原去，我們不出境賣馬，我們不想給老戰友惹麻煩。

基幹民兵連的人，就連連長白音花自己都覺得沒有多大問題，自己認識道爾基，後面還有馬隊，道爾基又這麼懂道理，深明大義，就都放鬆了警惕，喝起了大酒來。白音花甚至在心裡對男人氣十足的道爾基很愛慕。

半夜，道爾基投其所好，鑽進了白音花的蒙古包裡，趴在了白音花白花花的裸體上，白音花風騷地抱緊了公牛般的道爾基。在白音花蒙古包的顫動中，道爾基他們的馬隊繞開民兵連的醉鬼們，悄悄出發了。

早晨，幸福的白音花從道爾基的身體下爬起來，發現靜悄悄的，外面的馬隊已經失蹤了。

白音花勃然大怒，騎在馬上，一揮套馬杆就套住了道爾基，打馬就拖著道爾基跑了起來。跑到沒人的地方，白音花下馬把道爾基拉上馬，說：你走吧，這次饒你一命，是報答昨天夜裡的感情，下次再抓到你，你就沒命了。

被拖得半死不活的道爾基，騎到下午才追上了馬隊。第二天，他們在內蒙古和黑龍江的交界處，將馬隊交給了等在那裡的車隊，一百多匹馬被裝在十輛汽車上，道爾基賺到了一萬多塊錢，成了不可一世的萬元戶。

道爾基端起酒杯，喝了一大口，遺憾地說：當時白音花送給我的那匹馬，應該卸掉籠頭和鞍子放回去，但是自己貪財，把那匹馬也給賣了，結果汽車上了大興安嶺的山路，眼看著那匹馬被從車上甩出去，掉進了山崖裡。馬也失去了，白音花這個色也失去了。

他一口氣把剩下的酒乾完，感慨地說：我對不起白音花呀，你不知道白音花那個女人，摟著她睡覺有多舒服，她真是一隻騷母狗呀。

我說：道爾基，你這個馬販子萬元戶，簡直就是一個英雄，英雄不要氣短，來，乾杯！

道爾基說：但是男人就是離不開女人和馬，離開了就會想，兄弟你還沒上癮，你不知道這滋味有多不好受。

我說：道爾基你真直接，我也是總想女人和馬。

我們兩個喝醉酒的人搖晃著酒杯，哈哈大笑，一種暢快和坦蕩震顫著雪夜。

深夜裡，張有披著一身雪從閱覽室回來了。張有和我一個宿舍，是同學，但不是好朋友。當然不是因為我是蒙古族人而他是漢族人，我們學校民族團結得很好，很讓黨中央放心。我們之間的彆扭是在剛上大學的時候，我給他起了一個無中生有的外號。當時老師點名叫張有時，我的腦海裡想起了我媽常罵我們八兄弟的話：張飛他媽無事生非。我的腦海裡就非常搞笑地盤桓著一句話：張有他媽無中生有。我自己就控制不住地在班級笑了起來，那天剛好是老頑童邵正午教授上寫作概論課，他叫我站起來，問我有甚麼開心的事，自己大笑，乾脆講出來跟全班同學一起分享。我就把「張有他媽無中生有」講了出來，邵教授領著同學起哄般地開心大笑，但是我發現有一個人沒笑，就是張有。他氣憤填膺，像他古代的堂兄張飛一樣對我怒目圓睜。我覺得不妙，從此無中生有成了張有的終身外號，我也把張有得罪了，我倆又是一個宿舍，但是幾乎一個學期，無論在宿舍還是在教室，他都不跟我講一句話。當然現在好了，張有也習慣大家叫他無中生有了，甚至有時他還自己調侃自己，但是我們倆就是成不了朋友。這小子記仇記得很死。

當我把道爾基介紹給張有，炫耀般地重點強調他是萬元戶時，我和道爾基發現，張有像被雷電擊中了一樣，目瞪口呆。我和道爾基一起請張有喝酒。張有的酒量不高，但是面對著女朋友的老鄉，一個神話般的萬元戶，他喝多了。

第二天早晨醒來，我發現張有一夜沒睡。他很激動，不是詩人卻給道爾基寫了一首詩，他站在床頭朗誦給因為醉酒躺在床上的我和道爾基聽：

昨晚　我的上鋪
睡了一個萬元户

我感覺到了
金錢的沉重
和我對金錢的瘋狂嫉妒

因為金錢
我會成為一個人的奴僕
儘管我們都在和命運賽跑
但是我追不上
金錢那閃光的速度

宿命已定
我知道
即使睡了上鋪
我也不會成為萬元户

嗚呼
我只能嗚呼

道爾基覺得這詩人張有真是一個有趣兒的人，大學真是一個美妙的地方。他喜歡上了這裡。道爾基喜歡大學沒有錯，大學裡，和他們那些馬販子，在冰天雪地裡趕馬，是截然不同的兩個世界。但是，他不應該喜歡大學生斯琴，因為斯琴已經被張有提前喜歡上了。

在道爾基住我們宿舍的第三天，我放學回宿舍，見張有抱著一抱書在敲門，我說：你沒帶鑰匙嗎？不用敲了，我來開門。我見張有拿著鑰匙，張有說裡面反鎖上了，開不開。我開了半天，也沒開開，又敲，也沒敲開。我拉張有繞到後面去，窗台很高，又拉著簾，但是上面有一塊玻璃露著，我用肩馱著張有，我說：你看看誰在裡面，在幹他媽啥。

張有從我肩上跳下來，一聲不吭，就在雪地裡憤怒地繞著圈兒狂奔。我問他是誰在裡面，他不說。我就自己爬到了窗台上，往裡一看，馬上全身熱血沸騰，怪不得張有那麼氣憤。原來道爾基正在和斯琴做愛。斯琴跪在床上，動作像一匹騍馬一樣挺胸抬頭，道爾基站在地上，像一匹公馬一樣，褲子掉在了腳下，那形象比任何一匹公馬都難看。他們嘶鳴著，高亢地運動著，和我每年春季在我們牧場看到的馬圈裡配馬的動作一模一樣。我常聽說養狗的人，時間長了，撒尿會像狗一樣抬著腿尿，沒想到道爾基這個馬販子，做愛竟也像馬一樣。人真是一個聰明的動物，模仿動物的能力竟然都這麼強。

我跳下窗台，追上張有。我說：熊種，你他媽跑啥？你還不去收拾他！

張有窩囊地說：你看道爾基那塊頭，我能打過他嗎？人家又是萬元戶，反正斯琴跟了他，我就不要了。

我說：操你媽，你褲襠裡的那個雞巴東西白長了，讓我看看你到底長沒長？你這個無中生有！

我把張有按在雪地上狠狠地踹了幾腳，又抓起雪來，往他的褲襠裡灌。

張有趴在雪地上，哭了起來，他說：我怎麼辦？

我豪邁地說：先揍他一頓再說。

張有說：我說過了，打不過他。
我又仗義地說：還有我，打不過也要打，這是男人的尊嚴。
張有爬了起來，說：你幫我打？
我說：走吧。
我們回到宿舍，門已經開了。斯琴正在狼狽不堪地整理著她的衣服，道爾基心滿意足地提著褲子。張有被我推到了道爾基的面前，道爾基一把摟過張有，說：大學生，再找一個女朋友吧，這個斯琴是我的人了，我剛和她幹完，她已經很髒了。
張有想打他，想反抗，但是被道爾基夾著脖子喘不上氣來，只是掙扎卻動彈不得。
我上前，一把摟住道爾基的脖子，用膝蓋頂住道爾基的後腰，一用力就把他摔倒在地上。張有趁機跑了。道爾基爬起來很驚詫地說：我操，你們大學生還打人？
他正要跟我還手，我發現道爾基的耳朵開了花，他的耳朵一下子就很破碎了，美麗的鮮血就盡情地噴灑了出來。斯琴發出了驚慌的尖叫。我覺得莫名其妙，突然看見，張有手裡正拿著一塊沾滿了鮮血的板磚，已經嚇傻了。大家都明白了，原來是張有趁機下手了。我一腳把張有踢出了門外，聰明的張有，立即就借著勁兒跑沒影兒了，其實，我們過低地估計了馬販子道爾基的風度，他沒有像我們想像的那樣，追出去拼命。他沒動，一動沒動，只是用手捂著耳朵說：我操，這大學生下手更黑。
道爾基的鮮血沒有白流，斯琴像對英雄一樣，邊給他擦血，邊說出了一些崇拜他的話。
張有的一磚頭，為自己拍出了男人的尊嚴，卻也拍走了女朋友斯琴。
幾個月以後，我們班的同學斯琴，變成了孕婦斯琴。放暑假的時候，十九歲的大學生斯琴，在光天化日之下，竟然膽大包天地在醫院生下了一個兒子。斯琴被學校開除了。

開除斯琴那天，老革命副校長來到我們班級訓話：老子給你們班招生時招來了三十一個學生，剛念兩年半，就變成了三十二個，竟然他媽的給我生了一個小外孫。這個斯琴真給我爭氣，你是讓我感到驕傲，還是讓我感到羞恥？現在是計劃生育年代，你們大學生難道是文盲嗎？還是法盲？

我那天很同情地看副校長因為氣憤而全身顫抖，那時我才深刻地感覺到了斯琴和道爾基的罪過。我相信這個革命老人在槍林彈雨中沒有顫抖過，但是在道德和校規面前竟然顯得這麼脆弱。

當然，那天斯琴已經不來班級，她不可能帶那個老革命副校長的小外孫來到班級，她已經走了，和馬販子萬元戶道爾基，帶著孩子，據說去了北京。我很想補充一句，那個孩子是他們性慾的結晶，但是我確定不了他們有沒有愛情。

三年以後，北京出了一個紅歌手，就是斯琴。

馬姐平時的嘴唇是血紅鮮嫩的，
今天走在沙漠上，
風沙一吹，
竟然有一些滄桑感。
我的心中生出一種無比的疼愛、憐香惜玉之情。

第二十四章

荒原浪漫

暑假裡，受馬販子道爾基的啟發，當然也有嫉妒他賺錢容易的成分，我異想天開讓馬姐跟我去販馬，我說我想賺錢。馬姐是帶工資上的大學，她不缺錢。但是他們三年制屬於大專，明年就畢業了。馬姐很快樂地就接受了，她說，最後一個暑假跟我的巴拉弟弟去浪漫一回。

我和馬姐回到牧場，找到了特格喜場長。我們說，要替牧場到漢族地區去販馬。特格喜場長聽了，驚詫得本來小牛一樣的眼睛，睜得就像大牛的眼睛一樣大了，半天都不合上，他的眼珠在眼圈裡轉。他說：我沒聽錯吧，我們牧場，兩個像驕傲的駿馬一樣的大學生，要去做馬販子？他又拽拽自己的耳朵。我是喝醉了沒醒酒呢，還是在夢裡，這不可能是真的吧？我有點不相信我自己的耳朵。

馬姐說：特格喜場長你就別演戲了，你沒聽錯，也沒喝多，也沒做夢，我和巴拉弟弟就是要去販馬。做馬販子也不丟人，我們要自己掙錢。

我有點怕特格喜場長，膽怯地說：特格喜場長，我們是學生，就是想自己掙一點錢。

特格喜場長火了：狼崽子，你沒良心，難道你沒有錢花了嗎？場部可以再給你們錢，難道我沒給過嗎？你們別去丟我的臉，說我特格喜當場長連兩個大學生都供不起，馬老師你不是有工資嗎？

馬姐見此路不通，就改換思路說：特格喜場長你別生氣，我們是中文系的大學生，我們要體驗生活，我們要過一下艱難的日子，鍛煉自己，這是學校叫我們實習。

特格喜嘲笑我們說：實習也不能去當馬販子，難道你們學的是怎樣販馬嗎？真是愈讀書愈有出息了，苦日子你們還沒過夠？人家都往好日子奔，你們幹嗎卻想去找苦日子過？

我和馬姐商量了一下，和特格喜場長講道理是講不明白的，但是他講情面，我們就死纏爛打。特格喜場長沒辦法，就給了我們五匹馬，告訴我們：遇上狼群就丟掉馬餵狼，自己跑回來保住大學生的命，別讓國家白培養了你們，場部損失五匹馬是小事，算我白餵養了五匹馬，你們的命比馬命貴重。

我很興奮：放心吧，特格喜場長，我們保護馬，就像保護自己的身體一樣，人在馬就在。

特格喜場長：你別像沒拉過車的兒馬子一樣，只會叫，到時候，你駕上車帶上夾板就知道啥叫哭了。

我們出發了，憑著一腔激情。

我們走上了從內蒙古去遼寧的百里瀚海。「瀚海」是說得好聽的詞，實際就是荒漠，這是當年奉系軍閥張作霖的罪證。這個遼寧的老毛賊，派屯墾軍到內蒙古草原來開荒種地，種了一茬莊稼，打下糧食就拉走做軍餉去打仗了。結果草地的植被被破壞了，黃沙像從潘朵拉的災禍之匣裡放出來的魔鬼一樣，開始殘害草原，給我們後世留下了百里蔓延的荒漠。為了不讓他們開墾草原，我們的民族英雄嘎達梅林跟張作霖曾經狠狠地打了幾仗，但是他已不比當年一代天驕先祖成吉思汗的威猛了，他打不過張作霖。現在北京的春天風沙滾滾時，有一半的沙粒是我們這百里瀚海無償供給的。後來聽說，坐在北京治理沙塵暴的環保專家們，呼籲追封嘎達梅林為草原環保之父，我覺得這是一件沒有意義的事情。

不過剛剛走進沙漠，我們覺得遼闊、壯觀。我們的心房在城市裡已經擠壓得沉重不堪了，一走回這沙漠上，就有一種控制不住的奔騰感。馬姐也是，她心曠神怡，她說如果有一雙翅膀，她真想飛翔。她說這話時，神情專注，兩片嘴唇厚厚的，像兩隻小紅鳥一樣。我出神地看著她的那兩隻小紅鳥。自從詩會那次，馬姐在早晨的火車站吻了我，我總覺得意猶未盡，看見她厚厚的小紅嘴，我就有一種要上去吻的感覺。但是馬姐總是像忘記了過去一樣，不給我機會，我又不敢主動上去吻。草原的男人就是這樣，一受到了文化薰陶，斯文起來，本來是一個連狼都不怕的大男人，現在竟然怕一個女人的小紅嘴唇。馬姐平時的嘴唇是血紅鮮嫩的，今天走在沙漠上，風沙一吹，竟然有一些滄桑感。我的心中生出一種無比的疼愛、憐香惜玉之情。我和馬姐拉著馬走，走在像肚皮一樣柔軟的沙漠上，很性感，也很累人。

諺語說：

草原上騎馬，就像大海裡行船；
沙漠上牽馬，就像運河里拉纖①。

我們騎不動馬，就只能像縴夫拉船一樣牽著馬走。這也正中我的下懷，我可以慢慢悠悠地和馬姐邊走邊調情。

她看我總是蠢蠢欲動的樣子，像一隻叫春的公狗。馬姐似乎甚麼都明白，她說：巴拉弟弟，你的才華讓太陽曬蒸發了，還是讓沙漠吸乾了，你怎麼不寫詩？

我說：早就寫好了，就是不敢發表？

馬姐說：先唸出來，讓我聽聽，審審稿。

我說：好，你要先答應我，聽完後，給我發表。

馬姐說：那得看詩好不好。

我說聽著，就充滿激情地唸了起來。題目是：黑森林想念小紅鳥。

我的黑森林
想念你的兩隻小紅鳥

唸了兩句，我心慌意亂地偷看了馬姐一眼，見她停下不走了，一下子躺在沙漠上閉上了眼睛。我嚇壞了，跑上去抱住了她。我叫：馬姐，你怎麼了？

馬姐沒有睜開眼睛，紅紅的嘴唇動了動，說：好詩，比喻絕妙！傻弟弟還不馬上發表？

我喜出望外，一口就叼住馬姐的紅嘴唇。她一顫抖輕輕地叫了一聲。我知道肯定咬疼了她。

這首詩發表得精彩，很長時間以後，我們上氣不接下氣地分開了嘴，我覺得不但嘴痛，舌頭根也痛，牙根發癢。馬姐跟我親吻時，不斷地哼哼著要舌頭。馬姐的嘴唇又鮮嫩起來了，下巴卻被我的鬍子扎得紅紅的。其實我雖然才十九歲，但是，我卻長出了一把濃密的黑鬍子，這鬍子雖然與我那還有一點幼稚的臉不相稱，就好像在秋天的草地裡長出一個夏天的西瓜，或者是年畫裡的那種古人。但是我的鬍子卻很茂盛、堅硬挺拔，再配上我飄逸的長髮，我說我不是詩人，別人都以為我騙他。

馬姐是一個很風騷的女人，她不讓我吻她了，她開始不停地吻我。她讓我按照剛才那首詩的意象繼續比喻下去，比喻出一個，她說她就獎勵給我一個吻。我靈感大發、文思泉湧、滔滔不絕。

① 用繩子在岸上拉船前進。

我的黑森林
想念你的小紅鳥
就像黑夜
想念星星

一陣獎勵，一陣銷魂狂吻。

就像藍天
想念白雲
又是一陣獎勵，一陣銷魂狂吻。

就像草地
想念陽光
一陣又一陣。
就像奶牛

想念牛犢
就像我
想念小紅騍馬
……

我比喻不下去了，我開始摸馬姐。她全身柔軟嫩滑，兩隻乳房真是碩大無比呀，我想，如果馬姐是奶牛，也一定是那種產奶量第一的，勞動模範型的奶牛。馬姐的腰細長，屁股卻大得和乳房上下呼應。我像牛犢一樣吃她的奶子，她臉上紅暈亂滾，興奮得嗷嗷吟叫。我又扒下了她的褲子，她的褲襠裡像發了水一樣浸泡上了她的黃色沼澤地。馬姐是正宗的蒙古血統，身上的毛包括頭髮都是黃色的，而且帶卷兒。我太性急了，莽莽撞撞地一頭扎了進去，可能是撞在了牆壁上或者嗆了水，反正還沒進去，我就痛哭流涕起來，然後馬上就偃旗息鼓了。風騷放浪的馬姐很難受地呻吟著怪我：你害死人。

我和馬姐都口乾舌燥，都全身疲軟，都烈火燃燒。她讓我給她拿水喝，我搖了搖水壺，帶的水已經沒有了。我們草原上到處是河流，沒想到，這沙漠裡我們走了將近一天了，竟然沒有見到一滴水。

我站了起來，高天蒼蒼，荒漠茫茫。這是午後正熱的時光，我們像進了一個大火爐裡被蒸烤著，空氣裡連一絲清涼的風影都沒有。我到哪裡去找水？

馬姐說：巴拉不要找水了，這荒漠上沒有河流。她指著身下說，從這裡往下挖沙土。我和馬姐的關係就是這樣，一到了緊急關頭，她就是老師，我就是學生。果然，我在乾燥的沙土下挖出了濕土。我繼續挖，在濕土下，挖出了蘆葦根。我驚喜得大叫，我真是學生，老師就是老師。我怎麼沒想到，小時我們也常常到沙漠裡來挖蘆葦根吃，這東西又甜又脆，水分很多。可能以前我們這沙漠是蘆葦蕩，讓張作霖給開墾了之後，蘆葦長不出來了，它的根沒死，就開始在沙土裡，以另一種生命的形式生長。我今天挖出的蘆根特別粗，特別長，特別甜，水分也特別多。我和馬姐吃得很飽，也很解渴，我又來勁了，撲向馬姐。她推開了我說：別騷了，保留身上的水分別蒸發掉。然後，把我拉進我挖開的濕土坑裡，她說：涼快一會兒趕快趕路，要儘快走出沙漠。

我們拉著馬，繼續向前走，繼續渴著。我先是邊挖著蘆葦根邊解著渴。但是並不是每片沙漠的下面都有蘆葦根，我們已經走了很遠了，我還沒有挖到蘆葦根。這片地方，沙化前就一定沒有蘆葦，可能是生長別的草類。

我總是情不自禁，用乾乾的嘴唇，去吻馬姐也是乾乾的嘴唇，我想滋潤她。我們有一點神情恍惚了，走著走著，拉馬的繩子就從手裡掉了下來。我偶爾清醒一下，閉上眼睛走路，怕馬跑丢了，就想了一個男人的主意，把馬互相之間都拴了起來，然後把繩子拴在我的腰上，把繩子的另一頭拴在馬姐的腰上。那幾匹馬雖然也渴了，但是牠們的耐力畢竟比人強，還顯得很精神，很有力量。

正恍恍惚惚往前走著，突然就是幾聲清脆嘹亮的烏鴉叫聲，把我和馬姐喚醒了。我們發現，前面竟然是一片綠油油的草地和白亮亮的河流，鳥兒們在上下飛旋著。我和馬姐解開腰上的繩子就向前撲了過去。眼前突然就不見了草原和河流，我們撲向一口已經廢棄的土井，淺淺的井底竟然有一汪泥水，裡面蝌蚪在游動著。我不顧一切捧起水，伸出舌頭就要喝。馬姐攔住我，脱下衣服鋪在了井裡的水面上，我們趴在衣服上就喝了起來。被我們驚起的烏鴉，在身邊恨恨地叫著，控訴著人類的強權。喝著喝著，我們就……我們就走進了一片碧綠的草地裡，那裡鳥語花香，到處是河流，到處是牛羊。我們一路歡聲笑語，我拉著馬姐走著走著，好像又走進了白雪皚皚的冬季，馬姐突然消失了，我到處去找馬姐，我覺得身上很冷，睜開眼，見滿天的星斗，身上濕漉漉的，被露水打濕了。我突然想到馬姐，在星光下離我兩米的地方找到了她。

我叫醒了馬姐，我們從迷糊中清醒過來，我們一起想到了那五匹馬，爬起來就去尋找。茫茫的夜色裡，哪裡還有馬的蹤影？沙漠上，萬籟俱寂，一點聲息都沒有。我們放棄了去尋找馬，我和馬姐緊緊地擁吻在一起，感到很親很親。好像我們經歷了一場生離死別一樣，丟掉了馬，卻讓我們得到了生命中更珍貴的東西。

我覺得我當時很清醒，
我在寫詩，
但是，我還沒墮落到把詩歌抬高到女人之上的位置。
在我的生命結構中，
女人之上，
沒有任何位置來擺放其他的東西。

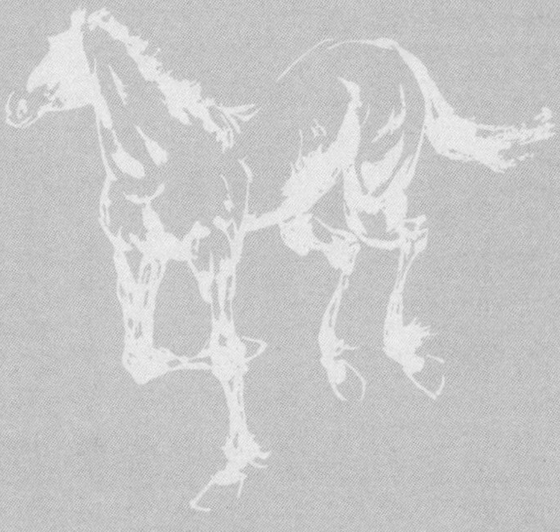

｜ 第二十五章 ｜

嫉妒一個叫野馬的詩人

野馬是一個以寫草原題材，在詩壇上聲名卓著的大詩人。野馬的詩雄渾豪放，讀起來氣勢恢宏，風格獨樹一幟。但是，他不是蒙古人，是天津知青[①]。剛開始認識他的時候，是在馬姐的詩會上。那時我很敬仰他，尤其是他打破傳統座次，竟然在《荒原》詩刊上，頭條刊發我的組詩。我又加進了一分知遇的感激，就像千里馬感激伯樂那樣。馬姐也很敬重他，但是，不是我的那種崇拜，而是尊重。馬姐就是野馬在《荒原》上推出來的詩人。

我們常常聚會，大小詩會，幾乎都有我。這並不能說明我是天才，不能說我的詩是最好的，可是，我誰也不怕，詩人是無法謙虛的。我要感激野馬給我的機會，給了我走捷徑的梯子，否則，詩神的天堂也不是那麼好攀登上的。我當時並沒有意識到這一點的重要性，只是覺得自己的名聲和影響力在逐漸地攀升。我了不起，我當時很感激自己的才華。可是，按道理我應該感激野馬，當時，我不但沒有感激，而且還很混蛋。有一天，我發現了野馬竟然和馬姐在談戀愛，我開始嫉妒野馬，甚至在內心裡，對野馬有了刻骨的仇視。本來我和野馬的關係就很奇怪，既不是師生，也不是朋友，這回一下子變成了情敵。我是那種愛情至上的男人，有時女人比我的生命還重要。我特別厭惡和痛恨，把女人比做身外之物的男人。我覺得男人面對女人的母體，生來就要感恩、崇拜、視為神聖。可是那個慌亂的時代，人們竟然都把詩歌視為神聖。我覺得我當時很清醒，我在寫詩，但是，我還沒墮落到把詩歌抬高到女人之上的位置。在我的生命結構中，女人之上，沒有任何位置來擺放其他的東西。

野馬並沒有發現這一點，因為他不知道我和馬姐的感情。但是敏感的馬姐發現了。那次是在詩歌研討會上，野馬的一組詩在詩刊上發表，在社會上引起很大的反響，幾乎人人叫好，一片頌歌。當地文聯為此開了專題研討會。我是一個學生，本來沒份參加，但是野馬卻叫我來了。他想加重我的分量，我卻在另外一方面，出乎他的意料，顯示了分量。當然，那一天馬姐也來了，而且是和野馬一起坐在主席台上。當時還沒有引起我的嫉妒，因為我還蒙在鼓裡。我當時的心情是想為野馬唱讚歌的。可是當文聯主席，那個沒有才華的民歌收集者，做了一番總結講話之後，一下子把話題引到了野馬和馬姐身上。他很幽默地說出了摧毀我情感大廈的話，這個可恨的傢伙說：我在野馬這組詩裡，看到了馬蘭花的情緒。應該說，這組詩不是野馬一個人創作的，至少可以說是你們愛情的結晶。主席台上，野馬站起來很激動地，也很驕傲地，向文聯主席表示感謝。我這時已經暈了，感到我的感情大廈正在傾斜、崩塌。我內心裡的感激、敬佩的情緒，即刻一掃而光。

我很衝動地站了起來：我不同意這種說法，文學創作是極其私人化的情緒，怎麼可以聯合代替呢？再說，我覺得這組詩的整個情緒很虛假，很做作。野馬你是外地來的漢族人，怎麼可以把自己當成成吉思汗的子孫的角色，把成吉思汗當成自己的先祖來歌唱呢？難道民族是可以這麼隨便來使用的嗎？

全場鴉雀無聲，一下子被我震住了。沒人想到會出現我這種聲音，就連我自己都沒有想到，就像狼群裡發出了一聲狼嚎。也應了大興安嶺森林裡的一句話：一鳥入林，百鳥啞音。

野馬一開始也被我驚住了，但是在別人，尤其是文聯主席要惱羞成怒時，野馬馬上氣定神閑地站了起來。我很氣憤，也很嫉妒，他這種天生的大將風度。

---

① 知識青年的簡稱，指1950至1970年代自願或被迫從城市移居至農村成為農民的有知識的青年或接受過高等教育的青年。

野馬很有風度地說：我喜歡回答這個問題，看來大學生就是與眾不同呵。我先回答後一個問題，就是我的民族問題。是的，我不是蒙古族人，但我是草原上的人。我十五歲，就從天津下鄉來到了科爾沁草原，我熱愛草原，幾乎是草原的乳汁養育了我，她給我靈感，給我激情，為了感激她，我歌頌她、讚美她。我把草原當成了我的親娘，我知道草原在我來的那一天，就張開了她博大慈愛的母親胸懷把我當成了親兒子。沒有人規定，內蒙古草原上就一定生活的都是蒙古族人。內蒙古草原不只是蒙古族人的草原，更是中華民族的草原。另外，成吉思汗是蒙古族人的祖先，也是我們中華民族的祖先，他不僅僅是蒙古族人的驕傲，而且是我們整個中華民族的驕傲。我的祖先和民族的概念是大中華的民族和祖先的概念。難道成吉思汗就不是我的祖先嗎？我就不能是他的子孫嗎？

野馬講到激動處竟然拋灑出了淚水。野馬的這種觀點確實高明，他的胸懷，他的知識，他縱橫歷史的高度和跨度，令我望塵莫及。大家鼓掌，就連我也被征服了。在我忘記自己的角色即將為他鼓掌時，他話題一轉指向了馬姐，我看馬姐好像流淚了。他開始回答第一個問題：是的，創作是私人化的東西，但是創作需要激情呀，我的激情就是馬蘭花給我的，這不是代替，這就是我們愛情的結晶。更加熱烈的掌聲，只有兩個人沒有鼓掌，我和馬姐。

野馬走到我的面前繼續幽默：巴拉，你姐嫁給我，你是不是有點捨不得呀？

平時按照我血管裡血的性情，我覺得野馬向我挑戰，我應該出拳揍他。但是我這只野狼已經被學校教育成小綿羊了。我伸出了手，很瀟灑，但是聲音顫抖地說：祝賀！你的演講比你的詩還精彩，你的思想比你的演講更精彩。

回到學校，馬姐摟著我使勁地哭。她說：好弟弟，我知道你心裡難受，你愛姐姐。但是我比你大十多歲呀，我已經三十歲多了，我馬上畢業了，我要成家。你剛二十歲，你還有很遠的道路要走呢，咱們不可能成為夫妻，世俗容不了。咱們倆之間不般配。野馬也三十多歲了，他也很愛我。沒有他，就沒有我今天的名聲和地位。

我心情很壞地說：那你是用感情和他換來的詩名？

馬姐說：我是用詩寫出了我的感情，然後用我的感情感動了他的感情。

我惡毒地問：你們不是交易？

馬姐惱怒：你把我看成甚麼人了？我會是那麼下賤的人嗎？

我不吭聲。馬姐繼續慷慨激昂：我在全國各地發表了那麼多詩，好多編輯我都不認識，我憑的是實力和才華。巴拉你簡直昏了頭，我真不相信會從你嘴裡講出這麼掉價的話來。不過，你因為愛我才昏了頭，我不怪你。

那一晚，馬姐不停地說話，不停地吻我，不停地哭。我像木頭一樣無動於衷，我無話可說。我的心就像死了一樣，心死的人表情也會死，所以古人說：哀莫大於心死。

老頭停止了琴聲，
用那雙渾濁的眼睛，
飽經滄桑地看著我的臉說：孩子，你的心病了，
你已經沒有人氣了。
是有人把你的魂勾走了嗎？

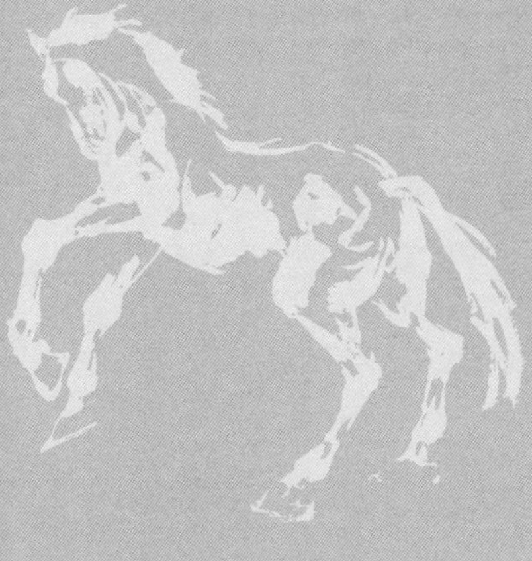

| 第二十六章 |

午夜飄零

馬姐畢業了，分配到三千里外，自治區首府呼和浩特市，一個叫《北中國詩卷》的雜誌社當編輯。那是她自願去的，她本來可以不去，留校，或者到當地的詩刊《荒原》，都可以有她的重要位置。但是我知道她一定要走的，在兩個都愛自己，自己也都愛的男人中選擇，善良的馬姐，無法給出答案。她知道，她最愛的是我，但是，結婚成家，野馬是最合適她的。

由於我和馬姐年齡上的差異，野馬從來就沒懷疑過我們的關係。這個關係，也就像一道謎一樣，藏在了我和馬姐的心裡和未來的回憶中。不過，他們現在已過半百之年，我披露出這個秘密，當他們讀到以後，不知道對他們是一種殘酷的打擊，還是一種振奮精神的刺激。

馬姐走了，我像所有失戀的人一樣，開始墮落。我這是一次極其徹底的瘋狂墮落。我開始不上課。白天睡覺，晚上出去喝酒，學校裡有很多崇拜我的女生，我就約上她們瘋狂地喝酒，瘋狂地戀愛，讓她們瘋狂地哭。還是在清醒的時候，我當時很聰明地想，生命中愛的一個女人離去了，就要用另一個愛的女人來填補，否則，那一半的空虛我會受不了。於是在馬姐離去的時候，我就開始和女生約會。這些幼稚的女生太嫩了，在她們身上，永遠都找不到馬姐那種魅力四射的，成熟女人的，母性光輝，再説她們的味道也讓我討厭甚至嘔吐。那個我愛的女人，離去的不僅僅是肉體，還有無人可以替代的愛和味道。晚上喝完酒，我就會帶上一個女生回宿舍，不管同宿舍的同學張有他們咋説，我就和她鑽進蚊帳裡去瘋狂地做愛。但是，事實證明，僅僅用肉體永遠都填補不上馬姐留下的那一半情感空虛。我開始不喜歡肉體了，就連我自己，也幾乎不回宿舍裡去睡了。我喝多了酒，就在夜空下飄蕩。

一天，我喝多了酒，午夜，正像半仙兒似的在馬路上飄零著，在歌舞團門口，一個比我喝得還醉的風度翩翩的老頭，陶醉地拉著馬頭琴，唱著一首憂傷的沒有年月的歌謠。

我走上前去，抓住老頭的琴弦說：你幹嗎拉得這麼憂傷，你是想讓我哭嗎，我說老頭？

老頭停止了琴聲，用那雙渾濁的眼睛，飽經滄桑地看著我的臉說：孩子，你的心病了，你已經沒有人氣了。是有人把你的魂勾走了嗎？

老頭一說話，我倒覺得和藹可親起來，我對老頭說：這麼熟悉的聲音和面孔，我覺得，前輩子你應該是我的長官，或者是我的父親。

老頭笑了，笑聲對我很有震懾力。我恍惚地覺得沒有錯，前輩子他一定是我這個千夫長的長官，至少是萬夫長，或者是我的老丈人。

我要和老頭喝酒，老頭也要和我喝酒。我們不謀而合地喝了起來。

老頭和我喝上了，端起酒杯，我才覺得自己是他媽一個生瓜。老頭那張臉就是一張永遠都不醒，也永遠都醉不了的醉臉。即使，你讓六十五度的草原老白干，像滔滔的西拉木倫河水一樣流淌，讓他進去游泳，他也不會醉，因為他自己就是酒。酒是永遠都不能醉酒的。而且，他這罎子老酒，肯定是用歲月的磨難發酵釀出來的。

喝到快天亮的時候，我喝得清醒了。

老頭給我講了一夜他自己的故事。

老頭姓包，叫包瀚卿，是一九四六年我們這裡剛解放時的第一任文化科科長。後來寫劇本《阿蓋公主》和郭沫若大打筆墨官司。郭沫若說他的阿蓋公主寫得太美了，脫離了人的生活，不真實。他卻說：阿蓋公主就是一個美麗的女神，她本來就不是人，是天上仙女下凡塵。我一聽阿蓋公主，心靈劇烈顫抖，好像是很熟悉的一個親人，但是恍惚中我已經不太清楚她到底是誰了，我的腦子裡已經灌進酒了，就像一個已經不認識家屬的癡呆病人。

包瀚卿是從日本早稻田大學畢業回來的。當時，鄭家屯有一所日本人辦的女子大學。包瀚卿看上了學校裡的一個女生，為了追那個女生，包瀚卿圍著學校的圍牆，跑了三個月，終於有情人成眷屬。從結婚那一天開始，他摟著女人泡在被窩裡，又是三個月沒有出屋。「文化大革命」中，他陷落在那些蝗蟲紅衛兵的手裡，勞動改造，在草地上打草時，一個紅衛兵用兩齒的木叉子，一下子打在了他的頭頂上，給他造成了兩個不堪設想的後果。一個是當時他被打得暈頭轉向，他站穩了腳跟，看准那個暴徒，一拳就把那個紅衛兵打倒了。在那個年代，像包瀚卿這種身份的，敢打紅衛兵的，恐怕也是天下第一驚奇了。於是後果出現了，他被紅衛兵拖回了屋裡。義憤填膺的紅衛兵小將們，像納粹一樣把燒紅了的生鐵爐蓋，放進了他的褲襠裡。他當年結婚時，三個月沒出屋，那個陽具已經傷了很大的元氣，局部位置已經脫臼了，這次一遇上火紅的爐蓋，立即被削掉了一半。包瀚卿騰空蹦了起來，爐蓋掉進了褲腿裡，只聽到一陣嗞嗞的燒烤聲，人肉黑煙飄香在紅衛兵的鼻息之間。這時，被包瀚卿打暈的那個紅衛兵甦醒了過來，他滿腔怒火地來復仇，用紅纓槍一槍刺向了包瀚卿的喉嚨，紅纓槍從喉嚨刺入，從左肩穿出。

包瀚卿當場就死了。紅衛兵們把他丟在了荒草甸子上。一夜之間，他就會讓狼群和野狗吃得連一滴血跡都不會剩下，毀屍滅跡。

沒想到，有佛爺保佑，閻王爺那裡不收提前來報到的大命人，在人生的道路上開不成小差，半夜裡死了的包瀚卿又復活了。這個屬虎的人，靈魂幻化成一隻大老虎，守著他的肉體，狼群和野狗嚇得四處逃竄。

後來他爬回了家裡，愛人承受不了心理壓力，卻真的上吊死了，女兒不知下落，後來找到了女兒卻已經是姓別人家的姓，是別人的女兒了。

包瀚卿摘掉棉帽子，讓我看他的另一個後果，木叉打在頭上，竟然長出了兩個犄角。他又脫掉褲子，讓我看他的腿，真是毛骨悚然，他的右大腿竟然是白花花的一塊骨頭，周邊是硬硬的燙死的肉，用手敲，發出哢哢的響聲。他的喉嚨和左肩也是兩塊硬硬的死疤。我的佛爺，這真是個從地獄裡回來的高人。日後在廣州沙面島或大學城，我常常見到像包大爺一樣的木棉和古榕樹，一棵茂盛的老樹，主幹上卻有一大段枯死的部分，和幾塊硬硬的死疤，敲上去哢哢作響。我就靜默著站在樹前，猜想這棵堅強的樹，曾經遭遇過怎樣的不幸。人和樹都是生命，生命又都是這般神奇。

我問他：那你沒有平反嗎？

包瀚卿說：給我平反了，但是平反又有甚麼意義？給我開平反大會的那一天，他們讓我上台講一些感激的話，我啥也說不出來，我還要感激誰？我急了，就罵了一句，這年頭，這社會，我操他祖奶奶的！我轉身就走了。「文革」前，我是這個歌舞團的團長，落實政策，我說我家破妻亡，女兒下落不明，我啥東西也不要，啥職務也不要，就要個門房當門衛。我一天就是在這裡喝酒等死。小子你這樣喝酒，難道你也遇上甚麼不幸了嗎？

我把我和馬姐的故事講給他聽，我愈講愈清醒，甚至連阿蓋公主的故事我也想起來了，我把人生的奇遇都講給他聽，包大爺聽得唏噓感慨，一個勁地驚嘆：奇蹟！奇觀！奇怪！

天亮了，我很清醒。這是馬姐走了之後，將近一個學期，我第一次清醒。我很多天沒去系裡上課了，我今天早早地就進了教室。見教室的門口貼了一張大紅紙，我上前一看，頭轟的一聲大了起來。是關於我的海報。由於我曠課四十多節，已經超過了校紀，學校決定將我除名。

我沒心上課了，又回到了包大爺的小門衛房裡。包大爺正在煮肉。他一臉喜氣洋洋的樣子，他說今天女兒回來看他，你說能不高興嗎？這真是一件高興的事，但是我能高興起來嗎？我失魂落魄地坐在那裡，包大爺讓我喝酒，我心裡發堵，一口酒都喝不進去。

我想，一會兒包大爺的女兒回來，人家高高興興的，我就別留在這裡掃人家的興了。我找個理由正往外走，包大爺的女兒進來了，是我馬姐。

馬姐見我在這裡很意外。她很疼愛地眼含淚花看著我，她說你的事情我都知道了，我和系主任已經談過了，像巴拉這樣的奇才，如果開除了就會毀了他的一生。邵教授也替你說話，他們答應再給你一次機會。

我很感激馬姐，真想上前去擁抱她，狂吻她。但是在包大爺面前我不敢。

包大爺說：我閨女就是你的馬姐？

我說：不好意思，昨天夜裡喝酒亂說一通。

馬姐說：怎麼你們在一起講我了，都講了一些啥？

我和包大爺也不忌諱，就把昨天夜裡我們相識、喝酒、講身世的事都講給馬姐聽了。

馬姐已經很坦然了，她好像把憂傷已經深深地埋在了心底。我們幾個人，很默契地，都迴避開了那些不開心的話題，熱情洋溢地喝起了團圓酒。我主張喝酒，馬姐說：你還喝酒？大學不想畢業了吧？我說：今天喝酒是為了從明天開始戒酒。包大爺給我一拳，說：好小子，為你戒酒，今天我陪你喝個痛快。

草原人都知道，
只要狼當時聞到了你的味道，
你無論搬到哪裡去，
他都要在漫長的復仇道路上耐心地找到你。

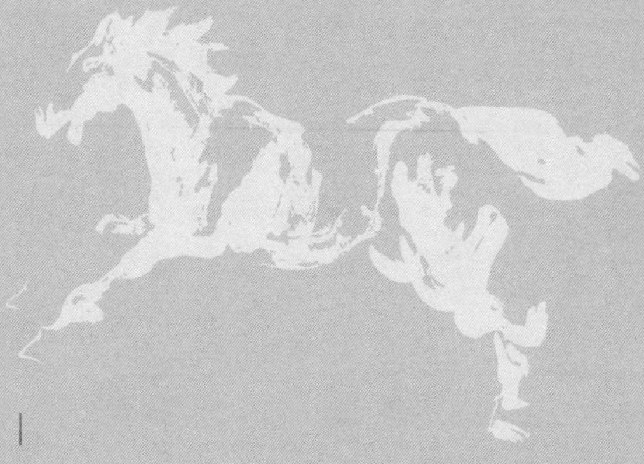

| 第二十七章 |

小說界的幽靈

畢業的那一年，因為馬姐的出現，到系裡講情，我沒被學校開除，順利地畢業，走向了社會。其實一畢業，我就知道有沒有畢業證書根本沒有意義。畢業十幾年來，我的那個畢業證書從來沒有拿出來使用過。有一次，回我媽的家裡，我在她的老箱子底，見到了我的畢業證書，和我媽我爸從來沒有拿出來過的結婚證書放在一起。看到那個粗糙的小紅本子上面，一臉幼稚的相片，在得意地微笑，我真想笑。成功的人，有時喜歡，把自己的從前，剪貼成一個從小就偉大的影子，其實，人就是在一段幼稚可笑的歷程中走過來的。成熟的人，喜歡忘記自己從前的幼稚，就像果實忘記幼苗。

那次見到馬姐，我真激動，我們從來沒有分開過那麼久。我真想衝上去，抱她、吻她、摸她，想幹一切事，那真是一種公牛衝破欄杆的衝動。後來幾天，我們倆啥都幹過了，但是我就覺得不一樣了，似乎是沖淡了的隔夜茶，怎麼加熱都會顯得淡。我們雖然抱得緊緊的，但是我覺得我們的心，像衝進了狼的牧群一樣，都正向不同的遙遠方向遊牧。從前的心是天涯咫尺，現在是咫尺天涯。

馬姐回了呼和浩特後，我戒酒戒色，從墮落中走回正道，也就很認真地混到了畢業。像我這樣的頭腦，混六十分，隨便謀殺幾個腦細胞就可以了。我曾經見過很多可笑的事，如哪個人在某方面成功了，為了教育別人，那人總會說，小時候自己是好孩子總得一百分。其實這是對青少年的誤導。我承認他可能是好孩子，但一定不是我這種聰明的天才少年，因為聰明少年都不用功，很少得一百分。這樣心靈不累，長大競爭才有力量。

畢業後，我就不再寫詩了。我覺得詩就是馬姐；我還喝酒，酒是我自己。每天我的心靈都遭受著痛苦的煎熬。即使睡覺總是有一些故事來找我，它們莽撞地闖進我的夢鄉，讓我誕生它們。有的時候，有一些故事犯上作亂，竟然搞得我分不清有些情節到底是故事裡的，還是現實中的。它們好像是我肚子裡懷的孩子一樣，我要不分娩它們，不給它們當媽媽，不提前把它們生出來，它們就絕不讓我安寧，就像從前我媽肚子裡的我。

我想寫小說。這本來是我計劃四十歲的時候幹的事，但是現在必須提前幹了。

我一天都泡在閱覽室裡找感覺，那時是文學期刊大泛濫的年代，幾乎所有的文學雜誌裡，都在飄蕩著一個叫馬馳的名字。無論多麼有名氣的大雜誌，馬馳的名字都傲慢地獨居頭條。他的故事征服了全國讀者，甚至外國人透過他們自己的文字，也都感到靈魂震顫。但是，馬馳小說裡的故事竟然是我們牧場的故事，甚至都是我想寫的故事。所以，這個名字叫我嫉妒、恐懼甚至仇恨。下面我把他的幾個故事梗概拿出來，你們看看是不是我的故事。

他那個《特異男孩》寫的就是我。他說：我流放的那個蒙古荒原，是一個充滿了薩滿教煙霧的故鄉。那片草地上，像藍色的馬蘭花一樣，生長著奇異怪誕的故事，生活著一群特異的人。這種怪異我想是和馬蘭花有關的。馬蘭花就是一種巫術一樣的花朵。草原的六月，本來是白雲藍天綠草的季節，可是在那裡，你見不到綠草，草原上開滿了藍色的馬蘭花，馬蘭花的藍色，在陽光下會映照得整個天空都是藍的，讓你看了之後眼睛會痛，讓你的大腦不會思考，好像有一種強大的神秘力量，像魔法一樣控制住了你的意志。馬蘭花是一種堅強的植物，在沙漠、荒丘、鹽鹼地，不長草的地方，它都可以生長得繁榮茂盛。據說，在那個季節出生的孩子都有特異功能。在這個季節出生的，我的房東家的那個男孩會馬語，他每天和也是那個季節出生的一匹小紅騍馬對話。那個男孩說，那匹小紅騍馬是他前世的老婆。可是，那匹小紅騍馬由於投胎時錯進了馬圈，在一個悔恨交加的夜晚死了，從此那個特異男孩的特異功能沒有了。他沒有死，他可能還有活著的使命。

《啊哈呼》寫的是特格喜場長，這是一篇很玄妙的小說。據那些有才華的評論家說，這是中國的意識流小說的開山之作。這篇小說很是折磨讀者的閱讀神經。故事講述的是特格喜場長剛來當場長時，這裡還沒有漢族人，也不講漢語。那時在牧場會講漢語的只有一個人，就是特格喜場長。他當過兵，學會了幾句漢語，但是都是用詞不當。上級第一次流放「地富反壞右」[①]來到他們這裡，他很高興當成好人來歡迎，為了在上級領導面前顯示自己的水準，在漢族的上級領導面前，面對著這麼多漢族人，他總是想用漢族話說話。領導問他：家裡幾口人？他回答：九頭。馬上又改口：不是九頭，還有八頭，我奶奶剛犧牲。後來我發現他們這些「牛鬼蛇神」來到這裡破壞了一個隱世桃源的幽靜和平衡。他們沒來之前，這裡的牧民根本不知道現在到了哪個朝代，上級分給牧場的拖拉機放在特格喜家，牧民就覺得是分給特格喜的，他們覺得新奇用一下，用完又還給特格喜家。這篇基本沒有完整故事情節的小說像施了魔法一樣令人著迷。

《語錄塔》寫的是一個叫支離的駝背馬倌。這個馬倌的形象，是從羅鍋烏恩和《莊子．人間世》講的那個支離破碎的故事演繹來的。那個叫支離的人，在那個朝代很受照顧，徵兵時由於身體殘疾可以不去當兵，發放救濟糧時由於是殘疾可以多發一份。「文化大革命」年代的那個支離，情況就完全不同了。他白天當馬倌放馬，晚上還要餵馬，反正他是光棍漢沒有家，就住在馬號。這個辛苦的支離心地極其善良，人不善待他，天善待他。一個山東來逃荒的漂亮女人偷馬料時被他發現了。他不但沒有抓她，還每天從牆洞裡幫她把馬料拿出去。那個女人為了感恩，就獻身給支離。支離是一個情慾旺盛而沒有受過道德教育的馬倌，他想要。那麼漂亮的女人從本能上講他當然想要。可是他是殘疾要不了，一著急衝動起來，就見鼻子馬上充血紅起來，那個偷馬料的山東女人就用嘴狂吻支離的鼻子，支離就嗷嗷叫充滿快感。

有一次，支離偷完馬料，爬到語錄塔上去，送給躲在上面的山東女人，然後他們又開始用鼻子做愛。突然，語錄塔倒了。人們清理廢磚石時沒有見到支離和山東女人，只是在石頭水泥間隱隱地看見有一幅非常美麗的交媾圖，像從前喇嘛廟裡的歡喜佛。

《藍幽幽的馬蘭花》，這個馬馳竟然把馬姐寫成是他的女兒。我真要詛咒他。我總是覺得這個馬馳就是馬叔。但是馬叔是一個光棍漢，馬姐怎麼會成為他的女兒？如果一定要給他一個女兒，那就一定是二丫。這個惡毒的傢伙竟然把馬姐寫成了六月草原的巫婆。這個故事我不喜歡，我也不想告訴你們他寫了一些甚麼。但是這個故事如果不是寫馬姐，還真的很精彩。我忍不住就要敘述出來：他寫的是六月的草原藍幽幽的馬蘭花開，正是動物交配的季節。一個光棍獵人發現了一對正在交配的狼，騷味飄來，這個神槍手獵人就嫉妒了，一槍打死了公狼。在打母狼時，他起了惻隱之心，打偏了，打斷了一條狼腿。母狼跑了，這個獵人害怕了，他知道從此與母狼結下了仇恨。他搬遷了牧場，從三千里外遊牧來到了我們的牧場，特格喜場長收留了他。這是十年前的事了，這幾天，他睡覺總是不安。每年一到六月，馬蘭花開的交配季節，他就恐懼。他預感那只瘸腿的母狼找來了。草原人都知道，只要狼當時聞到了你的味道，你無論搬到哪裡去，他都要在漫長的復仇道路上耐心地找到你。據説你死了，復仇的狼都要刨開你的墳墓，因為飄蕩在你的骨頭上的靈魂還是那種味道。那時的馬蘭花只是一個三歲的靈童。她卻會講狼的語言，那個獵人每晚在她的面前跪下，就能聽見狼叫的聲音。馬蘭花用咒語和狼對話進行勸慰化解，一天，全牧場的人在夜裡都聽見了淒慘的痛不欲生的狼嚎，第二天在村口見到了痛苦自殺的那只瘸腿母狼。

① 地主、富農、反革命、壞分子和右派五類人的合稱。

獵人像對待親人一樣，在六月藍幽幽的馬蘭花裡，為那只瘸腿母狼舉辦了隆重的葬禮。

我決定馬上動手寫小說。這個馬馳的小說寫得確實好，他的技法肯定比我高明。但是他的天分沒有我高，我是這個草地的主人，我的靈魂像草根一樣扎進了草地。他沒有，這個馬馳只是一個流放者，一個過客，一個看過熱鬧的觀眾，回家之後，給那些沒有目睹的人，在講述自己演繹的故事。

我決定，把《想像的天空有一匹馬》這首我的著名的詩，寫成小說。

馬叔好意地栽培我，
我卻像一朵惡之花一樣，惡意地嘲笑園丁。
我為這種輕狂和這篇小說，
付出了丟掉職業，
和幾乎丟掉性命的代價。

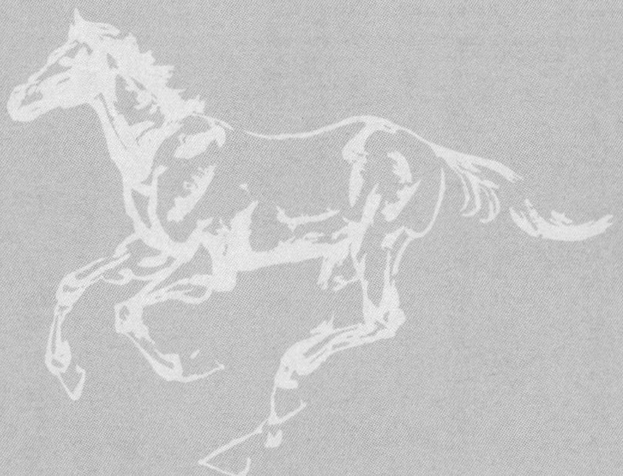

| 第二十八章 |

草地酋長

一九八六年，我的小說《想像的天空有一匹馬》，獲得了文學獎，印證了我寫作時的那種自信感覺。那一年，不是馬年，是虎年，虎年是我的本命年。那一年我真是像一隻老虎一樣，威風凜凜。我的小說帶著我的名聲衝出草原，勢頭猛烈。連小說界的幽靈馬馳似乎也顯得暗淡無光了。有時，看見他的名字趴在我的名字後面，顯得有些委屈、無奈、力不從心的樣子，我就揚眉吐氣，哈哈地，大笑一場。

馬馳這個傢伙的道行很深，深不見底。我經過了二十幾年的煎熬苦煉，仍然望塵莫及。你們可能像我一樣，幼稚地猜想，馬馳見到我的小說，一定會把我這棵幼苗掐死。因為，我這不是普通題材的小說，是搶他飯碗，奪他優勢，向他挑戰的小說。但是他沒那麼幹，是馬馳第一眼就用目光抓住了我的小說，在他主編的《馬蘭花》上頭條發表，而且還評上了他們的年度文學獎。在小說裡，他不但認出那匹小紅騍馬，還認出了我。他像導師一樣指出：這個作者一定就是我寫的那個特異男童，不是他，天底下誰也寫不出這個故事，包括我自己。當年，我流放時就住在他家，他每天都泡在我的屋裡看書，後來我逃走時，我的一千多冊書全部留給了他，在他的文字裡，我看到了那些書給他的營養。馬馳謙虛地說：這個孩子長大了，看來我該金盆洗手退出文壇了，但是我很欣慰我有了後來者。

我證據確鑿地偵破了這個謎案，馬馳就是當年的馬叔。這個馬叔也夠狂妄的，他老人家欽定我做了他的接班人，好像文壇是他家的鏢局，他是江湖老大一樣。唉，文人一狂妄，誰都沒招兒。

我這種文人的輕狂和不懷好意的臆想，是當時流行的一種病，現在回想起來，我都感到噁心。馬叔好意地栽培我，我卻像一朵惡之花一樣，惡意地嘲笑園丁。我為這種輕狂和這篇小說，付出了丟掉職業，和幾乎丟掉性命的代價。

憑藉一篇小說，就成了一個大名鼎鼎的小說家。這是文壇上常有的正常的事，不足為怪。但是，我還是覺得這是一件很輕率的事情，尤其是這個好運降臨到我的頭上。我總覺得我的名聲懸在半空中，離地面好像有一段距離，我腳底沒有根似的，不踏實。其實，我的現狀並不樂觀，我已經付出了第一個代價，我被教育局開除了，從此，我丟掉了人民教師這個陽光下最神聖的職業。

其實，這種擔心半年前就有了，那時我的小說剛剛發表，就有人來提醒我了。按照教育局寶音副局長的意見，我寫小說當然是好事，但是他說：寫小說畢竟是你的業餘愛好，你的正式職業是旗裡的中學語文老師，你為甚麼不給學生上課？

我說：我為甚麼不給學生上課？我不是每天在辛苦地寫小說，又常常醉酒，我這麼忙，哪還有時間給學生上課？

他和藹地說：你忙也要分主次，先忙完上課，再忙小說還有別的甚麼，比如說跟實習的女人睡覺。

我惱了：說這樣胡扯的話，我真想照你那張大餅子的蒙古臉，打一拳，旗裡的學校缺我一個中學語文老師學校照樣辦，學生照樣該考上大學的就考上大學，該考不上的就考不上，該回家放羊的就回家放羊。寫小說是我的人生主要使命，給學生上課才是次要的，你這個沒有文學修養的傢伙明白嗎？

寶音說：我明白，但是這裡是學校，不是作家協會，看來跟實習的女人睡覺也比給學生上課重要了？她是來給學生上課的，不是來跟你睡覺的，明白嗎？

我說：是她主動自願鑽進我被窩的，難道這麼好的一個女人鑽進了你的被窩，你捨得把她趕出來嗎？

這個寶音副局長很有修養地，慢騰騰地看了我一會兒，宣布說：你頑固不化，被開除了。

我被開除了，這是一件很沒有面子的事。我還不能跟他發火，罵他或者揍他，這樣人家會說：這個傢伙被開除了就罵人打人，這樣的混蛋早該開除！但是我也不能求他，說給我一個機會吧，求你，寶音副局長，拜託幫幫忙吧。這樣太掉我的價，丟我的面子，顯得沒有骨氣，文人都是講究風骨的，在教育界我得為文人爭光。你看那個傢伙正幸災樂禍地看著我，正等著我求他呢。一張圓圓的大餅子似的蒙古臉，閃著得意忘形的紅光。其實，我被開除了，就等於掉進了一個輸的公式裡，咋做都是輸，我的智慧告訴我，啥也別說，啥也別做。其實這次是我的智慧坑了我，由於我啥也沒說，就等於我默認了，他們就真的開除了我。這是在我們旗裡開天闢地的頭一回，一個大學畢業的，才華橫溢的，寫小說在全國獲獎已經有名氣的二十三級國家幹部，輕描淡寫地，就被一個教育局副局長草率地給開除了。

其實，這是一場卑鄙的陰謀和惡性的報復。時光倒流，往回查找原因。當時，我們民族中學的那個高校長，也就是寶音副局長的小舅子，也是一個文學愛好者，跟我結了仇。我剛來學校時他和我很親密，幾乎成了鐵哥們兒，天天請我吃清燉雞喝酒。但是這個沒有才華的傢伙，由於太庸俗，所以當了校長；由於好吃雞，得了一個外號叫雞校長。那時我的《想像的天空有一匹馬》還沒在全國打響，我甚至還沒有寫完。但是，他每次見我發表一篇東西，他的臉色就會由於嫉妒變得慘白，後來他幾乎不跟我說話，不跟我來往了。別人告訴我之後，我嘲笑他：你當校長我可沒嫉妒你呀，我也從來不饞嘴嫉妒你吃雞。

像導火索一樣，學校來了一個叫烏蘭的實習老師，就是寶音副局長說的跟我睡覺的那個實習女人。這個烏蘭天生是一個禍水。她也是內蒙古民族師範學院中文系的，算我的師妹。本來是高校長讓她來實習的，這個別有用心的傢伙，我知道他的目的，他對烏蘭是有想法的。但是烏蘭除了尊重他，對他就沒有別的感覺。但跟我不同，烏蘭好像知道我的一切，她見我第一面就說：師兄你不認識我嗎？我是小紅馬。因為「烏蘭」在蒙古語裡也是紅的意思。我的心一陣猛跳。眼前這個漂亮的烏蘭，馬上就很風騷地開始吸引我了。這個烏蘭進了我的宿舍，就想脱衣服鑽進被窩。後來她不想出屋了，也不想出被窩了，也就不穿衣服了，更不想去給學生上課了。我也不給學生上課了，不穿衣服了，不出被窩了，不出屋了。烏蘭是一個像巫師一樣充滿了靈性的女人，她會背我的那首在大學裡流傳的詩《想像的天空有一匹馬》，而且用她的理解來激發我的激情，我每天就摟著烏蘭寫小説《想像的天空有一匹馬》。寫完的那一天，我正和烏蘭在被窩裡快樂地慶祝呢，高校長領著學校的教研室組長以上的幹部，來敲我的門。我從門縫一看，操他媽！來這麼多人是要捉姦嗎？那天我有了一個很深刻的做人的體會，身邊如果有了一個風騷的女人，或者你剛寫完一篇小説，有一種興奮的衝動，馬上就有老子天下第一的傲慢感。我當時帶著雙重的傲慢感，見他們看我不開門竟然去拉我的窗子時，我血氣方剛，勃然大怒，掄起一把大斧頭就砍了出去，斧頭和高校長擦肩而過，順便就捎走了他的半邊黑瘦的耳朵。我這次的名聲，在這個旗裡的小鎮上的影響程度，比發表小説甚至獲獎還有影響，也就是説名聲更響亮，儘管性質不同。在飛揚的斧頭中，那些老師都嚇得作鳥獸散了。

烏蘭的實習提前結束了，她被趕回了大學。我留在這個中學裡卻沒有課教了。反正我也不想教課，索性就落個清淨。但是，高校長卻愈來愈怕我了，因為，旗裡的黑道老大和我拜了把兄弟。説來這有點荒誕的喜劇情節，我用斧頭砍校長，在社會上一演繹傳進了黑道，老大黑龍親自來找我喝酒。我們本來是兩條道上的人，一個鬚髮飄逸，戴著眼鏡，一臉斯文；一個板寸頭，滿臉霸氣。我們坐下來，肉還沒上來，互相客氣，互相佩服，都恭恭敬敬。肉一上來，打開酒瓶開喝，我發現愈喝我們愈投緣，偽裝剝去，簡直就是前世的兄弟。黑龍也覺得我夠江湖，簡直是宋江再世。我受到鼓勵，大膽地一想，還真是，如果我不受這幾年大學教育，幹黑龍這行，我一定是他的大哥。三瓶高度草原老白干下肚，我們倆都跪了下來，拜了把子，黑龍大我兩歲，他是大哥。

回到學校，我有點飄飄然了，好像我當上了旗裡的領導一樣，頗有一種威風凜凜的王爺風度。

第二天，學校正在開會。我不教課，但還是要參加會議的。高校長正在講話，黑龍來了。這個家家用來嚇唬孩子的恐怖人物，竟然拎著一隻雞闖了進來。驚慌失措的高校長很客氣地攔住他：請問你找誰？

黑龍很兇地叫：你叫我弟弟出來。

高校長問：你弟弟是誰？

黑龍不耐煩：巴拉老師，快點叫，不知道啊，裝啥孫子？

高校長：開會呢。

黑龍更兇：叫不叫？

高校長很膽小地叫我出去，黑龍一招手：老弟，走，跟我喝酒去。我上了他的摩托車揚塵而去。

黑龍說：老弟，我就想讓你威風點，今天故意找碴兒，老高不客氣我就揍他，他是我從前的班主任。

我對黑龍說：大哥，你害死我了，你這不是幫我。

果然，教育局寶音副局長找我談話，宣布開除我。後來我發現這是一群狡猾的傢伙，高校長從此不見我，躲著我，寶音副局長跟我也不談黑龍。他們真怕惹怒黑龍，但是又不能不開除我。

我被開除了，在這個鎮上，能找到的唯一的心理平衡，就是和黑龍他們混。我常常出現在那群耀武揚威的黑道群落裡，喝酒，像派出所一樣制止打鬥，為他們平息糾紛。學校的老師們都管我叫草地酋長。後來這個江湖諢號叫響了，我又結交一個鐵哥們兒，派出所的所長。派出所所長本來也是黑龍的鐵哥們兒，有一天他們喝大酒，喝多了，黑龍拔出蒙古刀，去扎一個向他挑戰的新人，所長在中間制止他們。黑龍一刀扎偏了，扎進了所長的大腿裡。所長急了，拔出槍就要開槍斃了黑龍。黑龍這叫襲警，所長可以從自衛的角度打死他。黑龍也不是白混的，否則怎麼能當成老大。所長開槍不但沒有打到他，反而，他把所長的槍給下了。黑龍喝得醉醺醺的，手裡拿著槍，平時清醒人見他都怕三分，這個時候發酒瘋，誰還敢近前?這時不知道是誰想到了我，跑到學校把我找來。黑龍還真給我面子，把槍給了我，我交給了所長，讓人把黑龍領走了。所長一定要和我喝酒，一瓶酒喝下去，我和所長成了哥們兒，他敬佩我見義勇為，也解了他的難，否則一個所長的槍被黑道老大給下了，傳出去多丟臉，如果再出點啥事，麻煩就大了。當天一切都平了，就當甚麼都沒發生，都不追究了。我讓黑龍來給所長道歉、敬酒。大家又是哥們兒了。

我就這樣，丟掉了教書的飯碗。我的小說在外面的世界紅火著，我卻混跡江湖，成了一個遊手好閒的人。

醫院這個地方就是這樣，
無論你想不想來，知不知道，
讓你來時，
你就必須得來，
一切都由不得你。

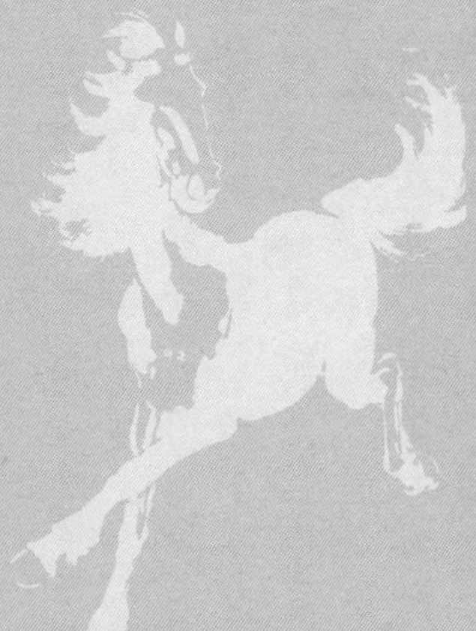

第二十九章

生活是一匹馬

我現在要開始過我自己的生活了。我現在已經二十五歲，在我們這裡，二十五歲的人，都要坐下來冷靜地思考：我用甚麼走過了二十五年的歲月？往後還有多少個歲月在等待著我？那將是一種甚麼樣的生活呢？

我現在要開始過我自己的生活了，我是在醫院裡想通這個問題的。我來到醫院的時候，我自己不知道。醫院這個地方就是這樣，無論你想不想來，知不知道，讓你來時，你就必須得來，一切都由不得你。所以關於我來醫院這件事，在所有知情人當中，我是知道最晚的。那已經是我來的第三天了，我睜眼一看，白茫茫的一片。我還以為下雪了，但是又仔細感覺一下，周圍溫暖如春。

我剛要揮手歡呼，有一個細膩、柔媚的女聲說：別動。我仔細一看，是一個酒瓶子懸在我的頭上，瓶子裡還有半瓶白酒。瓶子下邊，有一張輪廓模糊的小臉很生動、親切、溫暖。周圍還是白茫茫一片。我有氣無力地說：這瓶喝完不喝了，整不動了。

我說完這句話，就像電影裡的革命烈士一樣，為了更打動人心，搞了一個懸念又暈了過去。這是守護在我身邊的人，在我醒來後告訴我的。不過我比那些烈士堅強，暈過去之後，又醒了。不像他們都永垂不朽了。我知道我已住進了醫院，並且已經是第三天了。我正在打點滴，那個酒瓶子還在半空中懸著，不過裡面不是酒。黑龍感動地抓著我的手，熱淚盈眶地說：兄弟，你醒了，醒了大哥高興，你第一句話就說喝酒的事兒，咱哥兒倆這點愛好對你多重要呵，你好了咱哥兒倆一定要好好喝點。

行了，行了，快走吧，你還想讓他喝，你不想讓他活了？

後來我弄明白了，這個細膩、親近、溫暖的小聲音是護士的。這個黑龍太講感情，每天坐在我的身邊拉著我的手，別人不敢近前。只有小護士不怕他，每天跟他鬥嘴。小護士這個聲音讓我感到春意盎然，心情舒暢。後來我對在我之後住進醫院的後繼者們說：住進醫院得了甚麼病，並不重要，重要的是你將面對一個甚麼樣的小護士，那就看你的運氣了。

在來看我的人中，我看見了馬叔，就是文壇上那個大名鼎鼎的馬馳。我想起來我為啥醉酒了。那天，遊手好閒的我，和黑龍一幫哥們兒正在黃泥小屋裡喝酒。喝得剛剛有點飄，開飯店的小白就領進一個人來，說是找我。這時一個春風得意、受盡恭維的笑臉撲向了我。我差一點激動得傻了，這不是馬叔嗎？馬叔也像見了親人一樣擁抱了我。馬叔從包裡拿出來一本雜誌——是他主編的大型文學月刊《馬蘭花》，這本雜誌是文壇的權威，讓誰紅，誰就紅——我翻開雜誌，頭條就是我的小說《想像的天空有一匹馬》，這期雜誌我雖然已經看過很多遍了，但是，我還是喜歡這種翻開雜誌就見到自己的名字和小說的感覺。獲獎證書是一個硬殼的大紅本，顯得極其醒目招搖。本來幾個月前，我可以親自去北京領這個紅本子，這是一件很體面很光榮的事情，當時我處於被開除的前夕，我拿著雜誌和通知找了高校長，被斧頭砍過，仍然驚魂未定的獨耳龍高校長，突然變得強硬起來。

我說：我要去北京領獎。

他說：你去不了。

我說：為甚麼？

他說：我不給你報銷一分錢。

我說：不報銷我沒錢去。

他說：即使你有錢去，我也不給你假。

我說：你嫉妒我。

他說：我就是嫉妒你，但是我有權力嫉妒，我是校長。

我說：狗雜種，你不怕後悔？

他說：咱倆會有一個後悔的，但是肯定不是我。

那次沒有去成北京，現在想起來都有些傷心，我有點淚眼模糊了。

馬叔說：你是我的驕傲。說著他也有點淚眼模糊了。我不知道怎麼表示，叫黑龍把酒杯換成了大碗，就乾開了。後來他們說我被撂倒了，吐了半盆血。這就是我寫小說被開除之後的又一個後果，差一點丟掉性命。

但是當時我沒那麼痛苦的感覺，因為我又見到了小紅騍馬。小紅騍馬跟我拼命地痛哭，她說：為甚麼要把這個故事寫出來，你這樣寫出來就洩露了天機，我就不能投胎做人了。我本來已經準備好了又要投胎，而且是做人來找你。我做不了人，你也別做人了，我不讓你回去了，你就永遠和我留在一起吧。

我跟馬叔說我當時真的看見小紅騍馬了，她和我又哭又鬧，真真實實。馬叔說：那是烏蘭，後來烏蘭來了你就抱住她，她一開始很感動，你們又親又鬧，痛哭流涕。後來烏蘭發現你喝醉了，口裡叫的是小紅騍馬，她自己就猛哭了起來，你已經昏迷不省人事了。

我問馬叔：你認識烏蘭？馬叔說：沒有烏蘭，我哪知道你寫了這篇小說？烏蘭畢業後分到了我們《馬蘭花》雜誌社，她帶來了你的這篇《想像的天空有一匹馬》。烏蘭對你這篇小說頂禮膜拜。她推薦給我，我一看就被擊中了。我當時決定馬上在開印的這期撤下其他已經排好的小說，發你的頭條，剛好參加年度評獎。雜誌出來之後又評了獎，發獎時你沒來，我就想來看你，來之前，烏蘭不讓我告訴你，她想和我一起來見你，給你一個驚喜，沒想到卻給你差一點帶來災難。當年我走的時候你還是個小孩呢，但是當時我把書留給你沒有留錯。你們的事情我都聽說了，當年我也是在這裡流放，但是我感謝那個年代，給我打造出了一種堅強的心態和與眾不同的生命體驗。我們去學校找你，一個姓高的説，找黑道老大草原酋長怎麼到學校來找？要到社會上去找。烏蘭説，那個就是你打過的校長。我們在街上隨便問了一個人巴拉老師，他説不認識。烏蘭説草原酋長，那個人就很恭敬地把我們領到了這個黃泥小屋裡來了。我當時覺得很驚詫，你的名聲不僅僅大，而且還很有威懾力。

我説我當時怎麼沒見到烏蘭，他説：這都是她導演的，讓我先跟你見面，然後她再出現，給你一個驚喜。我想，她見你前是想化化妝美化一下自己吧，沒想到她出現時光彩照人，你卻已經醉得兩眼矇矓不認識她了。

我找烏蘭，黑龍説：烏蘭昨晚給你陪床，現在睡覺呢。正説著，那個聲音細膩的小護士又領進來了一個人。是我馬姐。她上來就很親昵地摸我的臉，説我喝那麼多酒，差一點害了自己的命，傻！然後她就靠在了馬叔的身邊，摸著馬叔的手親昵地説：爸，你也回去休息一下吧。

爸？我一下成了大頭人了，難道馬叔馬馳真的就是馬姐馬蘭花的老爸？那包大爺呢？她到底有幾個老爸？我突然腦子明白過來了，包大爺的女兒，在包大爺家破人亡時被馬叔領養了。那時馬姐已經十幾歲上中學了。

下午，風騷迷人的烏蘭來了。她見我身邊這麼多人，遠遠地隔著床看著我。烏蘭的眼睛是我最懼怕的無底深淵。寫小説《想像的天空有一匹馬》時，她每天在被窩裡抱著我，我就在她的眼睛裡掙扎。高校長領著幹部們敲我的門，我不是不開門，是我出不來，開不開門。這個流著禍水的紅顏魔女，裸著體緊緊地抱著我，我揮出斧頭，砍了高校長，其實也給我自己砍出了一條自救的通路，但是沒人知道這個真相。我喜歡再次掉進她眼睛的陷阱裡去。

虛弱的我本來見到這麼多人，尤其是烏蘭和馬姐，心裡暖洋洋的，很幸福。但是我突然想到了一個諺語，好像不是蒙古族的：在醫院裡，如果自己愛的女人都來到了身邊，不是好的兆頭。我的心情馬上又烏雲密布起來了。我一下子好像理智起來，理智是我生命中很少使用的工具。我想向她們表示親熱，但是我的身體器官各自為政，都不配合。因為我是病人，沒人跟我計較，好像每個人都很理解我。他們讓我別說太多的話，別太疲勞了，好好養病，多休息，就都紛紛走了。

我還要治療這次喝大酒的豐碩成果，胃潰瘍。他們走了，我很憂傷、惆悵，好像有一種被拋棄了的感覺。她們曾經是我的愛人，愛得一刻也離不開的愛人。我目光模糊，有點要潸然淚下了。

這時那個小護士幫我送走了他們，又回來了。她那張潔白的小臉和細膩的聲音，讓我很衝動。見第一面我就覺得熟悉，現在終於想起來了，她太像阿蓋公主了。我也終於明白了，我為甚麼暈了過去，又醒了過來，就是因為眷戀她這張臉。而那些醒不過來的，一定是不願意看到他們不喜歡看的嘴臉。

我覺得這張臉才是小紅騍馬投胎做人的臉。我第一次睜開眼睛見到這張臉，覺得一點也不陌生，就好像小紅騍馬還沒有走。病房裡就我們兩個人，我原來那個同室的病友總是嫌我們吵鬧，對小護士也不友好，今天被抬去太平間，那個永遠寂靜的地方，可能永遠也不回來了。我覺得他如果有尊嚴，就不可能再醒過來了，因為滾滾紅塵中哪有不吵的地方，想超凡脫世就得進太平間，而如果醒過來了，就不能住進太平間，這是規定。

小護士告訴我說，她看過《想像的天空有一匹馬》，我寫的故事是她從小就做夢夢到的，那天看完我的小說，她恐懼得差一點死了，好像有個神靈在跟她說話，把她人生的秘密全部揭穿了。她說，從小就有一匹很小的小紅馬，在她的靈魂裡奔跑，她不知道那是她的前身。看了我的小說，她一下子就豁然貫通了。她預感到很快就能見到我。她說：那天有人抬你進來的時候，遠遠的我就在心裡說這個人是他。

果然就是你。心裡說是你，就真的是你，真把我自己嚇死了。

我問她：小朋友，你多大了？

她說：十八歲，不要叫我小朋友。

我在心裡想，莫非真的是小紅騍馬投胎轉成了她？

你是哪裡人？

江蘇鎮江。

這麼遙遠，不會吧？我問自己。但是馬上又否定了，那個世界是沒有時空概念的。

你怎麼會到這裡來當護士？

我爸是在這裡平反的，落實政策我來接班。

生命中這種宿命姻緣到底是怎麼回事？正想著，小護士抓住我的一隻沒有打針的手，放在她的手裡。她用細嫩的小手，玩弄著我的手指，一根一根地玩。她低著頭似乎在想著前塵往事，又好像要做出甚麼重大抉擇，一副靈魂遠在天邊的神態。

突然，她一下子趴在了我身上，純淨的目光飄忽著。這目光就是小紅騍馬的目光，是那種犯了錯誤，正在做檢討的目光，讓你有無盡的疼愛。她當然沒犯錯誤，也不需要做檢討。我希望她繼續進行下去，愈深入愈好。於是我用目光捉住了她的目光，鼓勵她，表揚她，讚美她。

她受到了激勵和感動，雖然仍然很羞澀，但卻勇敢地，用她那紅嫩的小嘴吻住了我乾硬的嘴唇，然後又很笨拙地吻我的鼻子、眼睛，咬我的耳朵，像給我吃套餐一樣。我估計外面已經天黑了，甚至是深夜了。窗子拉著簾，走廊裡靜悄悄的，沒有喧鬧聲，也沒有腳步聲。晚上也不會有人來看我了。我想，這一切都已經被小護士安排好了。太平間的那個傢伙真的很有種，終於沒有醒過來。

我像躺在草地上，像沐浴著陽光一樣。整個人都感到春暖花開。其他的形容詞我想在這裡就不用了，咋用都感到蒼白，比我周圍的白色還蒼白。我好像有點睏了，進入了迷迷糊糊的睡眠狀態。小護士好像關了燈，她的腳步聲又輕輕地回來了，又趴在了我身上，又吻我，後來她好像用手拉開了我的褲鏈，手伸進了褲襠，抓住了我那個硬硬的夥計，就放在了嘴裡，我感到很熱，這是我全身唯一有力量的地方。我想寫一首詩，題目叫：生活是一匹馬。

既要乘騎
又要鞭打

剛想兩句，我就真的睡著了，據說鼾聲悠揚。

我原來以為，
駒兒的家鄉是南方就已經很遙遠了。
駒兒說，海南是他們的南方。
我說，那咱們就去南方之南吧，
更遙遠的海南。

第三十章

出門遠行

我們科爾沁草原，是在國家地理位置上的最北方，但是，我不知道最南方就是海南島。這是一個常識，不是知識問題。在地理填空題裡，沒有哪個老師愚蠢得會出這麼簡單的題。但是很難有人回答準確，尤其是我問的南方之南在哪裡。

我這麼關心海南島，是因為我想去那裡。我出院之後就沒有喝過酒。我反覆地敘述過，馬姐是詩，我是酒。馬姐終於還是離開我了，所以我就不再寫詩了，我那時的情懷是不寫詩又怎會去喝酒。那天在醫院裡，我醞釀了像當年寫六十首詩的情緒，想寫一首詩，結果只寫了一個題目，兩句詩。我知道我像落魄的江湖高手一樣，已經功夫盡失。不寫詩的我不喝酒了，當然，不喝酒，我也就不是我了。

馬叔、馬姐、烏蘭和黑龍他們，都回到他們來的地方了。他們就像機器上的零件一樣，終究要擰回他們原來的機器上去，包括黑龍。這個社會是有組織的，黑道人物的機器也是機器。可是我去哪裡？我已經被我的機器甩掉了。馬叔讓我到北京和他一起辦《馬蘭花》，當編輯。我已經沒了一點興致，我覺得我這樣的螺絲釘，不像從前，我們受書本教育所說的那樣，只要做了一顆螺絲釘，就可以任意擰到國家有用的機器上去。我這個零件，不適合擰到那個一切按部就班的機器上去。烏蘭很失望，她又用她魔法師一樣的眼睛誘惑我，但是我有小護士，已經修煉成堅強的定力，對她已經無動於衷了。烏蘭這種禍水型的妖女，每天跟你在一起，她總是不停地在索取，好像分分鐘都要把你身上的油水榨乾。所以跟她在一起的男人還沒有機會和她白頭到老，就黑著濃濃的長髮成了乾屍。馬叔懂我，他說，你這是閒雲野鶴，順其自然吧。馬姐也堅持拉我。現在馬姐已經不編雜誌了，是電視台的編導。她每天帶著一夥人，扛著機器，往遠點說像過去的武工隊，近點說就是一夥強人。據說這夥人像當年的紅軍一樣，到處打土豪分田地拉贊助，所謂的土豪就是效益好的企業家。鄧小平講讓一部分人先富起來，在文化界先富起來的就是這夥搞電視的。馬姐跟我講的時候，臉上金光閃閃。我對帶電的東西沒感覺，堅決不去。

我要過我自己的生活，這是我在醫院裡思考了三個月的問題。這不是簡單的我個人出路的問題，而是我這個年齡的問題，從生命的角度講，是生命的季節問題。我覺得我要離開文學，我要離開草原。我如果不換土壤，我的生命就要枯竭。我已經不是花盆裡養的小花小草了，我要尋找我自己深厚的土壤，去長成參天大樹。

晚上草地的風很涼，小護士陪著我散步。我已經不管小護士叫小護士了，她告訴過我她的名字，我不喜歡，就給她起了一個新名字。我叫她「駒兒」。駒兒很聽話，是我交往過的女人中最令我心情快樂的，她的一顰一笑，似乎注定要讓我這輩子刻骨銘心。她個子高挑，全身的骨骼都很小，裸著體，無論怎樣舉手投足，都讓你見不到她的骨頭，這就是古人說的好女。她乳房不是很大，脖子和腰都細長，屁股卻很豐滿，翹翹的，像一匹永遠都在奔跑的小馬駒兒。恰恰是這樣，她的體位元造型，成了和我貼得最近的一個女人，親密無間。駒兒的嘴真是很美妙，嘴唇厚厚的，不僅講話好聽，唱歌好聽，吃東西的聲音好聽，哭的聲音也好聽。但是，最令我銷魂的是她的嘴代替褲襠裡的嘴幹活。有時完事了，我會長時間地看她，審視她的嘴，她這是嘴嗎？嘴有這麼神奇嗎？上下都是粉紅色的豔麗。

駒兒要跟我走，我也想帶駒兒走。每天在草地上吹完了晚風，我們就回到駒兒的小屋裡進行夢想。我原來以為，駒兒的家鄉是南方就已經很遙遠了。駒兒說，海南是他們的南方。我說，那咱們就去南方之南吧，更遙遠的海南。

我們終於要走了，駒兒的媽媽爸爸也趕來送我們。她媽媽說：我把女兒交給了你，你要保護好她。

我說：放心吧，如果我們走進了絕路，必須一個人跳海，那一定我跳，把生路留給駒兒。

駒兒的爸媽是開明的過來人，想當年，就是這麼來到內蒙古草原的。他們知道駒兒跟定了我，勸沒用。因為這事兒當年他們都幹過，革命前輩，對於後來者都是充滿熱情和理解的。

駒兒的老爸說：我喜歡你這種氣質，但是不要把我女兒帶到絕路去，也不希望你為我女兒去跳海，我希望你們都平平安安，幸福地活著。

上火車前，要跟媽媽分手了，駒兒還是哭了。她是看到媽媽的淚水才哭的，我為了安慰駒兒，由於和媽媽戀戀不捨，而有點憂傷的心情，在她的愛情筆記上寫了一首詩給她：

十八的女孩是一朵花兒
十八歲的花朵盼著被人掐
勇敢的是我
浪漫的是她
放心不下的是她的媽

帶著這首詩，我們義無反顧地，在北方之北，向著南方之南出發了。

我領著駒兒，離開了生我養我育我的科爾沁草原。我們坐在火車上一直向南走。我想，我的心情就像被我們趕上火車，運往深圳，然後到香港的那群黃牛。我當年看到離開草原的黃牛，被成群地趕上火車，聽說牠們要去深圳，然後到香港，我的心裡充滿了無限的羨慕和嫉妒。我說我真希望自己是一頭黃牛，趕牛的跟我說：你以為牠們去旅遊啊，牠們去了就被殺了吃肉。後來，我去香港聽說了，我們草原黃牛，一個很神奇的故事，不過那頭黃牛，那時已不叫黃牛，叫蒙古神牛。據說，香港有一個屠夫，專門宰殺從內蒙古草原運來的黃牛。我們科爾沁是黃牛之鄉，他宰殺的肯定是我們這裡的黃牛。話說，有一天，那個屠夫又開始宰殺黃牛，有一頭黃牛死活不肯往屠宰機裡走，屠夫就採取強制措施把牠往裡趕。你一頭已經走進了屠宰場，站在了屠夫面前的黃牛，還有甚麼選擇？願不願意還由得你嗎？你以為這裡是內蒙古草原？香港再講人權，也沒有你一頭蒙古黃牛的份呀。可能那頭牛不甘心命運給牠安排的結局，牠要抗拒！於是，我們這頭蒙古黃牛經過動腦筋策劃，幹出了石破天驚的事兒，牠給屠夫跪下了，並且流著淚，哀求著屠夫不要殺牠。黃牛的舉動，讓屠夫感到驚心動魄，屠夫也流淚了。他把黃牛留下了。屠夫知道今天不殺牠，明天也要殺牠，牠一頭肉乎乎的黃牛，生來落在人的手中，就是給人來殺著吃肉的。但是黃牛知道，今天不被殺，日後就永遠不會被殺了。

果然，第二天屠夫家出了大事，當然是好事，屠夫買的六合彩，中了五百萬港幣。這一下出了大名，成了與香港明星齊名的明星，當然，我說的不是屠夫，是我們的黃牛。黃牛成了明星，還不是一般的明星，是吉利的旺財的明星，你說誰還能殺牠？香港是從來不殺明星的，而且牠的地位，在香港沒有任何明星可以與之媲美，因為牠被當成神牛，供到了香火最旺的黃大仙廟裡，享受著萬千善男信女虔誠的香火，香港任何明星，包括成龍、張曼玉都不可能被供進廟裡享受香火，他們只能前來燒香、參拜。

我從來沒有離開過這個草原，這回也像黃牛一樣離開，但是我們肯定不是被殺了吃肉，我是為了找更好的肉吃，或者更幸運。我相信小紅騍馬、黃牛和我，雖然在動物形式上不一樣，但是我們的靈魂是相通的。

夜裡在火車上，外面一望無際的黑暗，我心裡一陣陣產生憂傷淒涼的感覺，但是我並不感到孤獨。因為我有駒兒。駒兒睡得很香，她紅撲撲的臉幸福地鑽進我的懷裡，我感到很溫暖。我已經好久沒有這種幸福感了，還是幾年前我和馬姐販馬被困在沙漠裡，馬丟了，我們互相擁吻在蒼茫的夜空下，雖然孤獨無助，但是，馬姐身上散發出的母性的光輝，讓我的心裡很溫暖，鑽進馬姐的胸懷我全身充滿了力量和不顧一切的英雄氣概。今晚在火車上卻有些不同，是駒兒鑽進了我的懷裡，我是在駒兒爸媽信任的目光中發了誓的，我要信守誓言。今天的我不僅僅要有英雄氣概，還要有責任感。男人本來就是要承擔責任的，所以我一把責任這個詞裝進心裡，就馬上成熟了起來。聽老人說，大地裡的莊稼，都是在夜裡抽穗拔節，一夜之間成熟起來的。我也像莊稼一樣，一夜之間成熟了起來。駒兒，你明天醒來看到的我，就是一個有責任感，成熟了的大男人。

駒兒睡得很熟很深，看她的笑容，就知道是在做一個甜美的夢。這真是一個做夢的傻女孩，就是因為在我的小說裡找到了自己的夢，就死心塌地地跟定了我。我內心感動、溫熱，駒兒，我一定要給你一個和夢一樣美好的現實。

我醒來時，感到全身發癢，熱得難受。駒兒抱著我的頭，正用一把大梳子，梳著我那長長的、帶著典型民族特色的自來鬈髮。鬈髮上紛紛揚揚地飄著雪白的頭屑。

駒兒說：哥，剛剛過了長江大橋，看你睡得香，我沒叫你。

駒兒臉紅撲撲地跟我說話，她仰著臉，肉肉的嘴唇紅潤潤的。我心中一陣憐愛，她說的是啥話，我根本沒聽進耳朵裡去。我只覺得熱，看到外面綠油油的大地，我想起了家鄉的草原。這裡的冬天就像咱們草原的夏天一樣，我嘲笑自己、逗駒兒開心地說：見到綠草就想起家鄉，我真是牲口性格。駒兒真的開心了：我也是牲口，我是你的小紅馬駒兒。我感動地把駒兒摟在了懷裡，很想親她，但是周圍人多，我不敢。我感到更熱了，於是，我就從身上開始往下脱衣服。我打開火車的窗子，把脱下的棉襖和棉褲，從車窗口扔了出去。

駒兒見了大叫：哥，你幹甚麼？怎麼把衣服扔了？

我又抓起駒兒的棉衣要扔，駒兒緊緊地抱住不肯放手。她很憂傷地說：你為甚麼要把衣服扔掉？你不穿了嗎？

我說：南方天熱，掛電線杆子上，給我媽郵回去。火車上的人，都被我愚蠢的傻瓜幽默逗笑了。駒兒也笑了，我把她摟在懷裡，貼在她的耳根說：我們不留後路。駒兒很堅定地抓緊了我的手，她自己把棉衣戀戀不捨地從視窗扔了出去。

這是廣州躁動的春天，是我們第一次來到廣州。

下了火車，在廣州火車站，第一眼就被這充滿了傳說的羊城，和異域的嶺南風采，吸引住了。火車站一隻碩大的鐘在搖擺著悠揚地響著。我想，大概全國也沒有比這再大的鐘了吧。鐘的兩側寫著：振興中華；統一祖國。這八個大紅字很敏感地讓人清醒過來，馬上會想起，台灣和還被別國殖民統治著的香港、澳門來。

幾分鐘後，我的感覺就變了，廣州是一個讓人的心靈慌亂、浮躁的地方。我們一下火車，看到匆匆忙忙的人流，盲目地向四面八方狂奔，我就懷疑這是衝進了狼的羊群炸了群。我看慌亂的人群，總是想到衝進了狼的羊群。這個地方叫羊城真是太恰當了。我由衷地佩服，廣州的先民這麼有才華，起了這麼精彩的城市名字。

我雖然是第一次走出草原，第一次來到這個大城市，但是我一點也沒有陌生感。我一身汗臭地領著駒兒，邊走邊給她講笑話。我不斷地提醒她，別踩痛了地下躺著的那些人的腳。

我們搭上的士，來到了廣州當時模仿香港集中建的商業街上下九路。我們沒想來這裡，我們要到碼頭，買去海南的船票。當時，我們上了的士，並沒有說到哪裡去，的士司機看我們是北方來的，就直接把我們拉到這裡來了。在他們的概念裡，你到廣州來就是到這裡來，否則不到商業街來，你一個外地人還帶個女孩，不是倒賣服裝到廣州來幹嗎？

我覺得這廣州人的思維有些怪，有點像我們那裡的一根筋性格的人。

我沒有發火，我心平氣和地說：我們是路過廣州。

司機說：那你們去哪裡？

我說：海南。

司機說：去海南明天早晨才有船，剛好在這裡玩一下啦。

我覺得這個主意不錯，因為我們已經知道了資訊，今天走不了，明天才有船。

我們在上下九路的一個小旅館裡住了下來。那時，中國人剛剛發身份證，但是，我沒響應號召去領，我還沒有那個習慣，我從來沒有想到要使用身份證這件事。人們從前出差在外，要憑藉當地革命委員會開的介紹信，才能入住。由於沒有身份證，不能被驗明正身，在小旅館裡，我和駒兒只能在兩個房間的兩張床上睡。

人就是這樣，可能平時對各種規範規矩不滿，不斷地咒罵，但是當這些規矩規範一來限制你，而你又不能過關時，便只會有一種說不出的哀愁。

我在來廣州之前，對廣州唯一的認識就是看過電影《羊城暗哨》。給我的印象是，廣州是一個特務經常出沒的地方，廣州的特務多，是因為香港、澳門的同胞多。那時香港、澳門是一個先進時髦和反動墮落的象徵。

在服務員的指導下，我和駒兒在公共廁所裡洗了澡，服務員教會了我一個新詞叫「沖涼」。接著我又學會了第二個新詞，到叫「大排檔」的地方去吃飯。駒兒看到別人吃的炒粉眼饞，就當了炒菜來點了吃。廣州炒菜放的佐料很大，我們吃得很順口，我把米酒當成了白酒來喝，由於口味淡，喝起來沒有感覺，我三口乾盡了三杯，剛好是一瓶，把周圍的廣州人嚇得目瞪口呆。

吃完了，我領著駒兒在夜市裡閒逛，我們走到了一個檔口前，檔口的老闆熱情洋溢地招呼我們。

我：老闆，生意好吧？

老闆：多謝你，生意很好。

我覺得好笑，這廣州人倒挺文明，挺謙虛的，一說話先感謝。後來在海南住的時間長了，我才發現，這都是在香港人那裡染來的病。不管誰求誰，也不管是啥事兒，反正一張口就多謝。如果你是罵過他的、打過他的、騙過他的，他也仍然要多謝你。好壞不分，敵我不分，有點像東郭先生似的，你說這不是病是啥？

現在的我，剛剛和廣州人接觸上，一切都覺得新鮮，還不認為他們有病。

駒兒很崇拜地跟著我，邁著豪邁的步伐，我們要去買船票。我們在廣州雖然語言不通，公共汽車方向搞不懂，但是我們懂得坐的士，雖然貴了點，駒兒這個小當家的有點捨不得，但是，我們還是在冷氣中悠閒地到了洲頭咀碼頭買票，我要先看看洲頭咀，這個怪名字很吸引我。

第二天早晨，上船像買票一樣順利，當我們躺在了大船的床鋪上時，駒兒長長地出了一口氣說：哥，我覺得你真了不起，你的風度像一個大將軍。

我說：不叫大將軍，叫我千夫長。

駒兒：千夫長這個名字好聽，我喜歡，是啥意思？

我說：在成吉思汗年代就是大將軍的意思。

駒兒：這不還是大將軍，相當於現在的啥官？

我說：成吉思汗年代相當於少將，現在降低了，縣團級，相當於一個旗長。

駒兒：那也是大官，哥，往後我就叫你千夫長吧？

我說：就叫千夫長。

船行駛在午後的陽光裡，從珠江口進了伶仃洋，我們像在歷史教科書裡穿行。我拉著駒兒的手，站在甲板上，遠處墨綠色的海浪洶湧澎湃，像草原上的草浪。船隻行駛在海浪上，就像馬車行走在草原上。我看得入了神，這大自然怎麼有這麼神奇的造化。站在船上就像騎在馬上，晃晃悠悠中我就像回了家一樣。駒兒沒有在草地上生活過，她沒有我的感受。我就像詩一樣給她描繪，她像聽神話一樣入迷。突然她渾身軟軟地就不能動了，她軟弱地說：哥，我暈，千夫長，快抱我。

我把她抱進船艙裡，放在床上。她就像昏過去了一樣。

我守在她的身邊，不讓一個蒼蠅來打擾。

夜深了，大海寂寞得像草原上的原始牧場一樣。無邊無際的空洞。我倚在駒兒的身邊打盹。突然一聲細膩的叫聲驚醒了我：哥，抱抱我。

我抱緊了駒兒，說：你醒了？

她說：我根本就沒睡著，見你守在我身邊，精心呵護著我，我感動得都想哭，哥，這就是幸福吧？我這一輩子有這樣一天就夠了。現在死了，我都不白活了，滿足了。

我說：不要胡說，我給你的幸福是長期存摺，你永遠也支取不完，透支不了。我們現在一起活，今後要一起去死，選一個好世道，再一起去投胎轉世。

駒兒用牙狠狠地咬著我的嘴唇，給我一種癢痛的快感。她又用手去拉我的褲鏈，我按住她的手，貼著她的耳朵說：保住元氣，養精蓄銳，先和大海鬥爭。

駒兒嘎嘎地開心笑了起來：這是你第一次怕我。

我說：駒兒，傻孩子，我永遠怕你。你知道嗎？在我的詞典裡，怕你就是愛你，愛你就是怕你。

駒兒說：你一個大男人這麼愛女人，不怕人家笑話？

我勇敢地說：怕甚麼？女人就是給男人愛的；不但要愛，還要崇拜，崇拜女人身上散發出的母性光輝；不但要崇拜，還要感激，哪個男人不是從母體裡誕生的。

我面對女人說出這樣的豪情壯語的時候，常常令我自己感動，又令我自己驚詫。我知道，我並不是永遠能這樣偉大地對待女人，但是正在說的時候，也是我正在做的時候，而且一點也不要懷疑我的真誠。雖然不是地老天荒，但是我給予的，對方曾經擁有的，就是我絕對的真誠，我不相信永恆，但是我相信真誠的每一瞬間，每一瞬間的真誠，才是難能可貴的真誠。

駒兒說：哥，你這麼偉大，我要先感激你，崇拜你，愛你。

在甲板上，迎著習習的涼爽海風，她旁若無人地抱著我的脖子吻我。

天亮了，我們一夜沒睡。海口的陽光已經照在了船身上，明亮亮地，表示著對我們這些遠來陌生人的熱烈歡迎。

我們也看到了一片綠色的雲彩似的椰子樹，婆娑著身姿，一副很好客的姿態。駒兒也有了精神，對不斷闖入眼簾的海南島美妙的自然景致，不斷地發出驚喜的歡叫聲。

她說：哥，這就是咱們要來的海南島嗎？咱們會長住這裡嗎？我說：會，永遠！只要你喜歡。

我們就像草原馬背上的疲勞騎者看見了牧村的炊煙和馬圈一樣，一起呼喊：海南島，我們來了！我們真的來了！

我雖然來自內蒙古草原，
但我不是牧民，
大學生、詩人、老師、作家，
這些內容早已泡進了我的生命裡，
形成了我與眾不同的氣質。

第三十一章

南方之南

島上的海南人，見到我們先是驚慌，然後又充滿好奇。這是一種很奇怪的感覺，就像猴子在森林裡見到了人類一樣，覺得我們這種動物像自己又跟自己不一樣，不知道如何相處，反正不太相容。不僅僅我們這一艘客輪，大海上很多輪船，都在川流不息緊張奔波地運作著，船上那些興致勃勃的，闖海南的人，就像旺季收網的漁民，一船船拉回打撈上來的魚蝦一樣，擁上海南島的碼頭。

海口人頭攢動。我領著駒兒，擁入了那些魚蝦一樣活蹦亂跳的人流。我們像志願者一樣，是來給海南建省的。海南這樣一個孤島，竟然要建省了。而我們當時有一種愚蠢的興奮，這種興奮超過建省，就像是建國一樣。海口人，先是像旁觀者一樣，木然地看著我們，好像我們建的省與他們無關，他們用深陷在眼窩裡的冷靜目光看著我，我覺得有點受到了嘲笑。我每天都覺得我們這群大陸來的人荒唐。我喜歡用大陸這樣的字眼來稱呼自己，這樣我就感覺到不是在海南島，而是到了台灣。我們這些大陸人就好像在台上表演，而下面雖然有觀眾，卻沒有掌聲，場面總是剃頭挑子一頭熱，尷尬。看完表演之後，他們馬上就醒悟過來了，天賜良機要發財了，於是他們又慌亂起來，原來一元錢一斤也沒人要的臭魷魚，他們很迷茫，不知道該漲價到幾元錢好，漲少了怕虧了，漲高了又怕賣不出去，看那可憐樣兒，似乎傷透了這些漁民的很少使用的腦筋。

經過一番比海南人還傷腦筋的周折，我和駒兒終於住進了海軍招待所，交完押金，我只剩下五十九元錢，在廣州超出預算地住了一晚，讓我有點經濟緊張了，其實不住那一晚，省出一百元來，也解決不了甚麼事情。不過我的心理壓力不大，反而很快樂，這裡和大陸不同，我和駒兒住在一起不用任何證件。下船的當天，我就發現了一個真理，從草原來到海南的人，沒有那種暈船效應。下了船，我就像下了馬一樣，雖然疲勞一點，但那也只是像騎馬的長途疲勞，灌了一瓶啤酒，也就馬上頭腦清醒，四肢鬆弛、協調了。所以選擇住宿時，雖然傷腦筋，但是我卻顯示出了精明的頭腦。我們先進標示著海南名稱的海口賓館，進去一看價格，身上帶的錢不夠住到半夜，再去望海樓大酒店，更貴，可能只能住一個鐘頭零十五分鐘。儘管如此，裡面人都住滿了。看他們的衣著和神情，男人們的腋下幾乎都夾了一個光亮的小皮包，女人們都穿著很迷人的裙子，都是我們草原沒有見過的高人。駒兒很善解人意地看我表演。其實剛進門時，我有點心慌，門口竟然寫著：衣冠不整，謝絕入內。我假裝視而不見，擺出一副不掉價的樣子，領著駒兒進進出出。我雖然來自內蒙古草原，但我不是牧民，大學生、詩人、老師、作家，這些內容早已泡進了我的生命裡，形成了我與眾不同的氣質。但是，這住一晚上就要幾百或者一千元的房價，我不是孤陋寡聞之人，雖然聽說過，但是第一次遭遇，並且是在我只有五十九元的時候，有點難為我了。這種生活方式離我的生命體驗太遠，令我驚嘆不已，在這炎熱的天氣裡，他們竟然用冷氣製造出了秋天的涼意。我心裡發狠，請相信，我很快就會住進來的。

我領著駒兒回到了客運站，我當時不知道，這裡已經被香港記者報導成了著名的人才角。人才角的下面是著名的地下室，一張床每晚五元錢。床挨床，沒有冷氣，熱浪滾滾，臭氣熏天。我說這裡連草原上的羊圈都不如，但是住這裡的人大多戴著眼鏡，澎湃著一種指點江山、激揚文字的激情和一種自找苦吃的樂觀主義精神。

我領駒兒走出地下室，外面燦爛的陽光，照亮了我的心，也照亮了我的眼睛。我不能委屈駒兒，也不能委屈自己。我看到了對面的海軍三所，領駒兒走了進去。這裡太適合我口袋裡的錢給我規定的這個階層了。這也是沒辦法的事情，或者叫知識分子的無可奈何的尷尬吧。我的智慧和理想超過了我的錢包，但是，我的錢包就是那樣不爭氣地拉我的後腿。儘管如此，我對我當時的選擇還是滿意的。我們住進的房間，陽光明媚，沒有空調，有風扇。房間裡沒有秋意，但是有春風。住下後，我們疲憊不堪，就像飄了一天的風箏，終於收了線。我要好好地洗洗澡，好好地躺一躺。不過，在這些活動之前，我要先好好地親親駒兒，她正噘著嘴呢，小女孩一定要哄。我躺在又涼又白的床上，任由她擺布，隨意鬧。

駒兒把我愛夠了，沒有睡意，竟然說餓了。我們出去，夜裡兩點，似乎比白天還熱鬧，陰陽顛倒。回來時，我對駒兒說：駒兒我給你考試，看你到海南智商降低了還是提高了。她興致勃勃地回應說：好，老師別出太難的題。

我說：填空題。一、來海南的有幾種人？二、來海南的人幹幾件事？

駒兒說：來海南的有兩種人，男人和女人。來海南的人幹兩件事，睡覺和吃飯。

駒兒就是駒兒，這孩子的那種靈性，好像就是為我生的。我不管別人有多少種答案，這就是我的標準答案。今晚出去，我好像被財神給附體了，腦袋裡忽悠一下就想到了賺錢。

我說：這是我的標準答案，駒兒，你知道我為啥要給你出這個題嗎？

駒兒說：哥，你不是為了好玩，你是想要賺錢。

我說：對，我想賺錢，你知道我賺啥錢嗎？

駒兒說：你在我手心寫一個字，我在你手心寫一個字，看看咱倆的心是不是相通的。

我們在兩隻手上都寫了一個字，然後兩隻手合到了一起，兩個人閉上眼睛，嘴吻到了一起，一鬆嘴同時說：揭開謎底。我的佛爺，原來都是一個「吃」字。我感覺周圍有一些靈光在閃現。

我問她：你怎麼知道我要做吃的生意？

駒兒說：你忘了我是誰了？我不是你的小紅騍馬嗎？我和你是心靈相通的呀。

我相信了，相愛的男女心靈是有通道的。我感慨了一番生命裡這種令人匪夷所思的奇妙。

駒兒問我：為啥要在吃上賺錢？怎麼個賺法？

我說：你不是跟我心靈相通嗎？我現在正在想，你應該知道。

駒兒認真地說：哥，吃飯時，我見你那麼認真地問人家開飯攤的情況，我就知道你的意思了。你今天下午說了，到海南不是找不到工作，而是海南根本就沒有工作，我就知道你要想辦法賺錢來養咱倆了。

我說：你猜對了，剛才，在外面吃飯，我見路邊的一些大排檔和小吃攤都是大陸人擺的。我就心動了，大陸來的這些幫助海南建省的人，很少有政府派來的，省還沒建起來呢，這些男男女女的志願者，每天面臨的問題就是吃住。在住上賺錢，咱還沒那機遇，吃上倒是可以。

我在進入夢鄉前，還感嘆今天的五十九元，二十五元一晚，交了兩晚上的住宿錢，去掉五十元，剩下九元剛剛還宵夜吃掉了五元，剩四元能開個小飯攤嗎？

駒兒用細膩的小手捏著我的嘴唇，又用細膩的聲音說：睡覺吧，別把這事帶進夢裡。你是有神助的人，沒準兒明天一起床，地上就會出現你想要的東西。

第二天，上午很晚我才自然睡醒。這是我在海南島睡的第一夜，這一覺睡得我舒心快樂，一點也沒有不適應的感覺。看來海南島我是來對了，這地方養我。海風很魯莽地衝進陽台，吹開了我的蚊帳，這海風的風格真像草原風，總想揭露人的秘密。

草原是岸上的大海，
大海是水裡的草原。

我莫名其妙地腦子裡就蹦出了這麼兩句話，有點像詩，我嘲笑自己，也上來了一股酒癮，然後也就清醒了，結束了胡思亂想，要起床了。我想起了駒兒，身邊駒兒不見了。跑出去玩了，我猜，這海南島真適合她。我正在廁所裡撒尿，廁所裡很寬敞，鋪滿了瓷磚，白白的很讓人賞心悅目。正尿著呢，駒兒敲門：哥，開門。我拖著淋漓的尿跡，打開門，一下子想起了中學語文課本裡的一句名言：簡直不敢相信自己的眼睛。駒兒一身大汗，提著兩隻大紅塑膠桶，站在門口喘著香氣。我把塑膠桶拎進來，一個裡面裝滿了鍋碗瓢盆勺，一個裡面裝的是油鹽醬醋和辣椒。

我不知道，我在那個年代為甚麼那麼容易受感動，為了掩蓋眼中即將流出來的不爭氣的「熱水」，我裝得很男人、很堅強的樣子，像員警審小偷似的問她：駒兒，你從哪裡來的錢？

駒兒交代說：是我自己帶來的一千塊錢，我沒告訴你，就是想在你有危機的時候美女救英雄。

我裝不下去了：傻孩子，看你累的，為啥不叫我一起去呢？

駒兒：我想給你一個驚喜，讓你一睜眼就看到地上有了你想要的東西，像神話一樣。

我控制不住了。淚，我也不掩藏地叫它水了。淚很不給我面子地流了下來，我抱起在風扇下流汗的駒兒：小馬駒兒，來，我給你洗澡。

我的淚流在駒兒光滑的皮膚上，駒兒用柔軟溫熱的舌頭舔我的淚。

在淋浴時，我緊緊地抱著駒兒，動情地說：我的小公主，你知道嗎，你是美麗的公主在救落難的書生。

駒兒還剩六百多塊錢，我領她出去，買了一台二手的三輪車，一台煤氣爐和一盞汽燈。幾乎把錢花得一文不剩。我對駒兒說：咱們置之死地而後生，不留退路，今天開業，今天一定要賺錢。

駒兒在幫男人做事上，寬容豁達、善解人意，我一輩子都沒見過第二個這樣的女人。她縱容男人，我買東西花錢，她不阻攔，任由我隨意妄為，只是看著我嬌嬌地笑。我總覺得她的心把草原都裝來了，要不為甚麼那麼寬廣？

半夜兩點鐘，我們收攤。銷售額為三百六十九元，這樣賣四天就回本。為了慶祝，駒兒也陪我喝了啤酒。

駒兒洋溢在幸福當中：哥，你長鬍子長頭髮配著紅T恤，這種扮相真帥呀，我有幾次，看著你挽著袖子在那炒菜的樣子，都迷得忘記招呼客人了。我很衝動地就想上去吻你。

我得意忘形地說：別誇我，那樣我會驕傲，不過你想幹啥就幹啥。

駒兒：哥，你怎麼啥都會，我真沒想到你會炒菜。

我說：我沒炒過菜，反正有了鍋和菜，一起放在火上我就炒了，其實這個世界的事，只要實踐，就都比理論說的簡單。還是毛主席當年教導我的好呵：實踐出真知。可惜那時你小，沒趕上毛主席時代。

駒兒說：哥，我真崇拜你，我願意讓你驕傲，有了你，我啥都想幹，不過，現在我只想幹一件事，你應該知道是啥事。

我說：明白，出發，馬上回家。

我蹬著三輪車，駒兒雄赳赳地挑著汽燈坐在車上。其實我們路上根本不用點這個汽燈，但是駒兒喜歡，她覺得這好像是在張揚著她的一個夢想。從這次我才發現，駒兒對時尚的東西和那些另類或者復古的玩意兒特別有天分，感覺特別好，我在心裡發誓，我一定要把她送進大學的服裝或者工藝美術系裡去讀書，讓她內心的夢想長上翅膀放飛出來。

我想著想著，兩條蹬三輪車的腿就充滿了責任和力量，鬥志昂揚地加快了速度。

回到海軍三招，在床上自然又是一番熱烈的慶祝。我疲憊不堪還沒休戰，趴在駒兒的身上，就迷迷糊糊地進入了夢鄉。

鼻孔一陣奇癢，我一個噴嚏坐了起來。駒兒睡不著，我的睡意也跑了，她用頭髮梢癢我的鼻孔。

駒兒嘆了一口氣，很憂傷的樣子，好像很不開心。

我說：駒兒，傻孩子，咋不睡覺，想家了？

她說：沒有，你是我的家，你在哪裡我的家就在哪裡。

我說：既然在家裡，那怎麼不睡覺？

她說：我在擔心，我這個家有一天會丟失了，讓我找不到你，我很害怕你被別人給搶走了。

我說：不要胡說，咱倆是從上輩子求緣來的，我跟別人沒這個緣分。

駒兒突然爬起來，趴在我的身上說：哥，你說今天咱們的客人中是男人多還是女人多。

我假裝酸酸地說：肯定男人多，還不是都被我的駒兒吸引來的。

駒兒說：錯了，是女人多，我見了那麼多漂亮的女人，覺得自己真是沒法比，我看她們看你的眼神，我就心慌，就嫉妒，你還答應讓她們來幫忙，我都有點害怕。

我明白了，這個小鬼東西，原來是為這個睡不著覺。

我說：咱們生意好，忙不過來，找人幫忙有甚麼不好？開大了你可以當老闆娘呵，別胡思亂想，睡覺吧，我白天還在心裡表揚你心胸寬闊呢。

駒兒狠狠地咬了我一口，很嚴厲地大叫：不行！

我說：你這個小心眼，咋這麼複雜？我在黑夜裡炒菜油煙滾滾，我根本看不清男女。

駒兒說：你別裝傻，我看你愈是漂亮的女孩，你就愈炒得來勁兒，像打足了氣似的在那裡表演。

看來女人在對待男人的事情上，用無邊無際的母愛，真是無所不包，無所不容。但是一遇上對待女人的事情上，就顯得狹路相逢，仇人相見分外眼紅了，眼裡不揉沙子，心裡不容人。這個駒兒呀，也不能免俗。

我見說服不了她，也沒有必要再說服了，因為這心病是無法用語言的藥治癒的，索性就強制性地咬住她的嘴，摟緊她的身體，一動不動，睡著了。

在海南即將建立的大特區裡，
我們一天一天地正在變成有錢人。
我們的《海南諮詢》，
不僅給我們帶來了財源，
還帶來了名聲。

第三十二章

海南諮詢報

海南馬上就要建省了。我有時候站在海口，眺望周圍的大海，就自己問自己：這個海島真的就要成立一個省了？我總覺得建省和建國一樣，是歷史大事，怎麼這麼和平，這麼容易就建起一個省來？而且我還是其中的一員，雖然我是自願自費來的，對於建省我起的作用微不足道，但是對於我個人的人生，應該是重要的，我是幸運的，歷史能就這樣被我見證了嗎？我總是覺得有一種雲裡夢裡的感覺。我是通過讀書認識歷史的，上下五千年，總覺得歷史事件都離我很遙遠，我生來就是歷史事件的旁觀者、局外人。可是，現在海南建省這重大的歷史事件，竟然步步逼近了我。

當然，這件事對我有意義，我對這件事沒啥意義，我說過我的存在微不足道。我只是海口客運站人才角一個臨時飯攤的，說大一點是老闆，說實際一點就是炒菜擺小攤的，而且無證經營。我發現我當時陷進了一個無證的圈套，海南還沒建省，屬無證經營，我和駒兒也沒結婚，也是無證經營，我好像一下子走進了極其自由狀態的社會。

命運給了我這樣的人生，給我這種體重，就不是讓我受輕視的。我不但迴避駒兒說的那些漂亮女人，對駒兒的小心眼也更要小心翼翼，女人你要愛她，就要遷就她，站在她的角度為她著想，關於對錯的標準，只要你站在她的角度就是對的標準。對剛上島的大陸人熱情的諮詢，我還是熱情地回答的。這些剛上島的大陸人，隨著建省的廣告在大陸猛烈地轟炸，比幾個月前的我們更加興致勃勃地來淘金了。他們走到飯攤前，可能看出我是一個有文化的人，就都來向我諮詢。我給他們回答問題，駒兒就忙著點菜。我揮舞著大勺，給他們描繪著海南省大特區的，特別大的，美好前景，至於大到甚麼程度，我是用聽說加想像來組合的。這就是我的頭腦的過人之處，道聽塗說的資訊，加上我浮想聯翩的判斷，放在海南要建省這個大的歷史背景下，我就很從容地，產生一套離事實相差不是很遠的、能夠自圓其說的說法。

一天夜裡，筋疲力盡的駒兒，躺在被窩裡對筋疲力盡的我說：哥，我真佩服你，你以前也沒來過海南，咱們就在這裡剛擺幾天飯攤，你就像海口的市長一樣啥都知道。咱們對那些諮詢你的人，真應該收諮詢費。

我本來打算請人幫忙，駒兒那晚一鬧，也就算了。駒兒像做錯了事一樣，贖罪般地拼命幹活。我每天都安慰她說：駒兒你這麼在乎我，我不但不怪你，我還更喜歡你了。你知道嗎，男人的自信都是女人給的。今晚，我看著駒兒累瘦了，面部肌肉有一些鬆弛憔悴，心裡有一些愧疚。但是她那惹人疼愛的小臉上，厚厚的小嘴，說出的話竟然一語驚醒夢中人。

我說：是呀，駒兒咱們乾脆辦一張報紙，就叫海南諮詢報。

駒兒歡呼，積極回應。

我們倆來了精神，覺也不睡了，爬起來就幹。我把這麼多天別人諮詢我的問題，都列出了目錄，分成要聞、大事記，以及海南包括歷史、地理常識和民俗風情在內的投資大環境編成了三個版，第四版是副刊，刊登我和駒兒聯合寫的上島日記。我們幹到天亮，就跑出去找印刷廠。海口當時的印刷廠很少，價格嚇得我的錢包直顫抖。

駒兒很失望地說：哥，咋辦？不行用手寫吧，你的字那麼漂亮。

我說：用手寫能寫幾張報紙？乾脆用油印機。這是我的長項，在大學辦詩刊，教書給學生印卷子，我已經是刻鋼板的熟練技工。

在駒兒崇拜和恭維中，我們買來了鐵筆、鐵板、蠟紙、油墨、油印機，回房間就開工了。

臨到中午，我們具有劃時代意義的報紙《海南諮詢》就出版了。

現在建省臨近，白天不讓出攤了。晚上出攤的時候，我們的報紙《海南諮詢》像印好的十六開的考試卷一樣開始發行了，發行量一千份。一塊錢一份，駒兒把它們莊嚴地擺在了飯攤上。大陸來的人愈來愈多了，他們來諮詢，我根本不理，埋頭炒菜。駒兒就向他們推銷報紙。我模仿著賣耗子藥的腔調，寫了一段廣告詞，讓駒兒邊喊邊賣：

看一看，
瞧一瞧。
海南諮詢。
大陸人剛上島，
海南知識不可少。
海南要建大特區，
要聞政策話你知。
不看不知道，
一看全知道。

過了一會兒，買報紙的人愈來愈多了，帶動吃飯的人也愈來愈多了。原來買了《海南諮詢》的人，在大街上邊走邊看，惹得別人眼紅，問清楚是我們這裡賣的，就都跑來買，買完順便也就在我這攤上吃點東西。駒兒愈賣愈起勁兒，乾脆不管飯攤了，我一個人更加忙碌了。

很快，一千份賣完了。我們收入一千元。我和駒兒拿著錢傻了，這錢這麼好掙？比在草原上揀牛糞都容易。一張紙才幾分錢，附加我們的勞動就變成了一塊錢，這簡直是暴利。

當晚，我和駒兒召開了重要的緊急會議。我們倆一致認可，全票通過賣掉飯攤，脫離伺候人的下等苦力活，轉向斯文的報紙出版發行工作，明天加印一千份，發行量第二天就翻一番的，這在出版界也算是奇跡。從前我們革命的報紙是為了鬥爭的需要，才像我這樣創辦的，我今天也好像不僅僅是為了錢，雖然我當初是為了錢，但現在我總覺得有一種力量在鼓舞著我，激發著我，我好像在幹著一份事業，有著一種朦朧的使命感。

我和駒兒夜裡編寫刻印《海南諮詢》，早晨我們洗一個豪華的熱水澡，穿得乾乾淨淨的，出去賣報。我蹬著三輪車，駒兒坐在車上招呼，很熟練地叫著賣報的廣告詞。在海南即將建立的大特區裡，我們一天一天地正在變成有錢人。我們的《海南諮詢》，不僅給我們帶來了財源，還帶來了名聲。海南的黨報《海口日報》和新銳報紙《海南開發報》（就在我們的六樓）都轉載了我們的消息。據一個新華社的記者說，北京的甚麼報刊，還刊登了我們辦報的事，上面刊登了我蹬著三輪車拉著駒兒賣報的彩色照片。

我們被掙錢的勝利沖昏了頭腦，不知道麻煩和危險正邁步向我們跑來。

《海南諮詢》已經擴大發行量，達到了三千份。幾乎當天的報紙，當天都賣完。當然，我也不怕賣不完，這不像我們開飯攤，買來的魚肉賣不完，沒有冰箱，第二天就壞了。報紙第二天照樣賣。帶著前一夜的疲倦，我蹬著三輪車，帶著駒兒沐浴在海風中，沉浸在勞動帶來的成就感和收穫金錢的喜悅當中。

從海甸島的秀英碼頭回到人才角，有幾個怪怪的人，只看不買，還不斷地向我問這問那。

一個人拿出一本雜誌，打開其中的一頁，問我：這是你們？

我拿過雜誌，一看是北京辦的，裡面的照片是我蹬著三輪車拉著駒兒在賣報。照片拍得有點模糊，我很遺憾地把雜誌遞過去說：是我們。然後我很不滿意地說：這照片拍得不好。

另一個人說：你們這《海南諮詢》辦得不錯呀，現在很有名氣了，多少期了？

駒兒搶著表揚我說：二十一期了，他是作家，當然辦的好了。

呵，是作家呀，真了不起，就你們兩個人辦嗎？

駒兒又敬佩地誇我：就他一個人，我給他打下手，幫幫忙，但是寫文章刻字幫不上，全是他一個人幹。

他們又問：每期印多少？

我謙虛地說：現在剛到三千份。

本來很傲慢的我們剛剛變得謙虛，那幫本來謙虛的傢伙，卻突然傲慢起來了。

他們馬上變臉說：你知道我們是幹甚麼的嗎？

我一下醒悟了，但是已經來不及了。我明白了他們肯定是來查我們的。但是我不知道他們是公安局、文化局、宣傳部、出版局、工商局還是哪裡的甚麼局或部，反正這些應該管事的局，我一下都想起來了，但是確定不了我們這個事誰來管。

看來海南要從無證狀態走出來了，尤其是不允許無證辦報。果然我猜對了。

他們說：你們這是非法出版印刷，你還是作家，這個道理該懂吧。

我啥都跟人家說了，再辯解也沒用了，挺著吧，看他們咋處理。非法出版印刷，我操，這不是犯罪了嗎？

一個瘦一點的、領導模樣的人說：明天正式建省，今天賣完這些，明天不准再印刷這份《海南諮詢》了。把你的才華用到正道上，為海南省做貢獻吧。

他們走了，就這樣走了，很寬容的，對我們沒有進行任何的處理。我們傻了，怔怔地、傻傻地，呆在那裡。我愈想愈後怕，幸虧是建省之前，一切都是無證的無序狀態，否則麻煩就大了。可能那個時候人的心情都特別好，也就特別寬容，而且我是為海南建省做宣傳，雖然方法不得當，同時也為自己撈了好處，但是愛國不分方式，念及我沒有功勞有苦勞，也就不追究我了。古代或者外國，遇上這喜慶的日子，不還把抓起來的人都赦免了嗎？我站在政府的角度來考慮我的問題，也就輕鬆了許多。

我說：駒兒，錢呢？

駒兒拍拍包說：全在這裡，一共三萬六千塊，哥，我全背著呢。

我們那時就這麼傻，把錢放在房間裡怕丟，存在銀行又不放心。駒兒乾脆就每天背在身上。

我和駒兒回到房間，把錢從包裡全拿出來，又數了一遍，還是三萬六千塊。

駒兒還是興奮地說：哥，咱們發了！

咱們發了，像空穀回音震顫在我的生命裡。我們剛賺到一萬塊錢的時候，駒兒就是這樣跟我說的：哥，咱們是萬元戶了，咱們發了！

萬元戶，這在當時是多麼了不起的富豪階層呀。我們學校的李老師因為用熨斗做塑膠袋成了萬元戶，這個民辦教師的社會地位比旗長都尊貴，像王爺似的很快轉成了公辦教師。而我們現在的三萬六千錢，是比三個半萬元戶還多呀！這次的三萬六千塊錢，不，追根溯源，應該是駒兒的一千塊錢，奠定了我日後人生所有經營的經濟基礎。

我：從明天開始停刊。

駒兒：哥，明天的建省專刊白編了，有那麼多精彩的內容，費了我們多少心血呀。

我：建省了，咱們也該換一條路了，再往前走，就走進監獄裡去了。

駒兒：今天這還賣嗎？

我：不賣了，送。駒兒，你把剩下的這一千多份《海南諮詢》，放在人才角的那個花壇上去。

我寫了一個牌：迎接建省，免費閱讀。

至今我都搞不明白，
是這些人因為沒有羞恥感才犯罪，
還是犯了罪之後，
進了監獄才沒有了羞恥感？

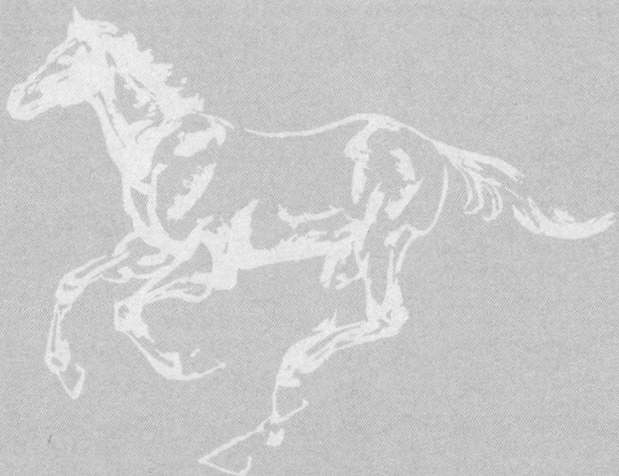

| 第三十三章 |

一夜囚徒

駒兒剛出門，又傳來了輕輕的敲門聲。我問是誰？他們很熟悉又很客氣地說：開門。雖然聲音陌生，但是我想可能也是熟人吧。我一開門，就像電影裡的鏡頭一樣，張牙舞爪地衝進來了七八個人。上來兩個人按住我的手腳，其他人封鎖了廁所窗戶等能逃跑，或者有可能會衝進同夥的地方，然後開始搜索。我剛想喊有賊，搶劫了！他們卻搶先喊了起來：別動，別亂喊亂叫，我們是公安局的，希望你配合我們。

我們今天在賣報時雖然遇上人查，放了我們，但在潛意識裡還有一種預感，可能還會有麻煩，公安局的要來找我們，但是沒想到他們這麼快就來了。他們來之前，我心裡就有一種恐懼感，他們來了我就更加恐懼了。我本來想等駒兒回來就撤退，我不想把心裡的這種不祥和恐懼告訴駒兒，我怕她害怕。我望著這些公安人員，心裡覺得好笑，似乎他們警匪錄影片看多了，一個個都像表演似的，那動作語言充滿了戲劇色彩。於是我就鎮定了，不再恐懼了，甚至挺冷靜地說：別這麼緊地按著我，很痛，讓我看看你們的證件。

一個一臉官相的胖子從口袋裡掏出了員警的證件，在我的眼前晃了一下，他沒讓我看清楚，我也不想看清楚，不用證明，我也知道他們是員警。這些員警和電影上的演員學的，讓人一看就知道是員警。

房間裡的氣氛緩和了很多，他們沒有搜出來他們想要的東西，雖然有一些失望，但是他們放心了，可能因為感覺到我不是一個危險人物。我也平靜，抱歉地說：對不起，海南要建省了，很混亂，各種賊很多，你們真的是員警我就放心了。

胖員警說：沒關係，我們應該給你看證件，海南要建省了，確實很亂。我看你是個有文化的人，還好像搞藝術的，我們希望你能配合我們。

我說：沒有問題，你們想讓我幹甚麼儘管說，別客氣。

胖員警說：咱們換一個地方去說吧。

一幫人擁著我，一個挨一個，在外人看來，就像幾個哥們兒，很親密友好的樣子，就這樣下樓了。他們沒有給我戴手銬腳鐐，我心情很失落，我感覺到了他們對我的一種輕視。在電影裡，被捕的人都是戴著手銬腳鐐，被威嚴的員警押著，一種大義凜然的英雄氣概。現在我遇上了這樣一個機會，卻被幾個便衣像哥們兒一樣給請走了，運氣真是太差了。下了樓我真怕碰上駒兒，她見我上車跟人走了，一衝動也要跟我來，那不是自投羅網？另外，我這副模樣也不想讓她看見，好不容易被員警抓了一次，一點英雄氣概都沒表現出來，多讓駒兒嘲笑，將來回憶人生時我都沒有自豪感。

駒兒的運氣真好，在警車路過人才角時，我看見她還在擺放《海南諮詢》，和我寫的那個免費閱讀的牌子呢。我們在警車上，那些人對駒兒理都沒理就開了過去。

警車停下時，員警讓我下車，我對來的這個地方很不滿意。電影裡的常識告訴我，員警抓人都要關進監獄，可我們來的這個地方叫拘留所。其實這是我有些過於挑剔了，拘留所和監獄在國外都是一個概念，我們國家詞彙量豐富，才這麼叫的。你被派出所的片警給逮住了，跟國外被警察局的員警給抓住了，效果一樣，都得坐牢。下了車，我看也沒看就在一張他們給我的紙上，在他們指定的地方簽上了自己的名字。這是一種很方便的形式，不用簽字人動腦筋。後來到了現在的網路時代，申請註冊電子郵箱，採用的都是這種在公安局學來的模式。簽完字，他們很客氣地沒收了我的眼鏡、手錶、褲腰帶、鞋帶和鞋子底的鐵條。我抗拒他們這樣做，他們給我解釋說：你是文化人，要明白這個道理，這些東西都是危險工具，你想不開都可以用來自殺的。我說我不想自殺，他們說：你現在不想，不等於過幾天不想，另外你不想別人還想，別人想用這些工具自殺或者殺人。我用手提著褲子，狼狽不堪地被他們帶領著，三道鐵門，很威嚴地開了又關上，我就進了一個黑洞洞的小屋裡。進了小屋，待眼睛適應一下之後，我看見了六雙期盼、好奇、孤獨苦悶而又幸災樂禍的眼睛，興奮地盯著我。

他們在角落裡蹲著。看守走了，後來我明白了應該叫管教。兩個傢伙站起來走到我身邊，前後左右地看著我，好像到我們科爾沁草原上趕集買馬的漢族人在選馬。我有點無所適從，我天生就不適合來這個鬼地方，這些人讓我害怕、恐懼。我見了他們比見了員警還恐懼。

一個很瘦、講話西北口音的老頭問我：犯了啥事進來的？

我說：啥事也沒犯。

馬上引起一場哄堂大笑，覺得我很有趣兒。他們互相叫罵著，好像更加興奮：操你媽的，沒犯事公安局會抓你進來？你這個傻瓜！

老頭說：說實話吧，咱們都是天涯同命人。

這老頭有文才，一句話感動了我。

我說：出版報紙。

老頭很老到、很確定地說：你是文化人，大學生。

那些犯人，後來老頭給我糾正說：還沒審判的人叫人犯，相當於犯罪嫌疑人，不叫犯人。那些人犯說：倉頭，今天咱村子來新人了，要加餐，看看給他吃魚頭湯，還是吃紅燜排骨？是咱們給他上，還是他自己點？

老頭說：他是大學生就免了吧，和你們這些社會上的地痞小偷不同。

我聽老頭這麼一說，對老頭很有意見。大家叫他倉頭，我已經明白了他是這裡的老大，但是他的兄弟們這麼熱情地歡迎我，他卻很吝嗇。

老頭看出了我的不滿，給我解釋說：剛進來的人，都要被打一頓，叫殺威風。給你吃魚頭湯，就是把你的頭按進便池裡去泡，吃紅燜排骨就是用被子蒙上你，大家一起拳打腳踢。但是根據犯事的性質打的輕重程度也不同，強姦犯那種用雞巴犯罪的人挨的打最重，但是隨著改革開放，髮廊桑拿夜總會愈來愈多，這種人犯愈來愈少了。最輕的是詐騙犯，有時我們都不打他，三十六行詐騙為王，人人都敬佩用頭腦犯罪的人。你這種文化人我們很少見，也屬於是用頭腦犯罪吧，跟我們不是同類，我們是用手犯罪。

我恍然大悟，心中對老頭充滿了感激。

老頭又繼續告訴我：一看你就是第一次進局子，到這裡來，這裡沒有甚麼可怕的，有的人來過一次就再也不怕了，有的人一輩子都沒來過一次，一輩子都怕這裡。一會兒你提審，有一些「禮儀」你要注意，無論對方是員警還是法官都叫政府，見面先蹲下，說話喊報告。

老頭叫馬老八，是從西北來的。他長了一張精瘦的臉，上面掛著一雙濃厚的吊腳八字眉，看了讓人心驚肉跳；八字眉包裹著一雙細小的鼠眼，眼珠在眼眶裡一點都沒有安分守己的樣子。

我也很客氣地問他：你是怎麼進來的？

他回答問題像腦筋急轉彎一樣：我跟你一樣是被公安局抓進來的，這裡誰能自己願意主動進來？

我說：是甚麼原因抓你進來的？

馬老八說：你看我像幹甚麼的？

我心一動想都沒想就說：你應該是梁山好漢鼓上蚤時遷的後代。

馬老八開心地大笑：還是你大學生說話有水準，同樣一件事，放在你嘴裡說就不一樣。一輩子別人都說我是賊、小偷，只有你把我和梁山好漢相媲美，你誇我的話我愛聽。我真後悔把四個兒子都培養成了小偷，要不有一個上大學的也好改換一下門庭，走走人間正道。

我很好奇：你四個兒子都幹這個？

馬老八很驕傲地說：是呀，我的四個兒子在家裡被我培養得個個是開天窗、打荷包、殺死豬、拖棺材的高手，尤其是我們老二馬虎達到了出神入化、風過無痕的境界，四個兒子，在我們這一行裡也算是有出息的，出類拔萃。

我很謙虛地請教說：這些術語啥意思？我不懂。

馬老八耐心地給我講解說：開天窗、打荷包就是從人的兜裡往外偷錢包，這樣的工作一般一個人就可以幹了，適合單獨作業；殺死豬、拖棺材就是在火車站或者碼頭人多的地方，那些等車船的人，疲勞困乏了躺在地上睡覺，我們用刀片割開他們的口袋，把他們身上的錢偷走，然後再把他們的包拖走，這種工作一般一個人做不了，要至少兩個人合作，東西一到手，馬上傳給下一家，如果來的人多，多傳幾家，第一手還可以留下看熱鬧，或者故意引錯方向，阻止他們追趕，看丟東西的人哭天喊地地找東西，很過癮，很刺激，很有成就感。他媽的就那一陣覺得自己特別了不起。馬老八講到最後激動了起來。

我心裡想，這個人渣，真他媽可惡，但是表面上，還表現出來很敬佩他的樣子。我可不是傻瓜。在這樣的狼群中，誰還迂腐逞呆子英雄。

我問他：你不是一個人來的海南吧？

馬老八：不是，海南開放要建大特區，深圳那一撥沒趕上，這一撥不能再落下了。我跟兒子們說：海南建大特區需要人才，咱們這一行也不能缺少，去海南的人都是有錢的，這對咱們也是一個發財致富的千載難逢的好機遇。於是我就領著四個兒子馬龍、馬虎、馬豹和馬熊，毅然決然地含淚告別他們慈愛的媽媽，來闖海南了。兒子們年輕有為，都很順利，幾乎都是眼到手到，手到功成。我這個主帥沒想到看走了眼，失了手，看來哪一行都是一個理兒呀，到老了就得退休，人不服老不行呀。好在我後繼有人，值得安慰。不過我這次真的應該聽老伴兒和兒子們的話，不來就好了。在家演習時，孩子她媽兜裡揣上錢，我和兒子們輪流偷，屬我出手速度慢，眼睛反應也遲鈍，目光就像個小偷似的，我對我的目光很不滿意，其實，做小偷這行最高境界的目光，應該像個員警。

到了黑天，我悶在監倉裡睡不著。大概只有五平方米的地方，還有一個洗澡和大小便用的水池，剩下的地方擠了我們七個人。監倉裡沒有風扇，身上不停地流汗，我穿著一個褲頭，那些老犯，都光著屁股，輪流著，一會兒進到水池裡沖洗一下，便涼爽一會兒。我們七個人仰臉睡不開，只能前胸靠後背像罐頭裡裝的沙丁魚。那天，剛好有一個香港販毒的被判了死刑，戴著手銬腳鐐被鎖在床板上，他受到了優待，可以仰臉躺著，這樣我們就有兩個人不能睡覺，值班輪流看著他，怕他自殺。那時我才知道，人一旦被判了死刑，連自殺的權利都沒有了。

寂寞難耐，那幾個傢伙，玩起了一個叫我至今想起來都噁心的遊戲。一陣響鈴之後，監倉裡的燈熄滅了。一束細細的探照燈光飄飄忽忽地照在了天花板上。監倉裡沒有窗戶，只有一個透明的天窗，上面巡邏的武警常常把腳踏在天窗上，我們就有一種被他踩在腳下的感覺。我們像一窩躲在洞裡的老鼠，武警的大腳就像一隻貓爪子一樣，威嚴恐怖。

那些老犯開始了遊戲。他們就用手打自己的飛機，然後追趕那移動的探照燈光，向著天花板搞射精比賽。馬老八沒有搞，可能他老了沒有那麼多的貨了，但他熟視無睹。我不好意思看，看著他們笑，我笑不起來，這人一墮落怎麼連畜生都不如了，一點羞恥感都沒了。至今我都搞不明白，是這些人因為沒有羞恥感才犯罪，還是犯了罪之後，進了監獄才沒有了羞恥感？反正現在他們是一群沒有羞恥感的傢伙。

夜深了，監倉打開一個小窗子，叫我的名字。馬老八叫我喊「到」，趕快穿衣服，政府要提我的堂。

審問我的是一個馬臉的高個女人。本來我很喜歡高個女人那種飄逸的氣質，但是這個警花的臉太長了，整個頭，很像一隻四十四碼的鞋底子，不小心踩上了幾根豬毛，尤其在底部還拐了一個彎，更加形象逼真。另一個是一個戴眼鏡、和我年齡差不多的很溫和的男警。

我喊著「報告政府」，進去靠牆根就蹲下了。我總覺得這種稱呼不倫不類，有點搞笑。本來那就是員警，直接喊「報告員警」還威風一些，這樣拐著彎地喊報告政府，還不如說「報告黨」直接。因為員警是政府領導的，政府是黨領導的嘛。我不知道，到現在也不知道，這種稱呼是留下來的革命傳統，是這裡的規定，還是那些人犯的發明。

那個女警無動於衷。那個男警示意我站起來，坐到他們對面的一個椅子裡。然後他又拿出一支煙，問我：抽嗎？

我很感激，接過來，他就給我點上了。看他那熟練的動作，一定是在領導身邊工作久了，已經練出來的本事。

女警鐵面無私地開始跟我搞心理戰術：你知道為啥抓你進來嗎？

我揣摩著她的話回答：不知道。

女警：看你是個有文化的人，你應該知道黨的政策，希望你坦白交代，跟我們好好配合。

我說：我知道政策，我也一定好好配合。

她說：那好，你交代吧。

我說：我不知道交代甚麼。

女警大怒：你不老實，你知道抗拒的後果嗎？

我心平氣和：我沒有抗拒，只是不知道交代甚麼。

那個女警站起身來出去了。男警又給我像伺候領導一樣點了一支煙，說：你就說了吧，你的同夥已經說了，其實我們一切情況都掌握了，就是要你的一個態度。

我一聽有點慌了，同夥都說了，誰是同夥？難道他們也抓了駒兒？說他們掌握情況我相信，因為下午我和駒兒都跟那幫人講了。既然他們都掌握了，幹嗎要跟我兜圈子，難道真是要我的態度？那我就說吧。

我剛要說，男警就說：乾脆不要兜圈子了，我給你提示一下，你就老老實實地，把你們賣假證的事情，從頭到尾都交代清楚吧，我給你一次立功的機會。

我一聽蒙了，心裡忽的一下，有底了，他們是抓賣假證的，肯定是弄錯了。

我猛抽了一口煙，鎮定了一下，說：報告政府，你們弄錯了。

這時那個馬臉女警又回來了，用嘴湊近那個男警的耳根，在悄悄地講著甚麼，看嘴形，我判斷出他們抓錯了，他們要抓的那些賣假證的已經一網打盡了，看看想個辦法怎麼處理我。

講完了，那個男警很尷尬地看了我一眼，突然他兩眼放光，像突然見到了熟人一樣：你不是人才角開飯攤，賣《海南諮詢》的那個藝術家嗎？

我每天長鬍子長髮飄逸著，又穿著一件大紅T恤，他們就都認定我這個符號是藝術家。

我一下像落水的人抓住了救命稻草，說：你認識我！對，我就是在人才角開飯攤的那個藝術家，我們那個報紙《海南諮詢》是送的不是賣的，做好事，為吃飯的人提供方便。

那馬臉女警說：很對不起，先生，我們這次是抓製作倒賣海南工作證的團夥，他們到處造謠製造混亂，說海南建省要清島、封島，沒有證件的人要被遣送出島，然後趁機製作假工作證，進行高價倒賣。咱們都是解放牌的，生在新中國，長在紅旗下，希望你能理解我們今天的失誤。

我說：沒有問題，我能理解，就算我為即將成立的海南省做點貢獻吧，現在弄明白了，那你們可以放我回去了吧？

她說：現在還不能走，得天亮上班辦了手續才能出去。

我心裡有一些熱乎乎的感覺，真想和這個馬臉大姐多聊幾句，我覺得這個大姐很親切，我責怪自己不該給這個馬臉大姐起這個馬臉外號。但是我又比較理智，我不知道眼前這些事情是真是假，還是他們在唱雙簧，我聰明地想絕對不能多說，或許他們讓我放鬆警惕，說漏了嘴，把駒兒也扯進來。

快天亮了，我又回了監倉。

馬老八還沒睡，我感覺他真的很關心我。看他對我那關切的樣子，我心裡有時懷疑他是不是看上我了，要我入他的山門當弟子。

我跟馬老八說：他們找我談的是別人幹的事，抓錯我了，不是我出版報紙的事。

馬老八替我罵他們說：操他媽的，這些草包淨幹這樣的蠢事。

我問他：常有抓錯人的事嗎？

馬老八說：有，冤屈的事多著呢。我在西北坐牢的時候，有過一個天大的荒唐冤枉事。那是「文化大革命」的時候，有一個山村老漢去部隊看他的兒子。老漢的兒子是看監獄的，在父親走時，剛好有一批犯人，要從監獄裡送去勞改場勞改。那個兒子就讓父親搭便車一起走了。到了勞改場，老漢下了車要走，勞改場的看守不讓他走，把他和犯人一起編上號，進行勞改。一幹就是十年，家裡人以為他失蹤十年，早就沒了，老婆已經跟別人結了婚。他又回來了。原來監獄裡平反冤假錯案，找不到他的檔案，也不知道他犯的啥罪。問他，他說自己就根本沒犯罪。沒犯罪你怎麼進了監獄？他把前因後果一說，經過核實就把他放了。後來他要求平反，人家問他犯了啥罪，他說沒犯罪，人家說沒犯罪咋平反。就這樣在監獄裡白幹十年。

天亮了，外面的院子裡，響起了口令和發動汽車的聲音。馬老八暗示我那個死刑犯到鐘了。果然，一會兒監倉門大開，一隊全副武裝的武警進來，押走了那個毒販子。毒販子留下的東西被監倉裡的人犯一搶而光。馬老八說：用死刑犯留下的東西吉利，他把死運帶走了，留下了好運氣。

我的心不安地亂跳，人進到這裡一切都聽天由命了。

一會兒倉門又打開了，叫我出去。

馬老八說：兄弟，你肯定沒事了，記住我告訴你的地址，你去看看我兒子們，和他們交交朋友，他們都是很講交情的好孩子，他們就是缺少你這樣的哥們兒，轉告他們我在這裡很好，不要惦記我，好好幹活，常給他媽打電話報平安，拜託了。

我走了出去，他們把我的東西都還給了我。只是鞋上的鐵條放不回去了。我走在路上軟軟的，像穿舞蹈鞋一樣。

我們一幫人上了車，「政府」向我們宣布說：海南今天已經建省了，你們身上甚麼證件都沒有的，屬於清島物件。你們不能留在海南島上，今天全部被遣送回大陸。

我一下子像暈了一樣，他媽的抓錯了還要把我送走，我被遣送回大陸，駒兒咋辦？我想辯白，他們不給我說話的機會，當時即使給我說話的機會，我也沒證件。我不吭聲了，於是也打消了找馬臉員警的念頭。

雖然著急，但是我的心裡還是有了一種輕鬆感。輕鬆的是被抓進了監獄裡，只是一夜就被遣送走了，這應該是最輕的發落了，不知道多少犯人都希望有這個結果。我雖然不是犯人了，但進這裡就吉凶難卜，今天有了結論，我已經沒有了昨天剛進去時的那種恐慌和緊張了。馬老八昨夜給我講的那個故事，給我很大的自我安慰作用。我現在著急的是駒兒不知道怎麼樣了。她一夜沒見我了，現在是啥情況？我不停地胡思亂想。她是不是也被抓了？在審問的時候，他們沒問駒兒的情況？看來他們不知道駒兒，可能也沒有抓她。她不知道我去哪裡了，她將怎麼辦？她還在那裡住嗎？會不會出去找我？會不會碰上壞人？她從來沒有離開過我，找不見我了，她會怎麼想？她會著急？她會哭？

我愈想愈著急，在著急中我們就被押到了秀英碼頭。我們像一群豬一樣被趕到了五等艙的貨艙裡。我發現看守不是很嚴，我就舉手報告說我拉肚子要上廁所。看守很友好地讓我去了。我到了廁所門口，見門上掛了一個鎖，裡面沒人，就靈機一動，用鎖鎖上了門，然後順著樓梯上了四等艙。看守叫我回來，我說這個廁所門鎖住了，我肚子痛要拉稀，憋不住了。看守不耐煩地說：快點回來。

我上了四等艙就捲進慌亂的人流裡去了。我又很機警狡猾地上到了甲板上，裝做送人的樣子，就下了船。

我幾乎是一口氣跑回了海軍三招。雖然天已經亮了，但遠遠地，在樓下我就見我們的房間還開著燈。我進了屋，見駒兒眼睛紅紅地坐在床上，失神地望著我，像傻了一樣。我上去就抱住她，她惱恨地拼命在我的懷裡掙扎。我咬住她的嘴狂吻了起來，她放聲大哭，哭聲中充滿了委屈和哀怨。

她紅腫著眼睛，可憐巴巴地顫著聲說：哥，你去了哪裡？你不要我了嗎？

我本來不想告訴她被公安局抓的事，一看不說清楚是不行了，於是就把這一夜的故事敘述給她聽。

她看我衣服皺皺的，身上髒兮兮的，整個人一副失魂落魄的樣子，不像去搞甚麼風流韻事，馬上同情心包裹著愛心就衝向了我。

駒兒緊緊地抱著我，又哭了：哥，對不起，你受了這麼多的苦，我還冤枉你。

她又不停地咬我、吻我。

過了很長時間，我們在被窩裡情緒基本穩定了，駒兒從包裡拿出兩個工作證，是海南的一家甚麼公司的。駒兒說：昨天送完報紙，有人問我辦不辦海南的工作證，如果不辦，明天建省，就要清島，沒找到工作的全部要遣送回大陸，然後封島就再也進不來了，將來進海南島比進深圳還難，和去香港、台灣差不多。我回來找你，你不在，我很著急，就花一千元買了兩個工作證。

我操他媽，這些賣假證的，我替他們坐了牢，他們還以這麼高的價格賣給駒兒假證，一點優惠都沒有。這個世界到底是怎麼回事？我對駒兒說：沒有那麼嚴重，海南是建省，不是搞獨立，咱們每天辦報紙，你還沒理解這個精神。建省搞開發，他們不讓人進來，誰給他們開發？都是那些賣假證的在害人。

我洗了澡換了衣服，精神狀態馬上恢復了。事情基本已經過去了，我突然像獲得了一個大的解脫和超越。我的內心顯得特別舒暢，也有一種特別勇敢的感覺。好像一場突如其來的暴風雨，淋得我暈頭轉向之後，突然白雲藍天，陽光普照，我行走在綠油油的大地上，新鮮的泥土味和野草味滿足得我想痛快地哭，想快樂地飛，想大聲地笑。像一切雨後的生命一樣，該開花的開花，該抽穗的抽穗，該結果的結果，都成熟到了一個嶄新的境界。

我豪邁地說：駒兒，今天太熱了，我們退房，到望海樓大酒店去住，享受一下秋涼的快感。我還要買一個包，給你買一條裙子，咱們要獎勵自己，裝備自己。駒兒熱烈響應，一臉揚眉吐氣的笑容。這個孩子也好像一夜之間長大了。

外面，海南島彩花紛飛，禮炮隆隆，海南終於建省了。海南省有證了，我們也要去做有證的事情了。海口到處貼滿了各種喜氣洋洋的標語：慶祝建省，嚴防小偷。

看來馬老八和他四個兒子的生意不太好做了。

駒兒竟然嗚嗚地哭了起來，
傻傻地說：不要再好了，
這樣就行了，
這樣已經是好得不能再好了。

第三十四章

紅馬大廈

我二十六歲這一年，我命運中注定的財神，李政委閃亮登場。我在海軍招待所辦油印小報《海南諮詢》的時候，李政委在我們的斜對面一間很大的房間裡辦公，模糊地記得，他是海軍一個甚麼後勤的政委。那時他常常到我的房間來，拿幾張《海南諮詢》回去看。他每次都用河南口音讚美我幾句：你真中，要是在過去，肯定是個了不起的地下黨。你有才華呀，來海南就來著了，你這樣的才子，只有到了海南這樣的地方，英雄才有用武之地。

海南已經建省幾個月了，新的一年也開始了。我和駒兒從望海樓大酒店搬了出來，在海甸島，海南大學的校園區，租了一套房安置了下來。古語講良禽擇高枝而棲，我就喜歡在大學校園附近住。我說過，走在海邊上表情像魚，住在大學附近顯得頭腦有知識。駒兒對這套房特別滿意，她跟我要求房間的風格由她來布置。我看著她那歡天喜地的樣子，還能說甚麼，讓她盡興吧。我打下手，每天跟著她出去採購。駒兒幾乎把一個女孩的夢想和細密心思，全部託付給了房間的每一個小飾品上了。

躺在駒兒自己布置的房間裡，有一次深夜，駒兒在夢中竟然咯咯地笑醒了，笑聲很開朗。她緊緊地抱住我，咬著我的嘴唇說：哥，我太幸福了。這種人生我沒有想過，我總是懷疑我的命怎麼會這麼好。我有的時候會覺得不真實，心裡害怕，總是擔心這種日子不會長久，總怕哪天醒來，就找不到你了，像魔法一樣，房子和這一切就都消失了。我知道，那時我就一定會死了。

我激動地說：傻孩子，不要這樣講傻話，你是我的駒兒，命就該這樣好，這才剛剛開始。我發誓我會讓你更好。我要給你買咱們自己的房子，到時候把你的夢想全部都在房間裡裝滿。

駒兒竟然嗚嗚地哭了起來，傻傻地說：不要再好了，這樣就行了，這樣已經是好得不能再好了。

我當然不能這樣就行了，我想幹的事業還沒開始呢，住在望海樓大酒店時，我最大的收穫就是明白了，我不需要去找政府給的工作，這裡的工作都是老闆給的，我要成為給別人創造工作機會的老闆。

我和駒兒安了家以後，把身上的衣服，連一條褲頭都沒留，全部扔掉了。換掉了衣服，其實就是脫胎換骨了。我記得那個國家的那個幹啥的誰說過：人有三個形象，穿著衣服的形象，脫掉衣服的形象和骷髏形象。真是令人毛骨悚然的深刻。駒兒和我有一次回顧火車上扔衣服的情景，駒兒說：哥，你真有先見之明，這買來新東西，扔掉舊東西真讓人痛快。

我們在友誼商場，很快就把我們換成了兩個我們自己都比較陌生的理想形象。但是化妝品，我卻跟駒兒講一定要買那種苦杏仁味的。我們幾乎跑遍了海口的高級化妝品店，都沒買到。後來看我跑得有點煩躁了，駒兒很不開心地提醒我，那已經是過時貨。果然，在一個小國營供銷社裡買到了，是一瓶很土氣的雪花膏。

悶悶不樂的駒兒說：你在懷念一個人，這個味道，你住院時在來看你的人中，我聞到過。

我給駒兒講了我和馬姐的故事。駒兒很感動，她讓我來搽這瓶雪花膏。她說，你出去應酬也要搽一點東西才好。可是我卻常常忘搽，突然想起來時，又找不到了，我知道是駒兒做了手腳，也就聽之任之了，我不能得隴望蜀，吃著碗裡的還想著鍋裡的，這對駒兒不公平。

我們學著商場上的人，把稱呼也改了。出去應酬，我就向別人介紹駒兒：這是我太太。駒兒說我是她的先生。不太嚴肅的場合，在朋友圈裡，就老婆老公地叫。回到家裡，就像卸掉了妝，脫掉了衣服一樣，再那樣叫就都覺得彆扭，還是「哥」「駒兒」地叫。在外面尤其是介紹駒兒的名字時，總是要戲劇一番。駒兒姓洪，我就說這是我太太洪駒兒。那些南腔北調的人總是叫她紅軍。待到一寫出來洪駒兒，又馬上大叫她紅馬駒兒、紅馬駒兒。這種起哄倒很讓我開心，駒兒也樂。

這不今天吃飯卻遇上了李政委。我不想找工作，但是我不知道我做甚麼樣的生意，才能做成讓別人給我打工的真正的老闆，也就是說像那些開著車，每天在高檔酒店請客消費，辦公室豪華氣派的老闆。我覺得那是真正的老闆，那種氣度讓我仰慕。這種人在內蒙古草原稀少得連傳說裡都沒有記載。

我們剛走進海口賓館的餐廳，就驚喜地見到了李政委。可能是命運之神派他在等我，也可能是命運之神派我來找他。反正我們見面了。李政委正和幾個人在喝酒，後來我們喝上了酒，我才知道李政委這個河南人喜歡喝酒，並且酒量大得很。我本來約了海南大學藝術系的一個老師，在這裡吃飯。我想讓駒兒上大學進修學習，這樣我單槍匹馬在商場上殺，也方便一些。駒兒安靜地在大學裡讀書，我也放心。所以為了顯示規格，我選定了海口賓館這個名流出入的地方。我要給海南大學的那個老師顯示一點分量。

我風度翩翩，駒兒時尚高貴。李政委顯然已經喝得差不多了，拉著我們上下打量。他向在座的客人們介紹說：這是個能人，建省前那個報紙《海南諮詢》很有名氣，就是他一個人辦的，有才華。我們是鄰居，我天天看他在那裡寫文章。他的報紙印出來，我是第一個讀者。他身邊這個美人也是有功勞的。他說話的口氣，倒沒有把我們當成他的甚麼好朋友，而是當成了自己家的孩子。

我想打個招呼就帶海大的符老師去單獨開個台，李政委說啥也不同意，一定要讓我跟他們一桌吃，否則就是看不起他。佛爺保佑，我和他一桌吃還真吃對了。只是委屈了符老師，他是個當地人，憨厚的大學講師。大家敬酒他也不能喝，說話和大家對不上路子，口音不對，思維也不對，臉色也不對，在那些棕色的海南人面前，他有點太像我們這些大陸的黃皮膚了。所以就坐在那裡靜靜地，偶爾和駒兒講幾句話，別人一叫他喝酒，他就臉紅。

李政委向那些人吹捧我，我飄飄然地很受用。其實那張油印小報《海南諮詢》，我自己都快忘記了，在座的可能根本沒有人知道，這些人幾乎都是本地人，不需要諮詢，況且，和他們端起酒杯來，我才發現這裡可能沒有讀報的人。這樣也好，讓他們既知道我辦了報紙，又不知道是違法的油印小報，尤其是當了一夜囚徒的事，連李政委都不能讓他知道。這樣的事情絕對不可以當成英雄事蹟來炫耀，我們說不清楚，別人想像的翅膀可以根據他們的需要，把這件事情無限地誇張，上綱上線複雜化。

這是我和李政委第一次喝酒，他有五十多歲，我們倆很投緣，後來熟了，我和駒兒就叫他李叔。我和李政委用玻璃杯子喝，大概三個回合，就整進去了一瓶五糧液。周圍的海南人像受了驚嚇一樣，被我們給鎮住了。其實我知道，他們被我鎮住的不是我的酒量，這海南漁民的後代，喝酒也是很厲害的，我總是覺得草原和大海在某些方面是相通的。鎮住他們的是我的氣度，因為這時我揭開了一個謎底，我是從內蒙古草原來的蒙古族人，連李政委聽了，舌頭都打了一個轉兒，顫了一下。感謝我的先祖，造就了這麼一個威震八方的名聲。這時我狀態上來了，李政委成了我保護的對象，我又打開一瓶五糧液，一對五。也就是說，酒桌上除了李政委，其他人，我跟每人乾一杯。李政委一副驕傲自滿的神態，好像我是他的兒子，比賽得了冠軍，光宗耀祖，為他們李家的門庭爭添了光彩。

有一個搞裝修的包工頭，雖然瘦得只剩下了一把骨頭，但是對我不服氣，他那瘦弱的身軀在空曠的名牌服裝裡直搖晃，最後剩的半瓶酒我們倆二一添作五，一人一半乾了。這個傢伙後來成了我的好搭檔。他掉進了桌子底下，還雙手握拳來認我做大哥，可能他還比我大。

兩天以後，李政委找我。他說：你這小伙子可中，有才華，酒量也大，人又講義氣，肯定能幹成大事。

我說：李叔，這屋就咱爺倆，你就別關起門來誇我了，今天是否還想喝酒？

李政委說：先別忙，酒是要喝的，我有一件事，先看看你能不能幹。

我說：啥事李叔就說吧，你的事就是我的事。

李政委說：不是讓你為我做事，是別人求我，我都不給他的事。我想給你幹。

我說：李叔，說吧，看看我能不能幹。

李政委說：好你先跟我去看看。

我們來到在海口公園附近，那裡有一幢閒置的營房，四層，四十個房間，現在這幢樓空著。

李政委說：估計近一兩年不能拆掉佔用。經請示上級領導，可以整幢招商出租。海南建省，現在房產增值，商家雲集。但是我這個當兵的，不懂那些經商人的門道，來租的人很多，不了解底細，我不敢租給他們。看看你能不能幹這件事。

我說：租金多少？

李政委說：一層樓一萬元，一年四萬元，租期暫定兩年，自己裝修，自己招商管理。

我說：好，李叔，我幹了，明天跟你簽合同，先交一萬元定金，給我一個月裝修時間，入住當天，另三萬元付清。

李政委為我的爽快幾乎要激動了。他說好：一言為定，我就知道你中，今晚大喝一場，我請客。

我說：你請客，我買單，幫我請上，上次掉在桌子底下的那個朋友，他很可愛，我要再和他喝一場。

晚上喝酒，我和李叔誰也沒談租房的事，只是開心地喝。那個搞裝修的姓黎，大家都叫他阿黎。我和阿黎特別親切友好，喝到最後，簡直喝成了兩個腦袋，一個身子，像連體嬰兒一樣的鐵哥們兒。喝完酒，按照禮數，阿黎就請我進了桑拿。

第二天，和李政委簽完協議，我又一個人單獨約了阿黎。當天夜裡，在夜總會，蹂躪完兩個小姐，我和阿黎達成了合作協定。那幢樓由阿黎的裝修公司帶資全面裝修，裝修完用四樓全層兩年的使用權抵裝修費。

一個月後，我命名的紅馬大廈裝修結束，招商也結束。把第四層給了阿黎，餘下三層，除了在一樓我自己留了一套做物業管理辦公室，其他的二十九套全部租出去了，每套一年一萬二千元，共計收入三十四萬八千元。去掉給李叔的四萬租金，一年賺了三十萬零八千元。

搞紅馬大廈時駒兒為了幫我招租，大學也沒上成。我和駒兒商量用這三十萬元，是先買房子還是先買車。

駒兒說：不買房子，我喜歡咱們現在的房子，不想動。你還是先買車吧，在場面上應酬，你沒有車也不好。現在你是老闆了，咱們可不能讓別人看輕。

我很感激。本來我答應讓駒兒上大學實現她的夢想，結果沒去成。我心裡感到內疚，想用這筆錢給她好好安置一個家，可是她現在房子不想買了，大學也不想去了，她說現在好多大學生畢業連工作都找不到，她要跟我幹事業。

我說：好，咱倆就夫唱婦隨，笑傲江湖。

那晚在海甸島的海鮮坊裡，我和駒兒吃著海鮮喝著酒，歡笑著。笑著，笑著，我被自己擁有的這一切感動得哭了。我又說：這在海南掙錢，怎麼比咱草原上揀牛糞還容易？駒兒，我的命運裡怎麼會出來個李政委？你說這個李政委，咱們的李叔他是不是屬馬的？

老三這時才清醒過來。
自己上了公共汽車就睡著了。
外面雨已經停了，
陽光出來了，
暖暖地照在他的臉上。
售票員的一句北佬，
讓他弄清楚了自己身在湛江，正在流浪。

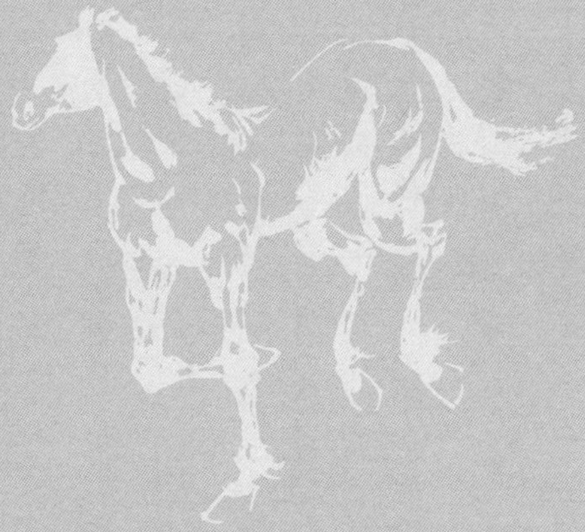

| 第三十五章 |

湛江好人

我正在春風得意地經營著紅馬大廈，一天晚上，接到了一個從湛江打來的長途電話，是我們家老三。老三說：二哥，我在湛江。

我說：你趕快過來吧，從海安坐飛艇三個小時就到，我去秀英碼頭接你。

老三說：我過不來，現在身上一分錢都沒有了。

我一聽著急了：這麼晚都沒有船了，那咋辦？

老三沒心沒肺地笑著說：你別急，我認識了一個好人，現在在她家吃住，你明天來吧。

既然吃住沒問題，我也就不急了。

這個老三現在比我還能折騰。

在平時讀閒書時，理想主義者老三讀到了華人在美國創業的故事，熱血沸騰，到書店把華人到美國創業的書籍，能買到的全部買回來，進行了一次全面徹底的美國華人史大掃描。

老三決定到美國去。

老三為甚麼沒有想到到蘇聯去呢？蘇聯曾是一個血腥的國家。那時社會主義蘇聯正在四分五裂鬧解體。黑龍江再過就是蘇聯。老三當時正在黑龍江倒騰生意，賣那些假冒劣質的旅遊鞋給蘇聯大鼻子。中國改革開放十多年了，物質生活已經很豐富了。於是，富裕了的中國人，便大包小包地把在中國落後了、過時的東西，都像趕大集似的運往蘇聯。蘇聯人像當年內地人歡迎香港人一樣，歡迎這些中國的時髦人和時髦貨。

好景不長，老三預言家似的否認這種對蘇貿易的發展前途。當年在社會主義陣營中，在蘇聯面前，我們是一個甚麼角色？始終處於被動的被施捨地位。但是，那時蘇聯也確實給了我們一些好東西。他們給予我們機器設備，給予我們科技文化，給予我們軍事裝備，給予我們文學藝術。別的不詳說了，就說文學吧。幾乎我們兩代作家是靠吃蘇聯文學的奶長大的。遺憾的是我們雖然吃了奶媽的奶，但是長得一點也不像奶媽。那兩代人的文學，就像那兩代人一樣發育不良。

現在我們稍微好了一點，就拿這些垃圾去回報奶娘，豈不喪盡天良？別人做得出，老三也做到了，但是他不想多做。古語講商人無良。老三由於過於講良心，在日後的歲月裡他常常錯失良機。老三曾經跟我說：自己都感到奇怪，一旦良心發現，想做一點有良心的事吧，就肯定賺不上錢，黑著點去做吧，賺錢還真容易。你說這個世界真怪，為啥不讓人做好事，當好人呢？

我說：你可以做好事，當好人，沒人攔著你。

老三說：不行，試過多少次了，一做好事當好人，就沒錢賺。

我說：你又想做好事，又想當好人，又想賺錢，好事都讓你想了，世界上哪有這麼好的好事。

老三失望了，他覺得中國不行，就想去外國。

老三策劃，利用去蘇聯的方便，轉程去美國。那時去蘇聯辦證簡單方便，有時去那邊的邊境城市不用辦護照，有了通行證就可以過去。過去之後再花錢買去美國的護照。據說比在中國辦護照出國方便多了，而且還省錢，蘇聯的那個老盧布，現在毛了，沒人民幣值錢。

那時戈巴契夫政權還沒土崩瓦解，蘇聯和美國，在國際上還是兩個代表不同陣營的，對抗的，超級大國。中國人已經沒有興趣搞在蘇美之間去充當任何配角。老三這個喜歡玩味歷史的人，把這個國際政治格局看得很通透。在他的靈魂裡，由於民族的恥辱，帶給了他一種深仇大恨。當年日俄戰爭中，日本人與俄國人在中國的土地上打架。中國人拖著一根細長、沒有營養的辮子，穿著破舊的黑袍子去給外國人當奸細，結果被另一外國人抓到給槍斃了。

復員軍人出身的熱血青年老三，一想到這個情景就熱血湧上心頭。其實老三這種熱血青年，就是因為當了幾年兵，喜歡上了軍事題材或跟戰爭有關的讀物，尤其是喜歡讀《軍事文摘》，其實這是一種病，是一種血頂腦門子，獲得激情的病態方式。

老三不想從蘇聯走了，決定從廣東走。

那時中國人到外國去有多種出法。有真假結婚的，有真假留學的，有真假旅遊的，反正中國的社會主義公民們，在這真真假假中，絞盡腦汁，想方設法，像上最後一班車似的，奔向資本主義社會。

老三想走捷徑，廣東的一個朋友便幫他安排了一條道路。這是一條叫做偷渡的真實的路，但是老三並沒有搞清楚這個概念，他以為這只是花錢走後門的一種行為。此時在去往廣東湛江的路上，老三正在浮想聯翩。外國人到中國，想來就來，想走就走，真是來去自由。我們的政府也真是想不開，十幾億人留在國內幹嗎？讓他們都統統出去嘛，掙美元掙英鎊寄回來也是強國富家創外匯嘛。老三愈想愈忿忿然，也就愈躊躇滿志起來。

他當時還沒有弄明白這個道理。後來我告訴他，中國人去外國，不是中國政府不讓出去，是人家外國人不讓進去。中國作為一個主權國家，必須遵守國際公約，看好自己的公民，別往外亂跑。中國人，在外國人，尤其是在美國人的面前，是一個甚麼形象？拖著長辮子、喜歡互相之間打鬥的扁鼻子扁臉的黃種人，現在雖然形象改了，都穿上了不太合體的西裝，辮子連女人都剪了，男人已經多是板寸頭了，但是無論怎麼討好，人家老美對我們的看法還是沒改，總覺得我們比他們醜陋、齷齪、髒。老美說我們，我們還真別不服氣，難道人家說錯了嗎？難道我們不是那樣嗎？既然是那樣，我們就不要管是誰說的了，也不要氣憤，還是心平氣和、一如既往地活吧。

我估計老外看我們這種面孔肯定特別煩，而我們自己看不上的那種歪瓜裂棗，老外反倒喜歡。我研究過，大多是他們的鼻子或者眼睛、嘴巴長得很出位，不符合我們審美範疇，進入了醜陋的領域。對那樣的人，尤其是女人，老外會很癡迷地說：親愛的，你真迷人。老三，我希望沒有影響你的情緒，就你這樣，去了美國，不會太受歡迎，你的形象太蒙古了。

我們還繼續說老三，看他到了湛江情況如何。

到了湛江，按照朋友寫的電話號碼和聯絡地址，老三像地下黨一樣幾經曲折，和那人接上了頭。按照事前的約定，老三把身上帶的錢，如數交給了來幫他辦事的人。

收到錢後，那人像領導一樣開始了向他交代紀律和政策。首先讓他把兜裡剩餘的錢掏出來。到了美國就掙美金花美金了。那個四十多歲、又黑又胖又有點漂亮，但絕不可愛的女人，聞一下錢，對他說。

老三積極回應，把身上的錢都掏給了黑女人。

黑女人又說：把身上所有的有中國字兒的東西，都拿出來，包括身份證。

老三又積極回應。

黑女人把那些帶中國字兒的東西，啪的一下，扔進了轟鳴的粉碎機裡。老三恍然大悟，馬上驚慌失措起來。操他媽！這是偷渡啊！比從前賣豬崽還可怕。把證件毀了，沒了身份，成了黑戶，這幫傢伙收了錢，不送你到美國去，把你宰了丟進海裡去餵鯊魚只能當冤死鬼，把你送到閻王那裡去有誰能知道呵。

他和六七個先到的男女被鎖進了一間房裡。在那些人憧憬美好未來時，老三開始制訂逃跑計劃。

老三他們畢竟不是公安局抓來的犯人，所以他們住的地方也不是看守所。剛好相反，黑女人們不怕他們逃跑。他們自己花錢來的，怎麼還會讓自己逃跑？只不過是讓這些外地人，不要傻兮兮地亂跑，到處張揚暴露目標。

在一個夜不太黑，風聲很緊的夜裡，老三像機智的地下黨員逃出白區一樣，逃到了湛江霞山區的大街上。

老三在一條古舊的街道裡遊蕩很久了，碰上戴紅胳臂箍的老頭老太太和巡邏的員警，他都低著頭躲避，他的感受，真的就像剛從監獄裡逃出來一樣恐慌。天快亮時，飄起了冷雨。老三凍得發抖。剛好他來到了公共汽車站。第一班車剛剛開動他就懵懵懂懂地坐上去了。坐在車上暖了一些，在搖搖晃晃中他睡著了。

夢中，老三走進家裡，好像牧場的家裡，家裡用新報紙糊得亮亮堂堂的，好像過年了一樣。屋裡，牛糞在爐子裡燒得通紅，暖洋洋的，很舒服。媽一見他，馬上高興地叫他：老三回來了，趕快洗手吃餃子。老三也高高興興地上了炕，拿起筷子，把一個餃子放到嘴裡剛要吃，就上來一隻手把餃子搶了去。老三剛要喊為甚麼要搶他的餃子，一下子就醒了。

老三醒來，見有人在拍他的肩：喂，喂，你到哪裡下車呀？

老三迷迷瞪瞪：這是哪裡？

這裡是終點站，你從起點站上車就睡覺，睡了一路。怎麼，還不下車？你把這裡當賓館了，北佬？

老三這時才清醒過來。自己上了公共汽車就睡著了。外面雨已經停了，陽光出來了，暖暖地照在他的臉上。售票員的一句北佬，讓他弄清楚了自己身在湛江，正在流浪。

售票員：你的票呢？

老三：我沒買票。

售票員：你到底要到哪裡下車？

老三：哪裡也不去。

售票員：你就是來車上睡覺來了，真把車上當賓館了？快買票下車。

老三在自己的兜裡翻了個遍，竟然找到了列車員要的那一塊錢票錢。老三下了車，自己忽然想起來都感到莫名其妙，身上不是被那黑女人搜得一文不剩了嗎，怎麼會出來一塊錢，而且剛好是一塊錢？

難道真有神靈相助？

一九九〇年，我把受困的老三從湛江接到海南，吃飯時，老三講起了這段故事。

我跟他說：你應該馬上去報警，不但可以抓到這幫可惡的傢伙，還可以追回你的錢。

老三說：這樣會給自己帶來很多的麻煩，如果報警，他們不會放棄對我的追殺，我也就不會安生了，我們是在道上互相之間一個認識一個，形成的連鎖。

後來聽老三那個廣東的朋友講，那批人順利到了美國，有的發達了，拿了綠卡已回國，很風光地開始了投資。老三該著人生中沒有那麼一段，與美國人民沒有緣分。

繼續老三的故事。中午，又在另一條古舊的街道上遊蕩的老三，看到前面走過來一個女人。那個女人三十幾歲，文化修養很好的模樣。

老三上前：請問老師，前面有招待所嗎？

那女人奇怪地問：你怎麼知道我是老師？

那女人果然是人民教師，老三想。

老三：憑直覺，看氣質。

女教師停住了腳步，覺得這個人有趣兒。

老三問她：有沒有不用身份證、介紹信就能住宿的招待所？其實老三還想說最好是不用錢，但一想，不用錢的地方可能就是監獄了，所以他沒說。

女教師很溫和地看了一下老三，她覺得他不像壞人，所以就沒用懷疑的目光。沒有這樣的招待所，女教師很親切地告訴老三。

老三後來跟我說：其實招待所能住我也住不成，我已身無分文。那時懵懵懂懂的我，見到那個女老師，下意識地就想這樣問話，想找個人說話。

女教師問他：你遇上甚麼困難了嗎？

老三：是的，我來做生意行李被偷了，證件和錢全部丟掉了。

老三顯然是用了計策，這應該不叫撒謊。我認為很技巧地不說出真相，對騙子來講是撒謊，但是對謀略者來講是計策。同時，他借機聰明地點了一下錢也丟了。

女教師問：那你打算怎麼辦？

老三：找一個地方住下來，跟我二哥聯繫上，他在海南，讓他來接我，或者給我寄錢來。

女教師說：住我們家吧，海南離我們這裡很近，只隔一道瓊州海峽。

老三有一些驚詫和感動，不知道組織甚麼言語來說話，他心裡明白遇上好人了。

女教師很善解人意，又用肯定的語氣說：住我們家吧，錢可以寄到學校，我替你收，你儘管放心。

已經到了這一步，不能再虛偽地客氣了。況且這種大情大義也不是一個謝字能表達的。你對我都能放心，我對你有甚麼不放心的，老三想，但是啥也不想說，說也是語無倫次。

老三百感交集地來到了女教師的家。

女教師家是一個典型的中國中小城市的平民家庭。她家裡有一個不會講普通話的很普通的老母親，和一個正唸著中學的妹妹。在女教師家一間放雜物的寬闊的房子裡，女教師用一扇舊門板給老三搭了一張床。老母親在上面鋪了一張潔淨的床單，太陽暖暖地照進來。老三想起了夢，夢中的溫暖和夢中的媽媽，還有那個沒有吃成的餃子。

內心又是一陣感動。

第二天，女教師從學校給老三帶回來一本書，是柏楊的《醜陋的中國人》。這是一本讓中國人自醒的書，可是中國人愈看，就愈感到自己噁心。但是，他遇上的這一家人，心靈卻又這麼美麗善良。家裡只有三個女性，卻敢讓他這麼一個陌生的北方大男人來住。她們不圖他一分錢，對他又毫不設防，善良的力量真是偉大呀。

中國普通人的善良，可以和西方文明人的善良接軌。

在老三後來跟我叨咕這些道理時，我覺得老三一落魄，就變得特別有思想。

白天，女教師和妹妹去了學校。老三已經和我聯繫上了，等待著我去接他。他放心了，不慌不忙地躺在床上看書。老母親一邊洗菜，一邊做飯，一邊聽著老三一句也聽不懂的雷州劇。

第二天，我按著老三給我的女教師的地址，越過瓊州海峽，花三個小時就找到了老三。我和老三請女教師一家在酒樓裡吃一頓雞煲。女教師帶著母親和妹妹欣然前往，一點也沒有像老三所設想的那樣，很為難地左請右請。

老三再次被女教師的通情達理所感動。

但是當我要留下一些錢作為感謝時，不等女教師說話，老母親就將錢推了回來。

女教師說：我媽說不能留錢，粗茶淡飯硬板床不值甚麼錢，那樣她的心裡會不舒服的。

老三說：你們這些好人的情義無價呀。

老三跟我到海口住了幾天，我本想留下他幫我管理紅馬大廈，他不感興趣，走了，又去做他的出國夢去了，後來老三終於成了日本公民。

我開著車，
看著茫茫大海滾動的海浪，
常常有一種喝醉了酒在草原上騎馬的錯覺。

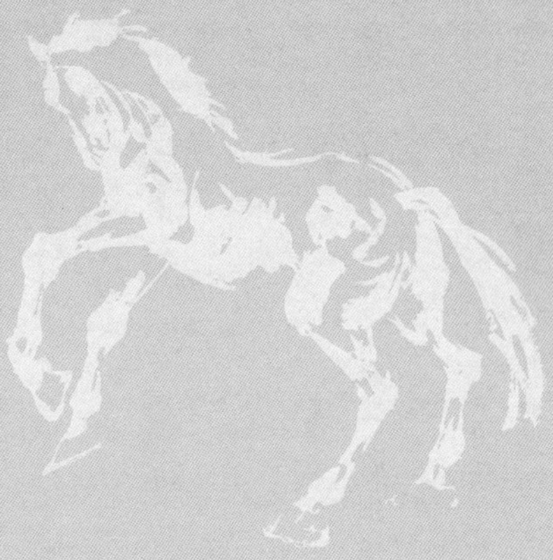

第三十六章

馬年開花

這一年是馬年，是我的幸運年，幾乎是我想開花就開花，想結果就結果的一年。我開著我的929原裝的馬自達轎車，西裝領帶、板寸平頭，在車上揮舞著像磚頭一樣的大哥大，一副虛偽成功人士的樣子。我當上了我想當的那種老闆，似乎有一種實現了夢想的幸福感。到現在我都覺得是一個謎，為啥人一有點錢，就總是在演戲，而且總是喜歡當那種很做作的蹩腳演員。就像本來是一隻本土的小母雞，下雞蛋，學公雞打鳴，但因為其他甚麼原因有了一點錢，就買了幾根鳳凰毛插在自己的尾巴上，然後，向世界展示自己是美麗的鳳凰，這種滑稽的表演，得到的獎賞可能就是嘲笑。因為有錢的小母雞，還是小母雞，插了鳳凰毛的小母雞，回去卸了妝也還是小母雞，咋裝扮也裝扮不成鳳凰。

從海甸島出來，迎著滾圓的、紅彤彤的太陽，在進城的路上沿著海邊行走，我開著車，看著茫茫大海滾動的海浪，常常有一種喝醉了酒在草原上騎馬的錯覺。那個時候，我就一手拿大哥大隨便打通一個電話瞎扯，一手開車，嘴上叼一支進口煙，至少是萬寶路牌的，那真叫心曠神怡。

後來從香港回來的我的東北哥們兒，鄭天馬鄭老闆，看不順眼我這副德行，慢慢地熟悉後，他跟我說：老弟，你覺得這樣很有風度嗎？

我說：錄影裡香港的老闆不都是這樣。

他說：這太誇張了，只有馬仔才會像你這樣的扮相。

鄭老闆以經歷過的無數教訓，諄諄告誡我：不要太露財，不要太招搖，要踏踏實實地活，對得起自己。

我跟這鄭老闆也真是有緣。紅馬大廈還有幾個月就要到期了，李叔對我這兩年的表現很有信心，他正在幫我爭取這塊土地的開發權。可能海軍到時候要搞一次象徵性的招標，我有這兩年的信譽，招標奪魁，穩操勝券。儘管海口的房地產，像周邊的海浪一樣不穩，但我乘風破浪志在必得。周圍很多開發商，也很看好我，各種策劃思路、合作方式，爭先恐後地到我的辦公桌上來排隊。

我的辦公室裡，在落地窗前做了一個國際水準的三十層新紅馬大廈的模型。拉開夢幻般的窗簾，燦爛的陽光照在模型上，像一匹火龍神駒，昂首奮蹄在遼闊的草原上。

每當客人來，我就像戰爭年代影片裡張軍長或者李軍長那樣，傲慢地站在模型前，揮舞著一根白白的原木棒，顯出一派運籌帷幄、決勝千里的風度。

一九九〇年，在海口，馬年的我真像一顆明星，連我自己都覺得我對這個城市有點重要了。

在眾多合作者的合作協定和方案中，我分不出高低，也分不清良莠。我覺得條件都很好，都對我有利。只要李叔把開發權真的落實到我的手裡，我跟誰幹都是一個精彩的大手筆。

但是也不能說我沒有取捨，像我這樣的一個人，最後決定問題的不是我的理性，而是我憑直覺和喜惡來選擇的情緒。一個叫鄭天馬的名字讓我感到親切，天馬這個名字令我心跳加快。憑直覺我就覺得喜歡這個人。見了這個據說是從香港回來的，一口東北味的人，我的心情就更加快樂。

那天我約鄭天馬到我的辦公室。我見他的方案上寫的是香港天馬投資公司，就很莊重，裝模作樣地布置好道具，那時香港還沒回歸，我們還把香港人當成英國紳士來尊敬，即使談交情也只能像遠房親戚那樣，顯得不鹹不淡的，沒事常問候，有事勤走動。

鄭天馬一個人走了進來，有點搖晃。這倒不是說這鄭老闆有啥毛病，他個子太高了，目測有一米九，人又太瘦了，像從海南的哪個竹林裡剛砍下的新鮮竹竿。從見面我們做了朋友那一天起，我就為他擔心，怕海口刮颱風，所以我從來不敢陪他在海邊走。我倒不怕颱風把他整個捲走，我就怕他被風給刮斷了身子，你說他一半被刮進海裡去了，我留另一半咋安葬？

鄭老闆跟我握手時，我仰望了一下他，說：你應該叫龍馬。

他說：是不看我太高了，看不清我的臉，神龍見尾不見首？

我聽了大笑，倒不是被他的自嘲幽默，我笑他那東北口音。

我說：你這香港老闆怎麼一口東北大子味兒？

他糾正說：標準地說不是大子味兒，是高粱花子味兒。我是黑龍江北大荒產高粱的那旮旯出生的。

我搞清了這棵東北大高粱的產地之後，就撤掉了面具，和他進酒樓裡喝酒去了。

這鄭老闆確實是高人，我說的不僅是他的身高，這根竹竿大家有目共睹，一目了然。我說的是他的人生經歷和他非凡的頭腦，還有酒量。

那個時候，海口的東北白酒相當貧乏，只有黑龍江產的五加白，這雖然也是白酒，但是有一股發甜的中藥味。一中午，我和鄭老闆湊合著喝了兩瓶。

鄭老闆的臉很紅，不像沒喝酒時那樣蠟黃，好像肝出了毛病一樣。我們倆不像第一次見面，倒像是一對親兄弟失散了多年，終於又團聚了。

鄭老闆拿出香港人進出海關的那種回鄉證件，給我開眼界。這讓我對人生疑慮重重。多年前就開始有三個問題困惑著我。一是那些農村人，怎麼進城當了城裡人？二是這些中國人，怎麼出國當了外國人？三是窮人，怎麼才能成為有錢人？

我對第一個和第三個問題，能夠有一個片面的回答。經過近三十年的人生奮鬥，我演算出的答案是，考了大學才有了城市戶口；到了海南，竟然掙上了錢。但是我知道這絕不是其他人的答案，也不是人生的標準答案。第二個問題由這個香港的東北人鄭老闆回答。

鄭老闆是一九五五年出生，屬羊的。他其實只大我七歲，怎麼會有那麼豐富複雜的經歷？我還沒考大學的時候，他就像馬姐一樣參加了高考。我大學勉強畢業的那一年，他還沒考上大學。據說他後來自學日語，到處求學。由於在中國的大學校園外徘徊得太久了，大學的校門怎麼也不向他敞開，顯得高傲而又保守。在萬般無奈的情況下，他去了日本留學。我們誰都知道，外國的學校應該比中國的難考，可是，在中國考不上大學的又都輕鬆地考上了外國大學。他怎麼就去了日本了呢？鄭老闆也回答不清楚，有些細節他說他都忘了。反正，鄭天馬一氣之下就去了日本留學。在日本說不清楚的一個學校讀書，不知道幾年，也不知道啥專業，也不知道是甚麼學位，反正作為日本留學生鄭天馬畢業了。畢業之後他就去了香港，在香港成立了投資公司，和日本人做生意。他的實力從哪裡來的？外面回來的人都不說，省略細節，可能裡面有很多難言之隱，有屈辱也有洗黑錢之類的。日本也有很多竹器愛好者，看見他這根竹竿，顯然很喜歡，尤其喜歡他包裡的三十萬港幣。他跟日本老闆去看貨，驗了貨在倉庫就裝車交錢。他跟在車上，去碼頭裝集裝箱。路上車壞了，開車的讓他下車幫忙推車。這根一米九的竹竿，真是大力士，這次他對自己的力氣很滿意。因為在他的用力下，貨車發動了起來，可能他用力過猛，貨車一眨眼就不見了蹤影。他正在那裡佩服自己並且回味著自己的中國力量，突然覺得不對勁兒，貨車走了，自己三十萬港幣的貨還在車上呢。他慌忙回到倉庫，人家倉庫是租的，已經退了。茫茫的日本島，車流滾滾，燈紅酒綠，到哪裡去找？

若干年後，這個形象和頭腦都很搞笑的東北傢伙，竟然來到海南，以香港投資公司董事長的身份，來和我合作投資開發新紅馬大廈。

喝完了酒，鄭老闆不讓我買單，意思是你在海口咋行也只是一個小老闆，怎麼不自量力，跟香港的大老闆搶著買單。我讓了他，卻給我自己留下了一個病根，以後就是無論啥消費，只要鄭老闆在場，那怕這件事與他無關，我也不買單，讓他來買。我還由這個病引發一個併發症，就是和香港人在一起，那怕他是港督，當然也不可能是港督，我也絕不買單。那天中午，我和鄭老闆喝完了酒，聽完了他的故事，就握著手，分手了。誰也沒提開發房地產的事，但是我們心裡都明白，這件事，肯定我們倆聯手幹了。

兩天後，我又和鄭老闆坐在了一起。

鄭老闆說：我給你打進五百萬人民幣，咱倆共同組建海南新紅馬大廈房地產開發有限公司，你負責辦好土地產權手續，到銀行貸款，然後我負責建設，你負責預售樓花。我的樓還沒有建好，你的樓花可能就賣完了，這筆大財咱倆是發定了。

這有點像草原上傳說中的童話故事，就是故事情節缺少文學性，但是故事吸引我，很多情節都能加進我的美好的想像。

我已經不怕生意大了，也不怕錢的數位大了。這海南的商海真鍛煉人呀。以前我在外面沒譜的事兒，或者涉及金錢數額太大的事，我回家不跟駒兒講，我怕嚇著她，令她心靈不安。

駒兒跟我出來三年，在她二十一歲的花樣年華裡，也就是這個馬年，她向我宣布了一個提高我檔次地位的結果：懷孕了。那是我跟鄭老闆簽訂協定的第二天，我心裡有控制不住的得意，我決定跟駒兒講出來，讓她跟我一起分享快樂。當我興奮地說：駒兒，我有好消息告訴你。駒兒卻一口咬住了我的嘴，這麼多年了，她這個毛病就是改不了，動不動就用嘴咬我的嘴。她也很興奮地說：先聽我說，我也告訴你一個喜訊。

她也有喜訊，她的喜訊再大，還能有我要進賬五百萬元大？我同意讓她先說，不同意也不行，這幾年就養成了這個習慣，家庭呵，一開始不打好底真是不行。

駒兒又咬著自己的嘴說：我先不說，咱倆還用筆寫，看誰的喜訊大，誰就贏。

我說：好。

她說：輸贏怎麼辦？

我說：我贏了我要吻你，你輸了你要吻我。

其實我說這話的時候，有點心虛。倒不是怕輸，我們倆的輸贏又能咋樣，物質的獎懲已經不重要，我們已經過了貧窮的年代。只是我剛才這招兒是在夜總會跟小姐學的，回來用給老婆，你說是不有點缺德。要說到夜總會找小姐，還真是那個鄭老闆把我給帶壞的。當然，師傅領進門，修行在個人。你說他幹嗎？把我往那裡領，一進了那個門，我就情不自禁地自己主動找著去學壞。鄭老闆每天泡在夜總會裡，他說老婆在香港，我看他一天一個小姐往房間領，不像有老婆的樣子。鄭老闆每晚在夜總會裡要喝兩三瓶紅酒，哪個小姐酒量好他就領哪個回房間，酒量都不好，他就找一個最醜的回去。他說，能喝酒的消了毒，醜的都乾淨。

有時小姐也求我帶她們走，我說帶不了，家裡的駒兒不讓帶回去。住在外面更不行，我沒在外面住過，我不放心家裡的駒兒。

她們就很不開心，用喝酒的輸贏來吻我。

我和駒兒亮出紙條。

我得意揚揚，寫的是：駒兒，我要進賬五百萬元。

駒兒寫的是：哥，我懷孕了。

我的佛爺，你們說我還能贏嗎？就是進賬五千萬元我也不會贏呵。

我狂吻駒兒，我熱淚盈眶地說：寶貝，你贏了。

駒兒也替我高興，這筆五百萬元的大數沒有嚇著她。後來我才發現，女人在金錢面前膽子比男人大。

今年是馬年，駒兒要生下一個小馬駒兒了。我說：駒兒，我偉大的寶貝，你懷上的一定是一匹小紅騍馬。我回想起我在胎中的歲月，我決定每天都找時間和駒兒胎中的小紅騍馬對話。我要把我每天的經營情況都告訴給她，讓她一出世就具備總經理的經營頭腦。

駒兒驕傲地摸著肚皮說：哥，你和鄭老闆這單生意能成。是肚子裡的寶貝告訴我的。

我下流地說：今晚我要進去看看寶貝。

果然，一個星期後，鄭老闆的五百萬元打進了我的帳戶。

我名副其實地成了大老闆。

一億元是多少呢？
要數完兩個手的手指頭，
我的佛爺，太大了，
可以買下我們牧場所有的牲口，
所有的馬、牛、羊、高山、小河，
還有人口和墳墓。
這個數字超越了我的命運，
我承受不了。

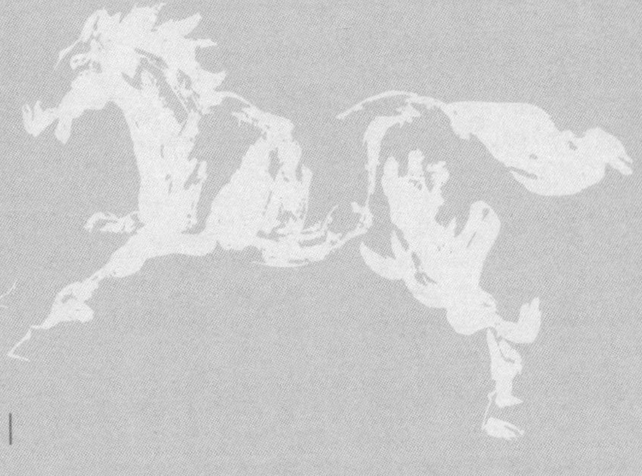

第三十七章

錢多的煩惱

新的一年開始了，萬象更新。李叔終於把新紅馬大廈的土地使用證辦妥了。我預感我的人生將邁向高峰。

市政協的一個領導打電話給我，邀請我吃飯，他說要給我介紹一個美國朋友，是個銀行家。當然，我知道是他請客我買單。其實領導請做生意的人吃飯，都是這個規矩。這裡面是個雙贏的策略，既顯得領導禮賢下士，又使我受到了領導的恩寵，有了一次在領導面前表現的機會。

我很隆重地帶著孕婦駒兒準時到場了。原來美國的那個銀行家朋友是一個女的，領導叫她許小姐。許小姐的名片上印的名字是：許海風。我很失望地發現沒有寫銀行家。許小姐似乎很聰明，馬上解釋說她哥哥是美國華人銀行的總裁。我也聰明地馬上讚美說她的名字很大氣。因為我沒法讚美她的人，看她的年紀有五十多歲了，可是領導一直暗示我們叫她許小姐。其實禮貌一點講，按照輩分，我應該叫她許阿姨，或者親近一點，叫姑姑也行。所以我又懷疑，她都這麼大年紀了，她哥哥會不會退休了?她在談話時又很聰明地點給我聽，她哥哥是那家銀行的大股東，只要身體好，八十歲都可以繼續當總裁。不像國內的領導幹部到年齡就退休，這是社會制度和體制的不同。我徹底聰明了，不再懷疑，也不再失望了。我覺得這個女人就是如來佛，而我是孫猴子，一晚上就在她的手心裡蹦不出去。這個女人道行太深了。但是我不怕挑戰，是她投入錢給我，土地在海南島，她又不能安上輪子推到美國去，又有領導作保，怕啥?幹!

她要給我投資一億元，再擴增一些土地，把紅馬大廈蓋成七十層，亞洲第一高樓。要把盤子做大，許小姐豪邁地說。市政協領導也說：你和許小姐幹吧，她有氣魄，政府支援你，事業幹大了，我介紹你進政協，當老闆的也要參政議政，將來還可以多一層政治保護傘。

我回家之後，關上手機，兩天沒出屋。我的心裡在進行著道德鬥爭。駒兒說我兩天沒說話，像一個傻子似的發呆。第三天，我想出了一個邪念頭。等許小姐的一億元一到賬，我就把鄭老闆的五百萬元退回，由我和許小姐兩家單獨合作。那天吃飯時，我把和鄭老闆合作的事介紹了一下，本來是想炫耀一下我的實力，結果許小姐根本看不上眼，她說給我投入一億元，條件就是讓鄭老闆出局，因為股東太複雜不好合作。

我和許小姐在領導的主持下，簽訂了合作協定。簽完協議，興奮之餘，我感到自己真是有點無恥。鄭老闆回香港還沒有回來，我們也沒有解除合作，他那麼信任我，我卻和許小姐又簽了協議。這就像一個已經有了老婆的人，兩個人還很相愛，也沒有離婚，我卻又跟別的女人登記結婚了。我不管法律上的事，也不管所謂活一天快樂一天的幸福的事，在道德上我就覺得很無恥，雖然有人說，我們堅守的那個古老的道德是中國農民的產物。

我雖然不是農民，但至少是牧民的兒子，該堅守的還是要堅守。我甚至有點要打退堂鼓了，心裡緊張、害怕。我一想到我的賬裡要進一億元，這個數字終於把我給嚇壞了。一億元是多少呢？要數完兩個手的手指頭，我的佛爺，太大了，可以買下我們牧場所有的牲口，所有的馬、牛、羊、高山、小河，還有人口和墳墓。這個數字超越了我的命運，我承受不了。

可是，領導的講話又激勵了我，給我這剛剛癟下去的輪胎又打足了氣。我鼓勵自己，當年要是回到內蒙古草原，說有五百萬元給我，也會嚇死我的。但是現在我的賬上不就是有五百萬元嗎？有五百萬元就應該有一億元。

我堂堂的一個……一個甚麼？我也不知道我現在是甚麼了，反正堂堂的我，怎麼也不會那麼窩囊，被錢多給嚇壞了啊，以前沒錢的人貪多，都說錢不咬手，我現在感覺，錢多不是咬手的事，而是咬心。

我堅定了信心，覺得不該被錢多給嚇著，我要為祖先爭氣，做一個不怕錢多的、勇敢的人。當年先祖成吉思汗征服歐亞大陸佔領了那麼多土地，就是不怕多。多多益善，愈多愈有鬥志。

晚上，我例行陪著駒兒在海邊散步。我給她講了我的靈魂裡道德的鬥爭，最後我戰勝了我的道德，我不懼怕錢多了。

駒兒聽了笑得很開心，也很成熟。她說：錢多有甚麼不好？你是我心裡勇敢的草原英雄，我以為這個世界沒有能嚇倒你的東西，沒想到你卻怕錢。

駒兒的話讓我震驚，不過我說過，女人在金錢面前比男人膽大，確實千真萬確。許小姐敢給，駒兒就敢要。

路燈下，我看著駒兒的面孔，真的已經是一個成熟的女人面孔了。淡淡的妊娠斑，有點鬆弛的皮膚，顯得更加性感了。嘴唇也不是少女的鮮嫩了，那質感卻充滿了肥厚的誘惑。從前那個鮮活的少女駒兒，光彩四溢的靚麗倩影漸漸走遠了，正步步走進我的，是具有啞光味道的孕婦駒兒。男人真是美麗的劊子手，我沒有懺悔，卻有一種極其滿足的成就感。

我摟過駒兒就吻，海風在我們的唇邊徐徐吹拂。

駒兒唱：海風輕輕地吹，海浪輕輕地搖。

我打斷開心的駒兒，說：這個美國的許小姐竟然叫許海風，我總覺得這是一種甚麼徵兆。

海風，海風。美國小姐吹來的海風。

我一路上叫她的名字，
我知道她就在我的身邊，
有時我就看見她在我的身上向我笑，
她笑容的氣息永遠讓我迷戀，
讓我情不自禁，
淚眼矇朧。

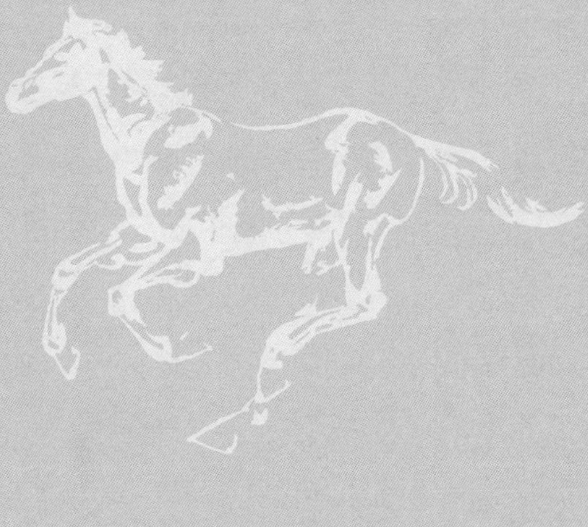

第三十八章

向西向北

從不主動跟人交往的駒兒，竟然和許小姐打得一片火熱。有時許小姐跑到我家裡去看駒兒，有時駒兒跑到許小姐住的酒店去看她，兩個人像母女一樣親親熱熱地去購物、美容。然後，許小姐就打電話給我很認真地約我吃飯或者談事，一見面竟然還有買了大包小包東西的駒兒。駒兒在這裡，我就請她們吃飯，吃完飯老公變成了勞工，開著車連人帶東西都送回去。

許小姐雖然跟我簽了合作協定，但是到目前為止，她還沒有一分錢到我的賬上。期限愈來愈近，我在等著她的消息。許小姐曾經想先讓我把「新紅馬大廈」的土地開發使用證，授權給她，她帶回美國去融資，到華人銀行抵押貸款。我堅決不答應，堅持協議：一億元人民幣投資款到位，授權給許海風小姐，用土地開發使用證，到國際上去融資貸款。

駒兒有一天很嚴肅地打電話給我，讓我無論如何也要回來吃晚飯，有重要的事情要談。我安排了一下，下午就趕了回去，因為這是駒兒第一次給我打這種嚴肅的電話。

駒兒說：我要去美國。

我說：為啥想起了要去美國？

駒兒：許小姐說，我到美國去生孩子，將來長大了孩子就是美國戶口。

誰幫你辦理？

許小姐全包。

我想了想，雖然有點捨不得，但是自己不能太自私，要為孩子著想。我從內蒙古草原奮鬥到這裡，已經把內蒙古草原上一個無知的小子奮鬥成漢族精英了，已經是頂峰了。美國太遙遠，有的時候不是路程和錢的問題，出生的人文環境，決定人一生的品質和格調。

我同意了，心裡卻有另外的一種疙瘩。

但是我沒跟駒兒講，我覺得，駒兒的目光已經被許小姐的光環和未來美國美好的人生給迷住了。許小姐大話連篇，簽了協議這麼長時間資金沒到位，還要違背協議讓我先給她土地使用證的授權。用一句提高革命警惕的話說：我已經對她產生懷疑了，目前正在觀察她的動向。

但是我不能給駒兒心理壓力，也不能讓她不高興。誰讓我愛她呢。愛一個人，就要同時為這個人承受痛苦。這樣的事情只能我自己扛。駒兒去美國，反正先是旅遊，也花不多少錢，將來一旦移民成功，私事私辦，這筆錢我自己也花得起，不會用她許小姐的一分錢。事辦成了有人情，我會還她人情的。這件事與我們的合作公私分明，我不會混到一起的。

許小姐大概有一個星期沒和我見面了，香港方面鄭老闆馬上就要回來，他正在籌備新紅馬大廈的開工。每次與他聯繫，我內心裡都充滿了慚愧。所以就拼命地跟他講親熱的好話。我覺得鄭老闆這個人真是難得，五百萬元扔給我，他就那麼放心，他相信我，而我正在背叛他。我愈來愈覺得自己是一個可恥的混蛋，這個世道真沒有公理。我也納悶，這個鄭老闆就這麼為人做事，他還能有錢，真是怪了。

我每天在盼望許小姐的一億元資金到位的同時，也在希望她的資金乾脆到不了位，這樣我好盡心盡力地跟鄭老闆合作，對領導也好交代，也讓我早日解除這種煩惱和壓力。

許小姐這個女巫師，簡直是用她的魔法跟我作對。我想讓她的資金不到位，她就偏偏到位。晚上，又是領導請客，這回是許小姐買單。她聲明讓我回家把駒兒一起接上吃飯。現在她扮演的角色好像是駒兒的娘家人，看她的地位，似乎僅次於我老丈母娘。

晚餐可以說隆重豪華。我想這一定是許小姐在故意渲染氣氛。領導先是像主持會議一樣，說了一通官話連篇的開場白，把我和許小姐的合作，上升到了對海口市，對海南省，對中國，都具有重大的劃時代意義和深遠的歷史意義。

到了我講話，我明確地詢問：這筆款甚麼時間可以到我的賬上？

許小姐拿出了三張銀行存款證明，在中國銀行、建設銀行和工商銀行是總額將近八千萬元的存款。

領導像作動員報告似的說：許小姐的款已經進了銀行將近八千萬，你們的合作可以開始了。你可以把土地建設使用證授權給許小姐，讓她去美國繼續融資。

我說：八千萬元也可以，錢一到我的賬上，我馬上開給她。

領導說：錢先不能到你的賬上，這麼大的資金和專案，政府要介入監管。

我說：錢不到我的賬上，我怎麼知道這筆錢是給我的？

領導有點火了：錢在銀行裡，你還不相信銀行嗎？銀行是政府辦的，你還不相信政府嗎？我是政府的領導，你還不相信我嗎？我介紹給你認識許小姐，讓你們合作，像許小姐這樣的愛國華僑，你更應該信任她。我們做大事的，一定要心胸寬闊，要有裝下國際的胸懷，放眼全球的目光。

我沒詞了。我想想領導的教育也是很對，可能我的胸懷太窄了。人家許小姐拿這麼多錢來跟我合作，我竟然如此疑神疑鬼。這樣還不把許小姐整跑，把合作整黃？領導的教育真是及時，否則我將犯多大的人生錯誤？我感激地又舉起了酒杯。

許小姐不跟我談了。在領導跟我發火時，她跟駒兒又熱熱鬧鬧起來。我見駒兒拉我的手，一看她的手裡已經拿上了去美國的簽證。

駒兒興奮得不得了，比當初從草原來海南還興奮。我和領導也加入了她們的興奮行列。大家的話題馬上由駒兒轉向了美國。

很晚大家才分手，領導最後權威果斷地指示說：明天你們把授權辦好。一個星期後，許小姐要帶駒兒去美國了。我幾乎不幹事，在家裡陪她。我心裡有一種很害怕的感覺，我覺得駒兒一走會把我的靈魂也帶走。但是攔著她，讓她不走，已是不可能了。駒兒很高興，但是傻呆呆的，我懷疑許小姐用魔法把駒兒的靈性給消除了，否則，我鬧心的時候，駒兒都是有感知的。

明天她們就要起程了，我很晚還在給駒兒反覆叮囑到了美國生活上的注意事項。鄭老闆打來了電話，他說明天上午回到海口。

我一算時間，鄭老闆先到。他們相差一個鐘頭。我明天先接鄭老闆，然後在機場等送她們。駒兒坐許小姐的另一輛車到機場。

第二天，我接到了鄭老闆。我讓他在車裡等我，我去送駒兒她們。我不想讓鄭老闆見到許小姐。這件事像病一樣壓在我的心裡，我還沒有跟他說，我不知道咋說。我接他時的那種神情，就像是一個已經告了密背叛了革命的叛徒，又和組織接上了頭一樣。

半個小時以前通電話，駒兒說還有十分鐘就到了。

可是現在機場已經停止登機了，她們還沒到。打電話竟然關了機，我心裡鬧成一團，馬上有一種不祥的感覺，回到車上加大油門就跑。

在離機場不遠的地方，道路已經封鎖了，前面出了車禍。

我扔下車，拼命地跑了起來。到了出事地點，果然是駒兒她們的車。許小姐和司機都已經死了，只有駒兒還在喘氣，好像是在等我一樣。我把她抱在懷裡聲嘶力竭地大叫：駒兒，駒兒！駒兒醒了，她安慰地看我一眼，說：哥，海南真美，哥，我要回家。說完她就去追趕許小姐去了，任憑我驚天地泣鬼神地慟哭，她也不醒了，也永遠不回來了。我的大腦像死了機的電腦一樣，失去了反應。

處理完駒兒後事，鄭老闆陪我在海甸島的海邊大排檔喝酒。鄭老闆已經了解了我的一切背叛行為和悲慘的命運。他像一個寬容的兄長一樣，沒有說一句責怪我的話。他說許小姐這是一個圈套，而且是一個小兒科的圈套。他說他已經調查清楚了，許小姐先是在海口找了一個朋友，用高額利息挪用了五千萬元，存進了中國銀行，然後，按照銀行的規定，你有存款，就可以按照百分之七十貸出，她用貸出的三千五百萬元又存入建設銀行，然後如法炮製，又貸出兩千四百五十萬元，然後存入工商銀行，又貸出一千四百萬元，不存了，就放進自己腰包裡了，她給你看了有八千多萬元的存摺，就會套走你的土地使用證，拿到國際銀行去貸款，貸來款還回那高利挪來的五千萬元，人就會消失得無影無蹤。整個都是你的土地押在那裡承擔責任，我們就永無翻身之日了，還要承擔法律責任。

我聽得倒抽涼氣，毛骨悚然。

這個許海風，哪裡是徐徐的海風？她就是一個龍捲颱風，捲走了駒兒和她肚子裡的孩子的性命，也差一點捲走了銀行的錢和海口的土地。我用血的代價明白了國土不用裝上輪子，也可能被人推走。

這是一個恥辱性的醜聞，政府用最低調的態度處理這個事件。駒兒走了，我已經沒有靈魂了。每天像行屍走肉一樣坐在海邊喝酒，一切事務我都委託鄭老闆處理了。我們當時沒有搞清軍隊用地是沒有產權證的，土地使用證是不許抵押貸款和轉讓的。國土保住了，公司保不住了，由於影響太壞，海軍收回了那塊土地。鄭老闆投入的五百萬元已經被花得所剩無幾了。

我愧對鄭老闆，我說：大哥，兄弟對不起你，我欠你的錢，欠你的情，現在還不了啦，我要走了，回到我的家鄉科爾沁草原，我有一天再起來，我一定還清你的人情和債務，那怕用牛群羊群來還。我要是垮下去了，起不來了，那就下輩子自己變成牛馬來還。

鄭老闆說：傻兄弟不要說熊話，你還會起來的。你甚麼都不欠我，咱們倆是合作，虧了共同承擔，錢是身外之物，去了還可以再來。你的損失比我大，你的駒兒沒了，用啥都買不回來呀。弟妹是多麼好的人呀，大哥也心裡難受。別說了，我明天安排你回你的老家草原休養一下，我還會跟你聯繫的。咱倆的事過去就過去了，以前騙我的人多了，哪有你這麼坦誠對我的。你還是一條漢子，大哥永遠把你當好兄弟。

我第二天要回草原了。晚上，我不讓鄭老闆來陪，我說我要一個人祭祀駒兒。我搬出裝駒兒骨灰的骨灰盒，我把這個我夜夜抱著睡覺的骨灰盒抱到了海邊。我要把駒兒的骨灰，一半撒進大海。她太喜歡海南了，我要讓她永遠在自由的海浪裡，欣賞海南島美麗的椰子雲。我在駒兒的骨灰裡拌上了駒兒平時最愛的玫瑰花瓣，攪著我的淚水，一把把撒進大海裡去。我要讓玫瑰花瓣化作她的美麗衣裳。我輕輕地呼喚著：駒兒，駒兒呀，哥的駒兒……慢慢地，骨灰和著玫瑰花瓣在大海上幻化成了一匹美麗的小紅馬，歡樂地向我奔來，她腳下的海浪成了開滿馬蘭花的藍幽幽的草原。我沒有喝酒，我要堅強，因為我要帶駒兒回家，連同另一半骨灰，我要帶回草原。我要帶她回家。我答應過她的爸媽，把她帶出去了，也一定要把她帶回家。

回到家，我在房間裡，一件一件地看駒兒收藏的那些小飾品。這每一件東西裡都蘊涵了駒兒多少美麗的夢想呵。我正看著呢，駒兒進來了，她嬌嬌羞羞地撲進我的懷裡，緊緊地咬著我的嘴唇。她說：哥，駒兒為哥幹了一件大事，駒兒是很了不起的呀。那個許小姐要害你，我聽她打電話給別人講土地證已到手，她馬上開始行動。我心中一顫，她這是要騙你，我心裡就著急，寶貝在我肚子裡也著急。我們娘兒倆一商量就用命救了你。我們覺得值！哥，你別太憂傷，我還會回來找你的，但是我不想做人，人太壞了，哥，你回草原等著我，我會回去的。我還要做馬生生世世都和你在一起。駒兒又走了，縹縹渺渺的似乎沒有痛苦，她死前，留給我看的痛苦，已不是她這個靈魂的痛苦了。

我大聲叫著，叫醒了自己。一看時間，四點多，清清醒醒，果然是駒兒救了我。我相信這不是夢，就是駒兒來了，這裡是她的家，她自己親自布置的家，這裡有我，她的靈魂離不開我，離不開這個家。

我睡不著，也不想睡。我留了一封信給鄭老闆，連同他給我買的機票。我讓他幫我處理車子、公司等一些財產，頂他的損失，我甚麼都不想要了，我要帶著駒兒的骨灰盒和她回家。只是這房子裡的東西都是駒兒買的，我不知道如何處理，我捨不得把它們燒掉或者賣掉，我又帶不走。天快亮了，我做出決定，一次向房東交三年租金，三年後，時間自然會作出裁決。或許駒兒的靈魂留在海南，可以常回這裡看看，我甚至想，她的靈魂應該住在這裡，這裡是她的家呀。我鎖上門帶著鑰匙走了。辦完這件事，我的心裡舒暢多了。

我要買船票走，駒兒是跟我坐船來的，我還是希望把她的靈魂帶走，我要帶她坐船回去，坐飛機她不認路，空中太縹緲，我怕她的靈魂走散。我一路上叫她的名字，我知道她就在我的身邊，有時我就看見她在我的身上向我笑，她笑容的氣息永遠讓我迷戀，讓我情不自禁，淚眼矇矓。

回到草原一個月後，我收到了鄭老闆的一張五十萬元的匯款單。鄭老闆說：兄弟，這是你的車子、財產賣的錢，匯給你，希望你用這筆錢重新振作起來，就是對我最大的報答，我相信你能夠！你的本事和運氣無人能比。你是一條漢子，遇上大的磨難是天要降大任於你，咱們來日方長，後會有期，相信大哥一句話，你會再起來的。

有時我覺得這種繁華熱鬧，
是我給予紅塵中的別人，
我只是很充實地在幹著一件事，
有時很滿足，
得到別人的敬仰，
和給我爸媽帶來的驕傲，也很幸福。
但是我不快樂。

| 第三十九章 |

荒原部落

在科爾沁草原，十幾年沒見，我出生的那個牧村，竟然變得和草原外面遼寧的漢族村莊一個模樣了。電視天線，張牙舞爪地，在空中像魔術師一樣，為電視接收痛苦、煩惱或者快樂。一片灰濛濛的房頂，籠罩著用水泥間隔的一塊塊品質低劣的紅磚。街道上牛糞擠壓著豬糞，毫無目標地流淌，一種時代的臭味，讓我找不到童年的味道和空氣的清新，我沒了感覺。偶爾，見到一個殘破的可口可樂瓶子，暴露了這裡和外面世界聯繫的氣息。

早晨，羊群、馬群、牛群和豬群，草原上怎麼會有這麼多的豬？趕著牠們的是一些陌生人的面孔，在牲畜擁擠的身體縫隙間時隱時現。那些沒睡醒的目光，呆呆地望著我，對我這個不協調的形象，感到驚詫。

牲畜都被趕出了村莊，安靜下來的村莊開始飄起亂七八糟的音樂。有二十世紀七十年代的老歌，有八十年代的流行歌曲，也有九十年代的新歌。這些歌幾乎都是在歌唱憂傷和愛情。

村口有一個小吃店，竟然叫香港大飯店。原來的那家小賣店，門面沒改，改了一個名字叫超級商場。這個村莊徹底玩完了，他們在模仿城市和漢族地區，丟掉了自己的民族特色。

我回到生我養我的那個牧村，在我爸媽的家裡住了幾天就感到煩躁不安。駒兒死了，我本來在海南就丟了靈魂。我媽看到魂不守舍的我走進了家門，驚恐地說：兒子，發生啥大事了？你的魂好像已經沒有了？這是祖先有靈，給你引路把你領回了家門，你再留在外面，你的命就會沒了。

按照我媽的規矩，我在家裡躺了三個月收魂兒。她說，我在這片草地出生，我的靈魂就在這片草地上還陽，三個月之內，一定把我的靈魂找回來。

三個月後，我媽讓我出門走走，出門前，她讓我照照鏡子，回來時土灰色憔悴的臉，變得紅潤了。

我媽說我又恢復了陽氣。

我在外面走了一圈，雖然有了陽氣找回了靈魂，但是，這個變得亂七八糟的牧村，已經弄丟了我童年的夢。我決定很快離開這裡，這裡已經不是我童年的牧村了，就像油和水一樣，我與這裡已經不相融了。

回到家門口，見屋裡傳出滾滾的香煙，味道濃烈。我想，一定是我媽這個大巫師又在做法事。我的靈魂已經找回來了，她又在找啥？

我媽看見我，目光直直地盯著我，看得我有點恐慌，身上涼颼颼的，發冷，害怕。

她說：兒子，你的房間裡，陰氣很重，你的包裡有東西，告訴媽是啥？

我心一顫，老媽這個大巫師果然了不起，她一定是發現了駒兒的骨灰盒。

為了和駒兒長伴長相依，日夜廝守，我和駒兒的事我沒有給我媽講。我在外面的事也沒有跟我媽說，外面的事情他們不懂，說了只能增加一些複雜的故事情節。我也是在外面邊學邊會、邊懂邊理解這些為人處世的道理的，但是在我們這個薩滿的故鄉，甚麼道理在我媽他們這些通靈的巫師面前，都不靈了。我知道，駒兒的骨灰盒這事跟我媽講，她是絕對不會讓放進家裡的，我媽是個陰陽分得很清的人。但是現在被她發現了，我只能實話實說了，我痛苦不堪地講述了我和駒兒的故事。我們一家人也都被我感動得痛苦不堪。

我拿出骨灰盒，我媽先是擺出一種要決鬥的姿勢。她盯著骨灰盒看了一會兒，懷疑地問我：這裡是人是馬？突然扔下那些法器抱著骨灰盒就痛哭流涕起來。她說她看清了，是一個美麗的閨女。然後她就帶著一種憂傷的唱腔數起了好來寶：

我的好閨女，
媽的好兒媳，
我雖然沒有見過你，
但是你也是我們家裡的一分子，
你死得冤，
死得屈，
死得可憐，
死得值，
死得了不起，
你是為了我兒子，
我們家人感激你。
你活著是我們家的人，
死了是我們家的魂，
我兒娶了你，
也算好福氣，
我要幫你超渡重生，
你們這一世的緣分還沒有停止……

我媽正哭著呢，突然戛然而止，嚴肅地對我說：必須馬上舉行葬禮，讓駒兒入土為安，否則她的靈魂將在陰陽界裡飄蕩，進不了陰間，也還不了陽世，得不到超生。

我戀戀不捨地和駒兒的骨灰盒永訣了。在我媽的主持下，我們家為駒兒舉行了隆重的葬禮。雖然也是選擇在我爺爺他們的墳地，但是我媽說由於駒兒沒生過孩子，一朵花還沒有開放，只能孤零零地把她一個人埋在了一邊，叫做孤女墳。我望著駒兒孤零零的墳墓邊上，還有一片空地，我想這將來就是我的歸宿，到時駒兒就不是孤女了。

我感到嘴唇一陣疼痛，然後耳朵就熱了起來，一股幽蘭入耳，就響起來了話語：你為甚麼不買下這片牧場？我以為有人在跟我說話，四處望了一下，他們都在那裡表演悲痛呢，我知道一個他們沒有見過面的女孩，只能憑著想像悲痛，真實具體不起來，他們是在悲痛著我的悲痛，但是我感激他們這種善良的悲痛。

身邊沒有人跟我講話，話語又響起來了：哥，是我，你傻了，連我的聲音都聽不出來？我讓你把這片牧場買下來，我要和你在一起，我不讓你離開草原了，我不想離開你。

是駒兒！我欣喜若狂，笑了起來，嚇壞了那些正在哭的人。這回那些參加葬禮表演的人，開始跟我講話了。他們很恐懼地喊我，我媽說：你們別管他，他在和駒兒那個閨女說話呢。

我媽的話很權威，大家都好奇地看我表演。我媽是在我爺爺去世以後，成為薩滿巫師的。好像是繼承了我爺爺的家傳，我爸爸因為沒有靈性，與此無緣，我爺爺就沒傳授給他，這種方法和江湖上家傳武功秘笈一樣，但我感覺我媽媽比我爺爺神奇。

我突然轉向大家宣布說：我要買下這片牧場，從此就留在家鄉，再也不出去了。

我這個決定讓兩個人特別興奮。特格喜場長已經老了，他早已不是場長了，但是他還很有權威。他走向我，摟著我的肩膀說：小子，你回來投資我高興。當年你離開草原出去讀大學，我給你三十塊錢，就是相信有一天你能來回報草原，我從小就看出你是一匹好馬。

我媽沒有當過場長，也就沒有特格喜場長那麼高的政策水準，她聽說我不走了，要投資在家鄉草原買牧場，很興奮：孩子不能再出去了，你的魂兒差一點沒丟在外頭。

老特格喜當天晚上就請我到他家喝酒。他說：看你回來就是一個病人，本來按規矩要給你接風洗塵，你媽不讓，說你在外面丟了魂兒，等找回來魂兒再喝酒。我也覺得可能確實找回來了魂兒，我今天的狀態確實很好，覺得身上很有力，心情很輕鬆，有時會有一種情不自禁的快樂感。我自己知道原因，埋下了駒兒，讓她入土為安，等於也穩定了我的心，她入土了，安的是我的心。我媽真是一個高明的心理大師，我感激敬佩的淚水在眼裡打轉。還有一個最主要的原因，就是我知道下一步幹甚麼了，駒兒讓我買下草地，和她的墳墓每天相伴，我就好像在迷宮裡找到了我生命中的乳酪，前程一片明朗。這裡我要講幾句關於相愛的男女，生離死別的，情感心理的話，如果你愛的一個女孩，她死了，留給你的是思念和憂傷；如果她走了，跟了別人，那留給你的不僅僅是思念、憂傷，還有非常強烈的嫉妒，甚至仇恨。死的人會慢慢讓你心安、平靜，甚至高尚起來；離開你的人卻永遠讓你躁動、嫉妒、痛苦不堪，甚至羞辱。

在老特格喜家，情緒已經安穩的我，顯得酒量很好。來陪酒的是老特格喜的接班人，年輕的場長吳六。這吳六，當年向我炫耀我暗戀的那個他家的親戚女兵，給我留下了深刻的印象。但是印象當中，傻子吳六當年是個黑瘦的傢伙，一天嘴裡淌著涎水，可是現在的吳六一點也找不到傻子的蹤影了，場長吳六竟然白白胖胖，還鼓起來一個官僚的腐敗大肚皮。這真是造化成就人呀。

喝酒時我講起了當年女兵的故事，大家笑得陽光燦爛，口中酒肉橫飛。吳六在大笑和吃肉時露出的一口整齊的白牙，顯示了他在這片草原高貴的身份。草原上很早就有這個說法，有兩種動物牙白，一種是狼，一種是從前的王爺，現在叫幹部，因為他們都是每天的食肉者。當然，特格喜雖然人老了，牙卻也很整齊，很白。

在特格喜家，我還很驚喜地見到了我小時打架的對手長命。長命的酒量很好，本來一開始特格喜沒讓長命上桌，我差一點沒認出來這個跟我同齡，看上去比我老十歲，一口黃牙的長命。我堅持要拉長命一起喝酒，特格喜很不好意思地看了吳六一眼，吳六也表態說：長命大哥一起來喝吧，你小時候的朋友回來了。

長命三杯酒下肚，就控制不住激情了，摘下帽子讓我看他禿頭上的疤，他說，因為這個疤，成了禿頭，最後連老婆都娶了一個瘸子。他還說：我不是他小時候的朋友，是他的敵人。

我發現吳六和特格喜的臉色都變了，很氣憤地看著長命，制止長命不要再往下講。這人的命運真是難測，小的時候看吳六和長命，誰知道長大了變化這麼大。吳六成了場長，長命成了醉鬼。我說沒有問題，兒時的小夥伴，見面講一講從前的故事，也很好玩。

這時長命自己往嘴裡灌了一大杯酒，說：好玩個屁，你看我這個瘸老婆，你今天領到你家去睡一夜，就知道好不好玩了。

長命的媳婦進來了，可能是要勸阻長命不要喝那麼多的酒，結果聽到長命的話，臉一下就紅了。我這時看長命媳婦，左腿走路是瘸了一點，但是人長得很漂亮，比那些四肢健全的人漂亮多了。我還驚詫地發現，她竟然是我少年的偶像馬紅。

我站起來，端起一杯酒說：長命，我來敬酒給你們，這第一杯敬你，為小時給你帶來的傷害，代表老三給你道歉；第二杯酒向特格喜老場長表示感謝；第三杯酒為你媳婦，即使你不是禿子，這麼漂亮賢慧的女人能嫁給你，也是你的福氣，我向她表示敬意。

三杯酒進了我的肚子裡了，也進了三個被我敬酒的人的肚子裡了。特格喜和長命的媳婦很高興也很感激我。長命舉起一杯酒來，似乎更高興：巴拉，還是你有水準，你從小就比我有水準，你能敬我老婆酒，我太感激你了，她雖然腿有點瘸，但是她確實是個美人，你不知道她在被窩裡有多騷，瘸子躺在被窩裡也看不出瘸了。我今天晚上，不能讓她跟你睡了，我是個說話不算數的人，我捨不得了。

我心裡在罵，這個傻瓜，倒楣的傢伙，你讓我睡，以為我不敢睡嗎？多騷的女人我都不怕。

特格喜急了：長命，你這個沒出息的醉鬼，不要滿嘴裡跑狼，說出那些惡話，丟我們家的人了，閉上你的臭嘴巴。

往下可能愈來愈不像話了，吳六帶著我離開了特格喜家。

三天後，吳六和特格喜又來找我。

吳六以一畝每年五塊錢，租給了我十萬畝草地。他說：草原是國家的，是人民的，不能賣給個人，租給你使用權七十年，七十年不變。我再給你一個特殊政策，十年內大蓋帽不進去。我沒明白大蓋帽啥意思，老特格喜說：就是工商稅務不管你。

我沒有概念地問：十萬畝有多大的面積？

老特格喜說：知道從前王爺時代騎馬圈地嗎？就是早晨太陽一紅就騎馬出發，到晚上太陽紅了的時候回來，你這一天馬蹄子下跑的一圈就是你的十萬畝。

吳六說：老王爺，你這話等於沒說。十萬畝就是十萬畝，是用錢算出來的，不是用馬蹄子。現在是科學時代，你已經落後了。

我覺得特格喜和吳六都很有趣兒，尤其是吳六一本正經，卻是滿腦袋糨糊雜燴政治。讓他們幫我算吧，七十年太久，我們活的只是朝夕。吳六一再說：反正不會讓你吃虧。其實我也不怕吃虧，甚至沒有這個想法。那麼大一片茫茫的草原誰能看出多和少，我有時會希望缺斤少両一點，那樣我心安。我真不希望多佔一根草的便宜。

在吳六積極主動的主持下，科爾沁草原上有了在我的名下的十萬畝草場，使用期七十年。

我不知道在這片草地上要幹甚麼。春風吹著我散亂的鬚髮，我盲目地在風中行走，我又走向了駒兒的墓地，我要去和她策劃一下這十萬畝草場如何開發。是她讓我搞牧場的，駒兒是個有品位的人，她一定有好的思路。

我坐在駒兒的墓前，陽光明媚。地上的草籽爭先恐後地正在發芽吐綠。面向草原，我的心已經春暖花開。

駒兒說：哥，咱的牧場搞得可要有品位，不能只是養一些牛羊，太俗套。牧村裡不是弄丟了你的童年的記憶嗎？你在這裡把童年的夢找尋回來。咱們在牧場裡開發民俗文化。

駒兒果然靈性，又一次一語點醒夢中人。對，我搞民俗文化，復古草原原始部落。

我問駒兒：牧場的名字叫「紅馬駒牧場」好不好？

駒兒說：這個名字好聽，我喜歡，有味道，但是不像牧場的名字，像一部電影。

我說：那好，將來我就給你拍這部電影。

我感到嘴唇在動，駒兒感動了：哥，我真幸福，我雖然死了，但是我的魂都比那些活著的人幸福。

我說：駒兒，咱們就叫「荒原部落」吧。我覺得這片草原是咱倆打破陰陽界的地老天荒部落。

駒兒激動：哥，我喜歡「荒原部落」這個名字，哥，你就是有才華。

告別駒兒，我去拜了爺爺的墳。在爺爺的墳邊上，是譚大爺和譚大娘的合葬大墳。看著遠處炊煙裊裊的牧村，滾滾紅塵中的人，一年又一年，不管願意不願意，都要搬遷到這裡來了。牧村爭不過墳墓，牧村裡的人早晚都要到這裡來。走過春夏秋冬，這就是生命的規律。尤其是譚大爺，我知道他有很多人生的夢想，但是就這樣帶進了墳墓。他老人家去世的時候，我不在身邊，否則他一定會跟我講的。他幾十年前正當春風得意的時候，被發配到這裡，他每天都期盼著獲得新生，然後再大有作為一番，結果卻再也沒有走出草原。我離開草原在外面走了十多年，人生的感悟很多，我不知道該為他痛苦還是高興，因為我們也無法斷定他即使很如願地回去，等待他的很難說是福還是禍。在譚大爺墳的右側，是我們曾經從井裡救出來的張大腦袋的墓地，這個日本翻譯官終於還是死了，如果現在還幸運地活著，也是政府的統戰物件了，聽說小島馬子已經回了日本，或許他還可以跟她去日本。張大腦袋的墳很大，在墓地裡顯得極其誇張，我猜想可能是那幾個在他生前打過他的兒子，為了安撫自己的良心，才把他的墳加高加厚的吧。

我成了荒原部落名副其實的大酋長了。

我的荒原部落圍繞旅遊，由三大板塊構成。

第一部分是札撒獵場。旅遊客人從公路走進我們牧場的土路，在塵土飛揚中，我們派出飛快的馬隊迎接客人。客人遠遠地就見到我們的部落旌旗飄揚。在馬隊的左右護衛下，客人的車隊來到我們的部落門口下車，九支十米長的牛角號同時吹響。然後讓客人坐上勒勒車，在悠揚的馬頭琴演奏的蒙古長調中進入部落。勒勒車先拉客人到敖包山上去祭祀敖包。給每個客人送一條彩帶，上面寫上客人的名字，然後繫在敖包的樹枝或者石頭上。客人沿著敖包跑三圈兒，可以去掉身上的晦氣和病痛，獲得吉祥的祝福和運氣。祭祀完敖包進到訂好了的蒙古包裡，身著蒙古袍子的姑娘，在門口給每個人敬獻一條潔白的哈達。客人喝點奶茶，吃點炒米烏勒莫和乳酪之後，休息一會兒，就開始打獵。

如果來的是勇敢的人，我們就給他提供好馬、好獵槍，在打獵區放出狼來，讓他們圍追堵截，縱情殺戮；如果他們馬術不好，我們就學邊防軍，給他們一台大解放汽車追狼；如果他們膽小，或者錢少，因為一隻狼五千元，狼以稀為貴，此貨短缺，也沒辦法，我們就放出一隻羊，讓他們開著車追打獵殺。羊很便宜，五百元一隻，打中之後，把羊拉回來，在師傅的指引下，我們教他們給羊剝皮、解體，甚至可以參與製作烤全羊。當天吃不完，剩下的我們為他們做手把肉，全包在五百元之內。蒙古歌手為他們敬酒唱歌獻哈達，晚上還要陪他們在篝火旁跳舞。

我們的第二個板塊是民俗文化雕塑群落。從草原上美麗的傳說開始，到先祖成吉思汗、忽必烈征服歐亞大陸創建蒙古帝國、大元王朝的黃金家族的故事，和蒙古人的民俗風情，用雕塑的形式展示出來，再現歷史風雲。

我們的第三個板塊是靈感村。我們和國內所有搞創作的文藝家們簽約，靈感村藝術部落裡免費為他們提供食宿，派人照顧他們的生活，為了避免他們因為門派相輕在一起掐架，每個藝術家獨立使用一套蒙古包別墅。書畫也好，雕塑也好，音樂作品也好，文學作品也好，它們像野花一樣可以任意生長。我們和作者共同擁有版權。你創作的東西賣不出去或者打不響，我甘心認了虧損；如果火了，那麼我就和你平分版稅。

我這個蒙古部落工程一啟動，就熱鬧起來了。竟然驚動了北京很多食肉者。到這裡來的旅遊者，千里迢迢，長途跋涉，車水馬龍，絡繹不絕。有一個旅遊報社的記者，是一個臉色蒼白的很瘦小的女孩，她給我總結說：從前的旅遊概念是看山水看自然，走馬看花，蜻蜓點水，浮光掠影；現在人們已不滿足這種玩法了，旅遊者要參與進去。荒原部落開了先河。

這個瘦小的丫頭片子真有水準，一下子讓我名聞四海。我當然要獎勵她。當我把厚厚的紅包放進她的手裡時，我真困惑，她這麼一個瘦小的身體，頂著一顆瘦小的腦袋，怎麼會孕育出那麼大的智慧來？真是人不可貌相，不可憑腦袋大小論智慧。

駒兒的墓地，已經被我用鐵絲網圈上，遠遠地就寫著牌子：私家墓地，旅遊者不得入內。我愈這麼寫，旅遊者愈有一種神秘的感覺，就愈想偷窺。

我有這個想法的時候，徵求駒兒的意見，駒兒說：你擋的是活人，我也不喜歡他們來干擾、喧鬧，我們沒有時空，你們人的障礙，阻擋不住我的飛翔。

在荒原部落裡，我復活了科爾沁草原上蒙古人往昔的輝煌，也找回了我童年的夢想，並且還開創性地創建了一個興旺繁榮的旅遊牧場。

但是，有時我覺得這種繁華熱鬧，是我給予紅塵中的別人，我只是很充實地在幹著一件事，有時很滿足，得到別人的敬仰，和給我爸媽帶來的驕傲，也很幸福。但是我不快樂。我只有走進鐵絲網裡的墓地，在這個打破陰陽界的荒原部落裡，和駒兒講話，我才真正地快樂起來。這種快樂就像草葉上的露珠，在陽光下很短暫地就消失了。

馬叔曾是一大風格的領軍人物，
是山峰的巔峰，
政府說他老了，
是因為他的年齡超過了終點白線。
這只是適合他肉體的規則，
他的精神不老，他的生命離終點還很遙遠。

第四十章

漢族姓氏蒙古名字

靈感村的酋長是馬叔，也就是二十世紀八十年代的大作家馬馳。馬叔已經老了，按照政府的規定他退休了。他主編的那本《馬蘭花》文學刊物，已經被市場用金錢改造成了流行時尚的小女人刊物。八十年代那批作家已經沒人寫小說了。在中國小說史上，二十世紀八十年代，尤其是八十年代初出現的那個作家群落，在藝術成就和才華上都成了那個時代連綿起伏的巔峰。但是在現在這個九十年代，他們卻幾乎不寫小說了。他們這一批人，就像《水滸傳》梁山上的那一百多個好漢，在人間打鬧一番，就鳴金收兵了，讓世人驚奇、讚嘆、匪夷所思，視為奇觀，無限懷念。

馬叔曾是一大風格的領軍人物，是山峰的巔峰，政府說他老了，是因為他的年齡超過了終點白線。這只是適合他肉體的規則，他的精神不老，他的生命離終點還很遙遠。

馬叔不再寫小說了，他已經形成模式的敘述風格，就像他的身體一樣已經不可改變了，讀者看他的小說，就像政府看他的年齡一樣，希望他退休。因為他的文字裡有太多他們那個年代的思想疙瘩，文字讀起來沒有張力，敘述節奏沒有速度感，語句不詼諧幽默，內容有太多教育人的思想。但是，他的隨筆就像他的精神一樣，老辣睿智，幽默詼諧，獨具風騷。在千字文裡，他常常融進長篇小說的豐富博大內涵，用自己一生的感悟功力來進行提煉，就像齊白石晚年的筆墨，幾乎篇篇經典，句句精緻，字字珠璣。

小說家馬馳已經逐漸被讀者淡忘，文化大師馬馳卻受到萬人景仰。

我搞荒原部落，請退休了的馬叔來幫我策劃指點，其實我很謙虛地請他，是因為我聽說他退休了，一定是像其他退休的老人一樣，晚景淒涼。出於一片好心，讓他出來散散心，換換空氣。結果一見面就讓我大驚失色。馬叔是帶著我的馬嬸來的，按規矩應該是我的師娘。但是見了面，我卻啥也叫不出來了。他帶在身邊的那個女人，竟然是二丫。我頭昏腦漲，情緒已經失去控制了。七十多歲的老頭找一個三十多歲的女人，陰陽互補，本來無可厚非。這無論從生命結構上，還是從人類歷史上來說，都是成立的。有條件的老人都可以這麼幹的，尤其是我這樣荒誕的人，應該很容易接受。但是，當年不是傳說二丫是他這個牧場有名的老光棍的女兒嗎？這不是亂套了嗎？亂倫！畜生！我在心裡咒罵。

那天，我跟在北京的馬叔約好了來草原的時間。馬叔說：我要帶你師娘一起去，到時候你把膽放在家裡，可別被我給嚇破了。

寫小說的人的習性我懂，他們就喜歡搞個懸念，意外結局甚麼的，以為很崇高，其實就是職業思維的毛病。

你老馬馳即使娶了一個天仙，還能美過我的駒兒？再不就是別出心裁娶了一個醜八怪。這也嚇不倒我，我在草原上每天都跟動物打交道，再醜的人還能醜過牛羊嗎？我覺得馬叔故弄玄虛，忘記了我是一個見過世面、有過經歷的人。

他來的那一天，出於尊重，也是出於好奇，想儘快揭開謎底，我真是在百忙當中親自開車去車站接他們。

結果下了車，出來的是春心勃發的馬叔和成熟風騷的二丫。我一開始還以為二丫是他們的陪伴，就繼續往他們身後看。馬叔指著二丫說：還看啥，她你不認識嗎？我說：當然認識，這不是二丫嗎？

馬叔很一本正經地說：你們都是成人了，不要叫小名了，她叫譚其木格，是你的師娘。

這個二丫變成了譚其木格，是我的師娘。馬叔幾句話，像晴天霹靂，把我打暈了。當然，我還算個勇敢的人，膽沒嚇破，只是頭暈了。

為了顯得隆重，我們開了兩台車，來了幾個人歡迎。我讓其他人開著另一台車先走了，讓馬叔和二丫上了我的車。

我心裡堵得發慌，想馬上知道這到底是怎麼回事。

馬叔早看出我的疑慮和不快。

他給我講了他和二丫的故事。

他說：你一定還記得當年的傳說，二丫小的時候，牧場的人都說二丫像我，是我的女兒。那時在牧場只有二丫的爸媽和我心裡有數。二丫是她爸媽的，不是我的。但是，我和二丫的爸爸都是管制分子，我們只能沉默，否則只要一辯駁，就將落入紅衛兵的圈套，對我們的鬥爭就要升級。我們要公開不承認，他們就會說我們不老實，對我們進行批鬥；我們如果承認，但是莫須有的事情怎麼能夠承認，即使是確有其事都不能承認，否則因為作風錯誤，還不鬥個死去活來？你不知道，那時很多政治鬥爭都是由作風問題引發的。所以我們倆人只能坐在一起喝酒，讓他們無可奈何。那時，紅衛兵裡也真是有富於想像的人才，硬在二丫的臉上尋找我的痕跡。因為這件事，我回到北京，開始研究心理學和動物學。我發現，人和人之間都有很多相像的地方，不用說一個種族，鼻子、眼睛和臉的輪廓相像，就是不同的種族，你把黑人和白人放在一起，也能找出共同點來。我後來深入研究，發現在猴子的臉上也能和人找到很多共同點。放下人不說，就是在動物和動物之間，馬和狗之間，也能找到很多相似的面孔。

我們沉默，我和二丫的爸爸坐在一起喝酒，為了給紅衛兵錯覺，我們雖然顯得挺快活的，但是我們的內心很苦。因為老譚雖然知道二丫是他的，但是別人一說，他再一對照，心裡也很難受。當時幸虧有你媽媽這個好房東，你媽媽真是個英雄女人，像守護神一樣，連紅衛兵都怕她。

在那個夜晚你和你爸送我離開草原之後，我流浪了很久，才回到北京和郭老聯繫上了，當時郭老已經恢復了工作，就又把我調到了他的身邊工作。後來右派平反，我開始主編《馬蘭花》雜誌。有一天，我接到一組詩，詩寫得很幼稚，文字功力不高，但是寫詩人很有靈性。作者署名叫其木格。我一看是從內蒙古草原來的稿，很重視，再一看地址，竟然是從莫日根牧場寄來的，我就偏愛起來了。

我給其木格回了一封信，談了我的修改意見，並對作者進行了鼓勵和表揚。沒想到作者回信時竟然稱呼我為馬叔。她說她是老譚的女兒二丫，我給她爸爸寄的《馬蘭花》雜誌她每期都看，很喜歡。她說：最近常常有要寫詩的衝動，但是不像巴拉那樣，讀了大學，才華橫溢，寫得那麼好，可是爸爸鼓勵我，把想寫的感覺寫出來給你投稿。

我給二丫發表了幾首詩，然後就開始了漫長的書信往來，但是都是長輩對晚輩的關懷教誨。還別說，關於二丫小時候的那個傳說，雖然很荒唐，但是卻拉近了我和她的距離，很有一種親近感，似乎弄假成真，我有時情不自禁真的把她當成女兒了。但是，二丫對小時候的事情早已忘記，她不像你那麼通靈。慢慢地，她對我由崇拜變成了愛慕。

有一年，剛好我們《馬蘭花》雜誌社和北京大學聯合搞作家班，我給二丫爭取了一個名額，就讓她來北大讀書了。

畢業後，我就把她留在了《馬蘭花》當編輯。每天在一起工作，感情發展的速度就更快了。我當時很清醒地往父女的關係上拉，二丫根本不幹，年輕人的感情力量大，我爭不過，就把自己交給了二丫。但是這件事始終讓我尷尬，我不知怎麼面對老譚夫婦，所以我跟二丫君子協定，不公開。頭兩年，老譚夫婦相繼去世，我感慨人世滄桑和二丫的一片真愛，在同居了幾年之後，去年我們正式結了婚。

馬叔邊講故事邊感動得他們自己熱淚盈眶，我也感動，但是還是有點彆扭。這個二丫當年我也曾虎視眈眈垂涎過，後來我的故事情節就離開她這條線了。為了避免尷尬，我想說點甚麼，但是能說甚麼呢，說他們勇敢衝破了甚麼，但衝破了甚麼？

我發現馬叔這匹老馬，還有馳騁千里的志向，有二丫給他補陰，幹勁絕對沒問題，你看這個老鬼春心蕩漾的樣子。我決定留下馬叔，讓他主持他自己起的那個名字叫「靈感村」的藝術創作中心。靈感村也已經啟動很長一段時間了，集聚了一大批全國有名的藝術家。

馬叔邀請我今天去靈感村參加他們的一個研討會。

我下了馬就看見靈感村的門口，貼了一張紅紙黑字的海報，是今天的研討題目：漢族姓氏蒙古名字，就是我們這片草地的文化底蘊。

這個題目很古怪，很另類，但是卻很貼切。我們這片草地就是這樣，是蒙古族和漢族交界，蒙古族和漢族雜居，蒙古文和漢文同時用，蒙古族人和漢族人可以通婚，蒙古族習慣和漢族習慣混淆不清，蒙古族名字和漢族名字混合串串燒……以前沒仔細想，現在仔細一想，這個詞提煉得太精確了，就是蒙古族和漢族混名用的，幾乎都是漢族姓氏，蒙古名字。我是賀巴拉，二丫是譚其木格，馬姐是包高娃，也可以叫馬高娃，老特格喜場長可能姓李。新場長吳六的大名叫吳舍冷巴雅爾。還有很多……

我問馬叔：研究這個有趣兒的話題挺有意義，但是有啥學術價值嗎？

這個吃嫩草的老馬臉上一副返老還童的景象：太有價值了。科爾沁草原這個地方從清朝就開始蒙古族和滿族通婚，後來山東的漢人大量擁入，又蒙古族和漢族通婚，形成了民族與習俗和文化的雜居現象。這是一個民族混血兒的了不起現象。這裡出了很多文人、書畫家、演員、歌手，都很有分量，尤其是出了很多光彩奪目的美女。

我說：混血兒不就是雜種嗎？

馬叔說：對，這就是我們研究的課題，文學藝術創作如何出新，中華民族如何提高人種品質，這種由人的混血兒雜居產生文化雜種的現象，給我們昭示了一條民族發展的新道路。

我說：這就是咱們的文化？

馬叔：這就是咱們的文化。

這種文化拿出去有市場嗎？

我們把它寫成暢銷書，市場潛力很大，很多學科都能借鑒，這種雜交文化很堅挺，對正在流行的那種拿來的柔軟的邊緣文化是一個極大的反撥和顛覆。

我說：幹吧，馬叔你也應該起一個蒙古名字。

他說：我在這裡趕過馬車，拉過駱駝，就叫馬駱托夫司機吧。

就像當年我和馬姐在她面前談文學，
談西方古典文學，
談中國現代文學，
二丫像傻子一樣聽不懂。
現在還是文學，乾坤調轉，
我們聽不懂了。
時光真會開玩笑，
但是一點都不幽默。

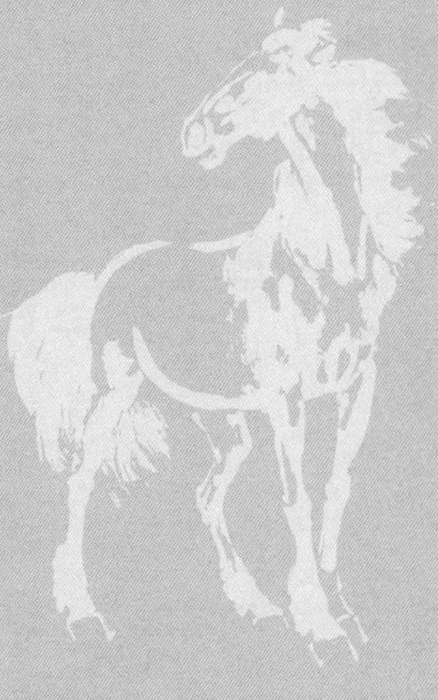

第四十一章

我是王爺

我作為荒原部落的大酋長，成了社會名流，可能由於稅務上的貢獻，竟然當上了盟政協副主席。我第一次參加政協會議時，主持會議的政協第一副主席是包瀚卿包大爺。我和包大爺同坐主席台，包大爺說跟我是喜相逢。我問他何喜之有，他說是十五大的春風。

我是一個大散仙，對政治風向不敏感，坐在這個莊嚴的位置上，面對著一個個神聖的面孔和嚴肅的話題，我覺得我自己有點滑稽可笑。我就搞了荒原部落那麼一個好玩兒的地方，就這麼受重視，我有點受寵若驚。而且我這個政協副主席有點沽名釣譽，也就是說帽子太大了，這麼大的官兒，我不敢當。

我知道我自己當初是努力過的。我努力經營，努力繳稅，努力捐款，然後我就經歷了幾次填表，很久之後接到通知就來報到了，來了組織上就莊嚴地告訴我，選上了，而且是政協副主席。我一聽嚇壞了，怎麼弄了個這麼大的官兒當？有點當初在海南許小姐給我投資一億元的感覺。這個名、權、利為甚麼總是要超出我的承受能力出現在我的生命中？當初有人提醒我，有了錢，繳了稅，也做了慈善的事情，就跟組織靠近一些。我說我不是黨員。他們說你做的都是黨喜歡的，對黨有益的，去爭取個政協委員吧，受黨保護，有一些腐敗人物就不敢來敲詐和收拾你了。

來開會的時候，我想我應該是一個委員，連常委都沒敢去想，結果竟然是副主席。我表面上當然歡喜，感激組織上的提拔、信任、器重。但我心裡虛，我不知道怎麼來扮演這個角色。

開完會，我陪包大爺到了我住的科爾沁賓館，包大爺說：你還問我何喜之有？這政協副主席，在從前就是王爺。一會兒電視台的台長要親自採訪你，你可要擺擺副主席的譜兒。

包大爺一說王爺，我才找到了感覺，其實我這個大酋長，是自封的，充滿了民間色彩。但是我的作風是當作王爺來做的，現在不這麼稱呼了，我不敢誇張。這回當上了政協副主席，我就是名副其實的王爺了，真抖威風呵！我操，你看我又說出了髒話，這個政協副主席還真難當好。

但是我還是謙虛地說：採訪就算了，我一個開牧場的，怎麼能讓台長來採訪，別搞太風光了。

怎麼，王爺，官做大了，錢也多了，反倒怕起風光來了？馬姐含笑春風地走了進來。

我很親近地擁抱了一下馬姐。我懷疑自己的眼裡有淚花兒。馬姐好像也很動感情，用手情不自禁地摸了一下我的頭髮。

我對包副主席說：包大爺，馬姐回來了，我請你們一起吃飯吧，別接受甚麼鬼電視台的甚麼鬼台長的採訪了。咱們今天是全家團圓。

我的一句全家團圓，感動了馬姐，感動了包大爺，也感動了我自己。我在感覺上始終把馬姐當成親人，當成一家人。

馬姐說：弟弟，我就是那個鬼電視台的鬼台長，你今天又要接受採訪，又要請吃飯。

原來馬姐已經回到盟裡當了電視台台長。我是馬姐鍋裡煮的羊肉，她愛咋吃就咋吃吧。誰讓我這兩年回來就搞荒原部落，既不出部落，也不和外面聯繫，好像已經不知道桃花源外是哪朝哪代了。

包大爺說：你讓你的司機，回到你的荒原部落裡去，把我的那個老夥計接來吧，他來了才叫真正大團圓。

我明知故問：你的老夥計是誰呀？

馬姐：是我爸。

我說：你爸不在這裡？

馬姐說：好弟弟你不要氣我了，快去叫司機接我馬馳老爸來，我想死他了。

我說：還有你的小媽二丫也一起來吧。

司機開著三菱吉普走了，我們三個人尷尬地互相看著。

尷尬是由我引起的，我說小媽二丫時語氣仍然酸酸的。我這種情緒，被常常說比我自己還了解我的馬姐給捕捉到了，她說：你怎麼這麼嫉妒？是不是當年真的和二丫有點啥情況？

我和二丫當年都是馬姐的學生，她當然也了解二丫，一個很漂亮的、長得有點南方色彩的聰明女生。世道真是混蛋呀，馬姐的學生成了她的小媽。

我逃不過，就坦白交代了。但是這件事兒，當年就是有一些傳說，我們之間也是處於一種朦朧狀態，可是我在心裡就是放不下，甚至耿耿於懷。我耿耿於懷甚麼呢？是民間常說的盆也想佔，鍋也想佔，屬於不屬於自己的都想佔？我看也不是，但是說不清楚，道不明白。反正就是有一種心裡不太舒服的感覺。

造成了尷尬的局面，我本來想掩飾，向包大爺和馬姐讚美一番馬叔和二丫的偉大愛情，也順便先洩露一下他們之間的底細。我想，當年二丫和馬叔這個事件肯定馬姐和包大爺也知道。

馬姐卻抄小路提前揭了我的底，我也就隨便跟他們聊了起來，他們父女顯得比我還開通。

包大爺說：這個二丫我早就聽說了，我今天真要開開眼界，見識一下這個二丫到底甚麼樣。

他說：這個二丫雖然不是老馬的女兒，但是他和二丫她媽確實是有感情。我記得那時我還在歌舞團裡，他下放到了你們牧場。他給我來了一封信，訴說他的苦惱。在和他一同住在房東家南北炕的——房東家就是你們家了，有一對也是南方下放來的夫妻，是他的老鄉。那個媳婦三十多歲，沒有啥文化，人長得高挑白淨，氣質很好，也很有女人的味道，尤其是說起家鄉話來，讓他夢繞魂牽。當時那個女人懷孕了，他們每天在一個屋裡生活，日久生情。尤其是那個家裡的男人，每晚和她在南炕上發出的聲音，讓他徹夜難眠。但是當時那個環境，那個年代，他們不敢輕舉妄動。於是就艱難忍受著。後來那個孩子出生了，他本來想，慢慢等待，機會總會有的。沒想到老天故意懲罰他們，那個孩子出生了，竟然長得像他。他為了避免嫌疑，就躲避掩飾，但是愈是這樣就愈好像有鬼一樣，整個牧場都知道了那個孩子像他。

他心裡明白，雖然他和她之間沒有發生任何事，甚至連手都沒碰過，但是他們的心裡都有對方，因為他們每天用眼睛對話，時間久了，他在她的心目中就形成了印象，這個印象卻烙在了她肚子裡的孩子臉上。他心裡坦蕩沒用，迴避掩飾更沒用。他就找老譚喝酒，他想把事情說明白。

老譚是個高人，他的城府深不見底，舉起酒杯，攔住他的話說：啥也別說，他自己家的事情他心裡明白，咱們不要描了，愈描愈黑，別給咱們自己增加額外的麻煩了。咱們堅持著平平安安把這個年代度過去。咱們倆兄弟就是兄弟，每天喝酒就是喝酒。

他一個詞都不講他要講的事，用喝酒兩個字，就把問題全解決了。後來他們真的就把那個事情給喝平息了，但是他的心還是不平靜，度日如年。他已經有了一種罪惡感，他在這裡留不下去了，他要離開這裡。

包大爺講的馬叔這個故事，我和馬姐都沒聽過。我們倆聽得心裡都很亂。但是後來的故事我知道，是我爸和我趕著馬車送馬叔走的，因為那天紅衛兵要沒收馬叔的書稿。

包大爺說：這個二丫今年多大年齡。

馬姐說：和巴拉一樣大，都是我的學生。

包大爺說：可能當年二丫她媽就是這個年齡，他們在一起發生了這個事就很自然了。這也算了了老馬一段情緣。

我說：這還真提醒了我，二丫長得不但像馬叔，還很像她媽。

馬姐說：那我老爸，不會把二丫當成她媽來愛吧。

我們三個人都不約而同地互看了一眼，誰也沒說，但是卻心照不宣。

外面的三菱吉普猛烈鳴叫，像狗的狂吠。

馬叔領著二丫到了，我們迎出了門外。

外面陽光普照，空氣裡充滿了快樂。

我們真是一個大團圓。馬叔和包大爺像外國人一樣，握手擁抱。看得出這老哥兒倆的情義很深。我們年輕的一代，很難有他們那種深厚的交情了，交往得那麼久，經歷了那麼多的人生歷練。

包大爺在我和馬姐面前顯得很德高望重，一本正經。他和馬叔見面，竟像兩個失態的孩子，一會兒怒罵，一會兒就哭了起來，一會兒又笑了起來。

我和馬姐成了配角，就把注意力集中到二丫的身上。二丫把頭盤得像宋慶齡一樣，她可能以為馬叔就是孫中山。從二丫的角度看馬叔，馬叔可能就那麼崇高偉大。

二丫跟我們談文學。她可能還把我們當作當年寫詩寫小說的兩個文學青年來看呢。看得出文學是二丫的神聖廟宇，馬叔就是大活佛。二丫如數家珍般地和我們談西方的文藝思潮，一大串帶後字的主義流派甚麼的，還有一些古怪的作家名字和代表作，還有國內的一批一批像野韭菜似的瘋長起來的作家詩人，都是一些小孩的名字，還有一些另類的小女孩，聽著這些幼稚的名字，讓人感到文學愈來愈不文學了。

二丫見我和馬姐對她談的東西顯得弱智癡呆，很驚詫，我們怎麼不懂這些了？就像當年我和馬姐在她面前談文學，談西方古典文學，談中國現代文學，二丫像傻子一樣聽不懂。現在還是文學，乾坤調轉，我們聽不懂了。時光真會開玩笑，但是一點都不幽默。

我們兩撥人的話題，像走在兩條路上失散的羊群一樣，又匯合了。

我說：馬叔你怎麼會成為馬姐的老爸，我現在都糊塗了。

馬叔語重心長地給我們講了起來。

我和老包是很早的朋友了。那時我在北京郭老郭沫若的身邊工作，老包是內蒙古咱們這個科爾沁草原盟裡的文化科長。他寫了劇本《阿蓋公主》，寄給郭老時是我收到的。他說要和郭老切磋，我看了劇本，寫得非常美，我很喜歡，就把劇本交給了郭老。雖然後來他和郭老之間審美的傾向和歷史觀不一樣，出現了郭、包之爭。但這是正常的藝術探討，不但沒影響我們的關係，我們還成了好朋友，屬於莫逆至交。

反右派那年，組織上讓我選一個地方下放到農村去。我當時年輕氣盛，想找個創作的地方。老包讓我來科爾沁草原，我就來和老友匯合了。到了這裡，老包沒讓我下到草原，而是留在了他們團裡做編劇。我們像一家人一樣生活，每天探討文學創作，也很逍遙自在。但是上面有壓力，不讓我留在城裡，要下到底。沒過多久，老包自己也不保了，我就下到了牧場。後來「文革」開始，我聽說老包一家很淒慘，就跑進城裡去看他們。結果聽說嫂子已經上吊去世了，老包下落不明。我見到了高娃，這孩子頭髮散亂，穿著髒破的衣服，學校也不能去上課了，我就把她領回了牧場。但是老包的名氣太大了，打了紅衛兵。我怕牧場中學知道她是老包的女兒歧視她，就給她改了名字叫馬蘭花。這是我當時正在寫的一篇小說的名字，剛好我也姓馬，別人就順理成章地以為她是我的女兒。

高娃非常聰明，學習成績也好，在學校讀完了高中，就留在學校教書。很巧她後來當了巴拉和二丫的老師。咱們真是一群有緣人呵。

二丫已經抱著馬姐哭成了兩個呆呆的淚人，過去的苦難讓她們傷心不已。我們都變成了靜止的蠟像。但我心裡就是充滿了一種莫名其妙的惆悵。

馬叔講完了，卻很舒暢地出了一口氣，就像寫完了一篇精彩的小說，發洩得淋漓盡致。

我說：馬叔，其實你當年來科爾沁草原，今天回想起來，你的人生收穫很大呀。

馬叔說：是呀，我常常回想，計算人生的得失，我在草原上可以說有三大收穫——我的小說，我的女兒，我的二丫。夫復何求？人生足矣。我感謝我的生活經歷給予我的生命體驗和收穫。

喝醉酒的人，
如果接著喝就會把自己喝醒了，
把一個已經糊裡糊塗的人喝得明明白白。

| 第四十二章 |

宿命河流

我們在科爾沁賓館紅馬餐廳的成吉思汗房裡，正在熱淚盈眶地回想當年，外面怒罵撕打的聲音傳了進來，讓我們感到很掃興。在內蒙古地區喝酒就是這樣，一開始頭半場無論多麼興高采烈，也還理性斯文，到了後半場，全都沒了人樣，哭的，喊的，打的，罵的，鬧的，各種節目都開始表演了。好像只有這樣，才能讓那些喝酒的當事人，永久地記住那個難忘的場面。第二天，或者以後的歲月裡，可以刻骨銘心地或者津津樂道地回憶，回憶的人充滿了幸福快樂，他們有本事把不快樂全部忘掉，讓沒參加的人，感到很遺憾，其實如果當時在場，稍微清醒的人，都想要馬上逃掉。

外面的酒瘋好像從房間裡要到了大廳裡，我是一個充滿好奇心的人，我問服務員：是誰喝多了？服務員說：是忽必烈包房的客人。

我對司機說：胡其圖你去看看，忽必烈包房是哪個老爺，這麼晚了還在這裡胡鬧。

過了一會兒，司機胡其圖和服務員回來了，都怒氣沖沖地罵那個傢伙不像話，請一大幫人吃飯，喝多了酒，他請來的那些人把他打了一頓，大家走了，他感到窩囊，就往包房裡撒尿。

武警出身的胡其圖說：我真想教訓一頓這個傢伙。

包大爺和馬叔他們，都是經歷過各種教訓的飽經滄桑的人，他們不想叫胡其圖惹事，就都說：一個喝醉了酒的人，不要和他一般見識。

在我們草原上就是這麼寬宏大量，一個人喝醉了酒，似乎犯了啥錯都可以被原諒和饒恕。我倒被胡其圖的話激出了興趣，請人吃飯，喝完酒，人家還打他，然後他感到窩囊就往包裡撒尿，這真是有趣兒，我現在已經是這個地方的政協副主席了，反正還不知道權力怎麼使用呢，乾脆今天就管管閒事，小試一下牛刀。

胡其圖領著我來到了忽必烈包房，服務員和經理在外面敲門，門在裡面鎖上了，醉酒的人在裡面就是不開門。胡其圖上前敲門說：快開門，有領導來了。門一下就開了，一張醉醺醺的臉，露出很無恥的醉鬼笑容：誰他媽是領導？

胡其圖指著我說：這就是領導，盟政協副主席，你不認識他嗎？

我說：老兄，我他媽是領導，你在裡面幹啥？

醉鬼上前抓住我的手就哭了起來：我看你真他媽像領導，你告訴我，我請他們喝酒，喝醉了他們還打我，你說這講不講理，你管不管這事？你這個他媽的狗屁領導。

我扳過那張醉醺醺的淚流滿面的紅臉，感到非常驚喜：道爾基，是你嗎？那雙流淚的眼，馬上睜得像牛眼睛一樣大，看著我：你認識我，你是大學生巴拉？

我說：就是我，道爾基，我已經不是大學生了，咱們二十年沒見了，今天見面你可不太光彩。

道爾基馬上醒了酒，拉我進了包房裡，招呼服務員，馬上熱菜上酒。

我說：行了，不在這裡喝了，去我那成吉思汗包房，這裡好像有一股馬尿味兒，很臊。

道爾基很不好意思：真對不起，我喝多了。

我們剛走出門口，保安來了，攔住我們：是誰往包房裡撒尿了？

我看這事解釋起來很麻煩，也很丟我的朋友道爾基的臉，我攔住正要上前認錯的道爾基，指著司機胡其圖說：是他，讓他留下跟你們處理。

胡其圖心領神會地帶著保安進了忽必烈房，道爾基說：這不好吧，是我幹的，怎麼能讓那個朋友來頂？

我說：他是我的司機胡其圖，武警出身，對付保安和公安，你我都不是對手，讓他去處理吧。

我領著道爾基來到了我們的成吉思汗包房，我剛要給大家介紹，馬叔站起來說：不用介紹了，這不是道老闆嗎？

道爾基馬上伸出手去：哎喲，馬作家，在這裡見到您了，咱爺倆真是有緣。

我說：你們認識？

馬叔：豈止認識，老熟人了，這錫林郭勒神馬涮肉火鍋城的道老闆，在京城很有名聲，誰敢不認識？

道爾基面紅耳赤：馬作家可別恥笑我了，神馬已經停業了。

我把包大爺、馬姐都介紹給道爾基，道爾基端起一杯酒來，說：各位都是我敬重的長輩、文化名人，我是個粗人，我現在已經醒酒了，在我喝酒之前，我先給大家賠罪，如果一會兒喝起酒來，我再喝多了有得罪的地方，先請求你們大人大量，原諒我一個文盲的無知和粗魯，我先罰自己三杯，然後敬大家。

道爾基精彩的開場白一過，我覺得這個傢伙在北京開飯店，已經煉出火候來了，彎著腰把大家的路都堵上。他仰了三次脖子，乾了三杯。沒有到過我們草原的外地讀者大可不必為他擔心，你們會想，已經喝醉的人，再喝會不會更糟糕，甚至會出事。我告訴你們，請放心好了，絕對不會，喝醉酒的人，如果接著喝就會把自己喝醒了，把一個已經糊裡糊塗的人喝得明明白白。在其他地方我不知道有沒有這種現象，在我們草原，這種事情從遠古就已司空見慣，習以為常。我知道，這種現象在科學上解釋不通，但人有時活著，是活得不符合科學道理的。

等道爾基敬完了一圈酒，我說：道爾基，你的飯店不開了，現在做啥？

道爾基：又做回貿易了。

我說：甚麼貿易，又是販馬？

道爾基：你看你這大老闆，淨用瞧不起人的眼光看人，我就不興進步？蒙古人都在進步，我也不能拉民族的後腿呀。

我說：你在北京怎麼學得這麼貧嘴呀，你現在到底在搞甚麼貿易？

道爾基：販羊絨。

我真心地嘲笑他了：還是個販子，還說進步了，只不過是由一個馬販子變成了一個羊絨販子。

道爾基：你看又瞧不起人了吧，這羊絨販子和馬販子可是截然不同的販子。

我說：有甚麼不同，不都是販子嗎？

道爾基很狡猾地說：你聽我給你講完，你就知道有啥不同了。在我們錫林郭勒草原，小的時候我們幾乎很少吃到蔬菜和水果。有時會有精明人從漢族地區的遼寧拉來一車水果，我們像當時的全國人民一樣沒有錢，我們就用羊去換，那時的交換條件是一頭羊換一筐水果。長大了我跟朋友講起這件事，北京的朋友就說我們落後愚昧。但是我們當時覺得很划算，吃掉一筐水果比吃掉一頭羊還快樂。

後來，可能是一九八一年，那一年我終生難忘，又用易貨貿易的形式，我們全村一次性全部看上了電視。雖然是黑白電視，但是我們也和世界接軌了。那時的交換條件是一頭牛換一台電視機。關於牛多少錢，電視多少錢，我們都沒有概念，但是全村人都積極回應，每家都興高采烈地牽出一頭牛，搬回一台電視機。後來我離開家鄉跟漢族人販馬，我才知道，這十四英寸的黑白電視機五百元左右一台，而一頭牛的價格是一千多元，當時我們的一隻羊可以買十筐蘋果。我詛咒自己的懶惰和愚昧，走出草原兩百里，就可以用一頭牛換回來兩台電視機，我們也憎恨漢族商人的狡猾奸詐。

成了商人、喝多了酒的道爾基跟我說，他其實現在就是一個羊絨販子。每次南方商人來收購羊絨的時候，他都先壟斷草原上牧民手裡剪下的羊絨，然後摻進粗糙的羊毛和沙土，再轉手賣給南方商人，這種叫軟白金的羊絨幾乎和白金等價，道爾基從中謀取暴利。

道爾基揚眉吐氣地說：老弟，現在不比從前的愚昧落後了，我也成了一個狡猾奸詐的商人，咱們草地上的蒙古人這回也進步了。

這就是蒙古人的進步？我看是因果報應。我看大家對道爾基的經商之道已經很反感了，為了避免尷尬，我想換一個話題。

我說：進步的道爾基，你們剛才在忽必烈房裡是怎麼回事呀？

道爾基說：那些人都是替我收購羊絨的，他媽的，現在咱這蒙古人比漢族商人都刁了，我辛辛苦苦押著羊絨車去了南方，又買回來海鮮給他們吃，喝醉了酒一起動手打我。

我說：他們也沒瘋，不會無緣無故就打你吧？

道爾基說：不瞞你說，他們要我結算羊絨錢，現在做生意，哪有一手交錢，一手交貨的？我能幫他們把羊絨賣出去，他們就該燒高香了，他們竟敢打我，我讓他們錢貨兩空。

馬姐說：你就是那個馬神公司的老闆吧？

道爾基喜形於色：馬台長，你也知道我？

馬姐說：不僅僅我知道，現在公檢法都知道你了，你是我弟弟的朋友，我就奉勸你，趕快收手離開這裡，你不是幫助他們賣羊絨，你是害他們，你往羊絨裡摻沙土和羊毛的事，南方的客戶已經投訴到國家消費者協會去了，我們電視台馬上就要拍片曝光。

我覺得再不能往下進行了，再進行非把道爾基整進監獄裡去不可，本來剛才我就是想攔住，岔開話題，結果又都兜回來了。我想道爾基生意上肯定是一堆亂事，三言兩語講不清，還是先迴避為好，別掃了大家的酒興。

我說：馬姐，今天咱們先不說這些，朋友聚會，求個歡樂。道爾基，我們那個老同學斯琴還好吧？

道爾基氣急敗壞地說：不好，一點都不好。

我說：怎麼不好，出了甚麼事了？不是聽說她成了紅歌星了嗎？

道爾基：我們早就分開了，紅歌星與我無關。

我說：離婚了？

道爾基：離甚麼婚，我們根本就沒結婚。

我說：你們不是有了孩子了嗎？

道爾基：別提那個孩子，一提那個孩子我就煩，殺人的心都有！都是那小崽子惹的禍。

道爾基痛苦地講了他和斯琴的故事，那離奇的故事情節，讓我這個寫故事的人都感到驚嘆、曲折。

原來，當年道爾基帶著被學校開除的斯琴和孩子，到了北京，開了一間錫林郭勒涮羊肉火鍋城。生意很快紅火了起來，小店變成了大飯店。道爾基說：有了錢，斯琴不想跟我守在飯店裡，她想當歌手出去唱歌。我想人家一個大學生，為了我讓學校給開除了，受了很大的委屈，人家是有理想的人，我也該給她補償一下，我就同意了，出錢給她灌唱片，拍MTV。斯琴不在家，我一個人帶著孩子在家，有時很煩，那孩子不聽我的話，也不跟我親。有的時候我就看這孩子，不像我，也不像斯琴，瞅那個小臉，很熟悉的一張面孔，反正這孩子愈往大長，我就愈覺得不對勁兒。

斯琴在外面唱歌的事情，從不回來跟我說。有一天，我在她帶回來的一張專輯上看到幾乎所有的作詞者都是一個人，叫張無有。我當時心裡很緊張，我說：這個張無有是甚麼人？是不是當年你那個男朋友張有。斯琴承認了，這個張無有就是張有。我當時心如刀絞一樣，但是啥也沒說，就讓斯琴第二天一定要帶張無有來飯店，我請他吃飯，向他表示感謝。

第二天，斯琴真帶張有來了。我一見到張有，差一點沒昏過去，我兒子那張我很熟悉的小臉，就像從張有的臉上複製下來的，一模一樣呵。

斯琴覺得一切都瞞不住了，就和我實話實說了。原來，她跟我讓你們抓到的那次做愛，是他們的陰謀，她當時已經懷了張有的孩子。當時他們怕兩個人都被學校開除，就嫁禍於我，保住了張有。那天你又打他，又打我，其實他們就是把你當成了一個證明人。

斯琴講完求我，說對不起我，要我放她和孩子跟張有走，沒有張有，她就沒有今天的成就。

我已經氣昏了頭，聲嘶力竭地怒吼：沒有我的錢，也沒有你的今天。

我只能放他們走了，不想讓那個小崽子在我的面前晃來晃去地刺激我。

斯琴走了，我每天喝酒、醉酒，很快就把飯店經營黃了。

道爾基停下了，似乎說不下去了，我看到他那個破碎的耳朵上，鮮豔的傷疤很痛苦地跳動了幾下。

我發現道爾基感情的不幸，換來了大家的同情，也沖淡了對他商業上不道德的看法。

馬姐說：原來這個張無有，就是你班上的那個同學，他現在是很大牌的音樂人，已經成腕兒了，聽說他當年在北京當流浪文化人過得很苦。

道爾基說：他苦甚麼，我才是真苦，斯琴從來就沒有和他斷過聯繫，他有愛情，還有，我辛辛苦苦開飯店賺來的錢，還要拿給他們去玩音樂。

我說：張有，這個無中生有，當年在我的宿舍給你寫萬元戶詩的時候，我就看出他的才華來了。那時流行朦朧詩，他雖然寫不出馬姐和我們那種意境水準的詩來，但是他給你寫得那麼通俗直白，我看著就像流行歌曲的歌詞，他的風格就對這個路子。道爾基，你能成全他們兩個，確實是個男人，一個頂天立地的大男人，我佩服你，來我敬你一杯。

道爾基，你不能再喝酒了。我和道爾基剛端起酒杯，門就打開了，衝進來一個聲音，強烈地阻止我們喝酒。

進來袒護道爾基的這個女人，讓我無論如何都想不到，竟然是邵小滿。

邵小滿走到道爾基的身邊，搶下道爾基的酒杯，說：老公，你別喝了，我替你喝。來，老同學十幾年沒見了，大老闆我敬你一杯。

邵小滿走到我身邊，跟我碰杯，一仰脖一大杯酒就乾進去了，乾淨俐落。

不用介紹了，這個道爾基現在肯定是已經和邵小滿走到一起了，不管是結婚、同居，還是甚麼方式，現在的人誰還顧及那麼多形式。

這杯酒下肚，我有一點口乾舌燥，肚子裡酸酸的。道爾基和邵小滿這兩個人，從形象，到文化層次，我怎麼都把他們捏不到一起，愈想愈不合適、不般配。如果我不認識他們兩個，讓我編故事，我從前生再帶來一倍的才華，恐怕也把他們兩個點不到一個鴛鴦譜裡去，但是生活就是這樣，男人和女人的事情，就是兩個當事人自己的事情，其實真正起作用的就是男人和女人的性本能，別人給加多少倫理的色彩，披多少道德的外衣，都是一廂情願的事情，徒勞無功。

面對著他們兩個，我不想再談論他們的事情，我找藉口對小滿說：小滿，我老師的身體還好吧？

小滿說：老頭子真幸運，還勞你這個大老闆惦記，他很好。

這個小滿一點女人味都沒有，說話又尖刻，我不想跟她計較，我現在是政協副主席，是王爺，我應該有修養、有風度才行，我有點尷尬，但是還是強作歡顏：老師現在每天幹點啥？

小滿：練書法，你沒看滿城都掛著老頭子的字？

我又小心翼翼地問：師娘好吧？我要找個時間去看看他們二老。

小滿：我媽很好，老太太終於如願了，和老頭子相守到白頭，你要去看他們，他們一定很高興，那個陋室裡肯定馬上蓬蓽生輝。

我心裡恨恨地想，你父母差一點沒讓你這個狠心的小妖女給拆散了。

小滿反過來問我：問完沒有？

我說：問完了。

小滿：沒有吧，你還沒問那米的情況呢。

我說：你不說我都忘了，那米怎麼樣？

小滿：你真虛偽，那米現在可是國際名人了。她現在定居在美國，寫了一本暢銷書叫《中國寶貝》，據說都獲得諾貝爾文學獎提名了，那米永遠是那米，無人可以取代。

我說：那真是好事，幸虧她沒和老師在一起，否則哪有這國際名望呀。

小滿：我家老頭子沒這個命，那米在美國嫁的也是一個老頭子，比我家老頭子還老，那米就是嫁老頭子的命。不說了，來我敬你老同學三杯酒。

夜深了，大家都要回去休息了。道爾基拉著我的手，戀戀不捨的樣子。

我拍著他的肩，很同情地說：道爾基，你一個馬販子，又沒有文化，幹嗎總往女文化人的堆裡鑽？

那些女文化人我們都吃不消，你能扛得住嗎？難道你也注定是找女文化人的命？

道爾基説：我們在一起不談文化，只做愛，她喜歡我的錢和身體，小滿這個女人很騷，也很貪財。

草原的午夜，星河燦爛。我睡不著覺，一個人在草地裡閒走。我在想道爾基和他的女人們，馬叔、邵教授和他們的女人們，以及我和我的女人們。這男人和女人到底是怎麼回事？

沒有答案，眼前出現了一片迷茫的煙霧，是一條宿命的河流。

一個女學生紅衣長髮，
騎著單車從我們身邊飛快地衝了過去。
女孩，
你是一匹馬，我大聲地喊叫。

第四十三章

紅衣長髮

我已經一個月不出門見人，也沒去管理我的荒原部落。我關起門來在寫劇本。這是我答應駒兒的，我要把我和駒兒的神奇愛情，拍成電影《紅馬的童話》。我要讓駒兒在電影裡再活過來。電影劇本的結構和故事，我幾乎是續著我的小說《想像的天空有一匹馬》來寫的，而整體的情緒是從我的詩裡採擷來進行渲染的。

每天早晨，我早早就起床，先到駒兒的墓前，坐下和她卿卿我我地講話。我把我前一天寫的內容都講給她聽。駒兒反對我把我們之間親密的細節寫得太多、太詳細、太具體、太動作化。我說這是事實，只有這種細節才感人，把人的心抓得慌亂。她說：是事實也不能寫，這是咱倆的隱私，不能公開，這樣公開，人家有關部門可能不讓你拍，別到時候當成流氓電影像三級片似的，把你給抓起來。你別去把人的心抓得慌亂，只要能感動出人的眼淚就行了。我沒想到駒兒躺在墳墓裡，竟然把國家的政策法規吃得這麼通透。她變得這麼成熟了，難道說她在那裡還在成長嗎？看來，墓碑上我給她寫的那句話——一個美麗的靈魂，在這裡永遠年輕——要修改了。應該改成：一個美麗的靈魂，在這裡認真學習。躺在大地母親的懷抱裡真是長智慧呀。

和駒兒聊完，我就進屋裡去寫作。下午寫累了我還出來和她聊。像唱雙簧一樣，借著我的手好像是她在寫故事。

兩個月後，我寫完了劇本。我開始到處放飛消息，說我要投資拍電影，我已經有了劇本，我要招聘演員和導演。一下子，我就像一塊腐爛的臭肉，身上落滿了蒼蠅。駒兒說我的比喻噁心，但是我卻覺得很恰當。如果說那些飛來的導演和演員一定是蒼蠅，那我一定就是一塊腐爛的臭肉。我不能用太好的肉來抬舉那些傢伙，我寧可糟踐自己。

一開始，有導演和演員來，我還是很客氣的。我對他們很恭敬，車接車送，報銷費用，開高檔的套房給他們住，不管是不是夫妻，想住一起我都儘量給安排。我想，這是一群了不起的老師，我儘量按照在電影和電視裡看到的鏡頭，讓他們享受待遇。我叫他們老師，把我寫的劇本恭恭敬敬地呈上，請他們批閱。

但是很快，這幫傢伙在我的心裡就開始變質。他們以為我是傻瓜，隨意批評我的劇本，批評的水準極其幼稚、小兒科。然後向我獅子大開口，讓我這也出錢，那也出錢。好像他們是我的老闆，我的錢就是他們的錢，他們以為他們是紅軍而我是土豪，他們打土豪分田地來了。

他們不知道他們自己已經成了傻瓜。我有錢請你來玩，是因為我有錢，我跟你玩得起，你讓我開心。現在好多所謂的文化人或者自稱智者的人，他以為從有錢人手裡，弄了一點小錢，佔點小便宜，就覺得自己了不起了，憑著智慧能賺錢了，別人是傻瓜，他把別人耍了。其實你回去自己想一想，到底誰是傻瓜，到底誰耍了誰？你是不是給人當了道具，充當了一回高級僕役？你佔的那個小便宜，是他施捨給你的，那錢比他養寵物小狗，和在夜總會裡給小姐的錢少多了。當然，相同的是你們拿的是他相同的一筆預算，一筆尋開心的閒錢罷了。

我以前還真不知道，影視界這個行業有那麼多導演和演員。一點不誇張，真的就像一群蒼蠅。而且組合相當絕妙，不是女導演帶男演員來，就是女演員帶男導演來。來了就住在一起，一點機會都不給我留。這我也能忍受，人家認識得比我早，是屬於同流合污的。但是他們竟然很輕率地就要改我的劇本，動我的人物，不管他們自吹自擂描繪得多麼美妙，只要一談劇本，就落入到我的優勢裡來了，我的文學修養他們無人能敵。這些傻瓜可能是拍武打片把腦袋都摔壞了，我的水準像高山一樣，他們竟然當成了丘陵。

我像揮舞著農藥噴壺一樣，趕走了所有蒼蠅，連他們給我帶來的不愉快，也像陰影一樣被埋葬了。

我帶著劇本去了廣州。

我到廣州要拜訪一個叫鄧建國的高人。在影壇這個大江湖上，鄧建國以卓爾不群的怪異招數稱雄天下，他是南國巨星影業的掌門人，號稱影視大鱷。

在番禺南村的點點山莊裡，我這個北國內蒙古草原荒原部落的大酋長，和鄧掌門見了面。

鄧掌門比我年長，按禮儀我應該叫他大哥。但是他長得很精緻，說起話來像一個靦腆清秀的女孩，我總是很衝動地想叫他一聲姐。尤其是他一襲素淨的白衣和一頭溫順的黃髮，讓很多人對他做出了錯誤的判斷。這是個深藏不露的人，但是仔細傾聽，你就會聽見他的骨骼在體內哢哢作響，內功深厚。

他只聽我講故事，不看我的劇本。我也不拿劇本給他看，只給他講故事。

故事講完了，鄧建國說：這個故事好，我投資拍，還是你也投資？

我說：我也投資，我還要參加拍。

鄧建國說：我從不參加拍，有了劇本，找到了導演和演員就不管了。

我說：這是我的心血，我要參與進去，從頭跟到底。

鄧建國說：那你自己幹吧，咱倆的角色是一樣的。但是要把主演和導演分開請。

別以為鄧建國這句話輕描淡寫，這是影壇秘笈。如果在一部片子裡是由導演和主演很鐵的關係組成的劇組，也就是說主演是導演請來的，那麼他們演的劇外劇很可能就是吃掉或者賣掉老闆。

晚上，鄧建國開車帶我去電視台一個模特選美大賽上選演員。遠遠地，我就見一個黑影向我飄來，然後就聞到了一股清新的竹林味道。是我的竹竿大哥鄭老闆。原來鄭老闆也早就撤出了海南。今天這場星光燦爛模特大賽就是他投資搞的。

鄭老闆搞模特大賽，真是發揮了強項。高人和高人在一起，繁榮了我國的高人事業。

鄧建國見我和鄭老闆比他還熟，就目光大放異彩，貪婪而又警覺地盯上了T字舞台，那些邁著貓步的「貓」們來了。鄧建國確實就像老鼠怕貓一樣，怕這些美麗的「貓」，她們為了上鏡頭確實像貓一樣地來捉鄧建國。鄧建國受不了她們，但是又喜歡挑逗她們。

我和鄭老闆講起了往事。我邊講，邊看著台上，每看到心動一下，駒兒就在我的耳邊說：不行，不像我。結束了，也沒找到一個有感覺的。

鄧建國問鄭老闆：他原來海南的老婆啥樣，這裡沒有像的嗎？

鄭老闆說：沒有，像駒兒的在這個圈子裡很難找，這裡的女孩都太俗氣，沒有駒兒那種不食人間煙火、超凡脫俗的純美和人性的透明，即使有的相貌像了，精神境界也都相差很遠。

鄧建國說：這樣的人，你們到偏遠的農村去找吧，我沒見過。

鄭老闆又開始熱心地幫我的忙。我們就在女兵、女大學生、女白領、女護士、女服務員的群體中尋找。現在真是有一個好的流行時尚，無論是哪個行業的，你一說是招女演員，她們就積極主動地配合。無論你採取甚麼方式，讓她們感到受了一點屈辱或尷尬，她們都不在乎，她們只在乎幸運之星能否落在她們的頭上。

但是我無法照顧她們，駒兒不同意。

這些女孩，大都很漂亮。有一個女服務員的身材簡直是魔鬼身材，豐碩肥大的乳房和臀部，配上細細的腰身和修長的脖子，把鄭老闆這個色鬼竹竿搞得狼狽不堪。他說自己：我都五十歲的人了，五十歲的男人要甚麼？不要臉，面孔長啥樣不重要，就要這樣的身體，就要大屁股。這樣的女人不是拿到影視上去表演的，是拿到床上表演的。上天真是偏愛人類，竟然造出這樣的精品尤物來。這就是男人活著的理由，或者說勁頭。

他如願地得到了這個女孩。這是鄭老闆幫我的忙，得到的最大的回報。一個飯店的女服務員，在鄭老闆這裡獲得的報酬，每個月，比他們老闆開飯店的利潤還高。在鄭老闆的培育下，這個女孩自己也在增值。

我要不是帶著駒兒這個模式來，我一定會看上那個女兵。那個女兵已經很超凡脱俗了，但不是很美。她的乳房不是很大，屁股卻是翹翹的，潔白的面孔極其生動。駒兒說：你是選演員來了，還是給自己選女人來了？駒兒的聲音在我的耳邊一出現，我馬上羞愧得無地自容。伴著那個女兵的舞步，緣分殘酷地溜走了。駒兒不停地嘲笑我。

我和鄭老闆躺在中山大學的草地上，陽光燦爛地照在我們身上。這根在女服務員身上透支的竹竿正貪婪地補著陽氣。下面地氣熏著，上面陽氣補著，他活了。

一個女學生紅衣長髮，騎著單車從我們身邊飛快地衝了過去。女孩，你是一匹馬，我大聲地喊叫。

我心裡知道不是甚麼心理障礙，
就是魔，
駒兒這個魔，
但是我不能告訴她，
不用說她，沒人會相信。

｜ 第四十四章 ｜

複製愛情

我的電影開拍了，導演竟然是我自己。電影的片名《紅馬的童話》也改成了《紅馬》。製片、編劇、主演、導演都讓我一個人拳打腳踢地給幹了。這樣說話好像是罵人似的，人家多少人拼出一腔的熱血，幹了一輩子，也沒幹好一樣，況且都是科班出身的。我真的不知道，我竟然這麼有電影才華。這樣真的就好像罵人家那些科班出身的沒有電影才華，或者有一些愚蠢，屬於公開的擠對人、熊人。那沒有辦法，拍《紅馬》電影這件事是我幹出來的，不是那些人幹出來的。事實勝過雄辯。

那天在中大草地上，當騎著單車走進午後陽光裡的紅衣長髮女孩，飄進我的目光時，一個聲音驚喜地喊著：紅衣長髮，女孩你是一匹馬。我以為是我喊的，被驚起來的鄭老闆散發著身上蒸騰的陽氣，心驚肉跳地左右尋找，他說：好像是駒兒的聲音在喊。

我說是我喊的，他說不是，不是你的聲調，是駒兒的那種聲音。

我又喊了一聲，鄭老闆說，這是你的聲音，有點像野驢叫。那個女孩停下，從單車上下來了。見到女孩，驚慌的不是鄭老闆一個人了，我也驚慌了。這個世界上真有兩個一模一樣的人嗎？以前我說沒有。現在我說有。她不像一個真實的女孩，好像舞台上扮演駒兒的演員在表演。她長長的披肩長髮，說話柔柔的，發出軟軟的聲音。尤其是她圓圓的鼻孔，顯得鮮嫩，讓我心酸。我不知道，別的男人會被女人臉上的甚麼零件感動，打動我的絕對是圓圓的鼻孔和迷濛的目光。

駒兒說：我看你們兩個笨男人都傻了，是我喊住她，又追上她，把她拉了回來。

這個女生叫司馬小嫻，是中大中文系的學生，已經實習結束，正在等待畢業分配。

司馬小嫻後來跟我說，那一天她就像鬼迷了心竅，腦袋裡一片空白，我們咋說她咋做，就像有一種神秘的力量牽著她的靈魂走，一直跟我們走進了荒原部落。那一天，我和鄭老闆在驚詫中緩過神來，有點得意忘形，沒太注意，就覺得這個女孩長這麼大，在這緣分的天空下，好像就是在等待我。後來，她一說，我恍然大悟，絕對是駒兒搞鬼了。

司馬小嫻穿著紅上衣，飄逸著長髮，在草地上走來走去，就像一匹小紅馬。她有時突然站在我面前，亭亭玉立，她個子高挺，乳房很適度，在露出的修長的脖子和胳膊中，根據在駒兒身上的體驗，我感覺她也是一個好抱的女人，尤其是在床上睡覺更舒服。

但是我只是感覺而已，駒兒不給我機會。

由於受不良習氣的影響，我覺得我做了投資人，又是編劇導演，又和她配戲演男一號，不用說有這麼多的指標，就是其中任何一個條件，根據潮流的遊戲規則，她也該對我投懷送抱呀，更何況，我還是發現她的恩人。

在攝製組裡，由於我的強大優勢，產生了強大的威力。儘管有人垂涎司馬小嫻，甚至對她蠢蠢欲動，但是都被我的震懾力嚇回去了，有賊心沒賊膽。

我自己也不能總是猶豫徘徊，隨著劇情的發展，我的進步顯得非常緩慢。

我不對她動點手腳，別人會不會說我有病，或者是傻瓜？我自己也覺得委屈，這麼好的草送到了嘴邊，我只是聞味，吃不到嘴裡，這對我自己這樣的一匹馬是多麼殘酷的現實。

有時我想就乾脆當傻瓜算了，別浪費司馬小嫻的青春感情，她喜歡跟誰配上對，就跟誰幹吧。但是她又太像駒兒了，我接受不了她跟別人在一起的那種感覺，否則我也不會自告奮勇地來演男一號。當時我心胸狹隘地想：這影視界風氣這麼污濁，司馬小嫻別演完戲就跟演我的那個傢伙好上，那種痛苦肯定是像駒兒跟人家私奔了一樣，讓我痛不欲生。不過見過我的人都知道，我這種尊容的人，也不好找，更不好演。

這個司馬小嫻也跟不了別人，她每天像影子一樣跟著我。從在荒原部落搭建影視城開始，我每天都怒火沖天，但見了司馬小嫻就是沒脾氣。所以我一發火，大家就趕緊叫來司馬小嫻給我滅火，大家送她外號叫滅火器。有的時候我發起火來，他們找不到司馬小嫻，我就火燒連營，把身邊看得見的人，想得到的事，都大罵一頓。

我自己有時也納悶，幹嗎發這麼大的火呀？後來我研究自己，通過對自己做思想工作，搞明白了，是情緒堵塞，得不到發洩造成的後果。本來我的情緒通道是走下面的水路，水路不通，走上面的路就是火路了。水路是快樂的，火路是煩惱的。

那麼我是甚麼情緒受到堵塞了？司馬小嫻。

對這個司馬小嫻，我已經進入角色，把她當成了百分百的駒兒，但是我知道她只是在演駒兒，在她的心裡她不是駒兒，因為我們做的都是表面文章，沒有實際內容。

我想錯了。在海口，我在海甸島上租了一大片荒地，搭建了建省前的客運碼頭和人才角的布景。好在海甸島的房子裡駒兒的東西還都在，完好無損，只是受了潮濕，我們晾一晾，就派上用處當上了道具。駒兒已經離去三年了，我的痛苦也漸漸地淡了。

我和司馬小嫻表演著我們當年開小吃攤、賣《海南諮詢》的情景，都已經演完了，她還溫情地看著我說：哥，我太幸福了，我懷疑這不是真的，這樣的人生，過一天就死了，人生也沒白來，我也就滿足了。

我緊緊地抱著她，感動地說：駒兒寶貝，一直到地老天荒我都給你這樣的幸福日子。

我們長吻，我的嘴唇被咬得癢癢地痛。我快樂得要流淚了。我叫著：駒兒，駒兒，我的好駒兒，你終於回來了，哥想你呀！

她叫著：哥，哥，抱我，用力抱我。

她拉我的褲鏈，我慌亂地解她的鈕扣。我們突然分開，四周一片漆黑，攝製組的人都走了。

她說不行，甩下我，就跑了。

我叫著：駒兒，駒兒……突然意識到她是司馬小嫻，我們是在攝影棚裡演戲。

不過我，預感司馬小嫻雖然不是駒兒，但一個新鮮的駒兒又來到了我身邊。

我已經很滿足了。回到望海樓酒店，我住在當年我和駒兒有錢了之後第一次住的那間房間裡，洗了一個澡，躺在床上，在回味著今晚的美妙。

想著想著，就全身火熱，褲襠裡就勇猛堅硬了起來。我要找司馬小嫻。我伸手去拿電話，像《魔鬼詞典》說的那樣，我要打電話時電話響了起來。軟軟的聲音飄進了我的耳朵：哥，我想到你的房間去。

司馬小嫻幾乎是穿著睡衣衝進了我的房間。她進來就鑽進了我的被窩，和我狂吻了起來，吻得我幾乎窒息了。她用手抓到了我的下邊，就把嘴換了地方。

我更衝動了，從她嘴裡拔出來，就要幹，她突然推開我，衝出被窩就跑了出去。

我像受大刑一樣，躺在那裡受煎熬。

我打電話過去，她不接；出去敲門，她不開。

天亮了，我的眼睛黑了一圈。

今天的戲是我已經當上老闆了，牛哄哄地開著車，拿著大哥大，拉著竹竿鄭老闆去夜總會玩。鄭老闆跟那個胖女孩，又親又摸地玩到感覺裡去了，他們站起來要上樓開房。鄭老闆和胖女孩像一根竹竿挑著一捆棉花走了。剩下我和陪我的女孩，每次情節到了這裡，我就給了小費，買了單，急急地回家見駒兒去了。今天這個女孩有點不同，她就是當年我們擺飯攤時，那個要留下幫我幹活的大眼睛女大學生。我很喜歡她的大眼睛，清純、聰明。由於駒兒嫉妒，不喜歡她來，就再也沒見她。現在她竟然淪落風塵，我倒覺得自己沒啥責任，也沒罪過，但是還是心裡有點難受。我想陪她多坐一會兒，喝點酒。但是她的酒量很大，我們竟然殺掉了一打喜力。

那晚我沒有回去，上樓和她開了房。

回酒店的路上，司馬小嫻不理我。我演得很累，洗完剛躺下，門就咚的一下被撞開了。司馬小嫻衝進來就騎在了我的身上，像訓練一匹野馬一樣，對我進行了一頓暴風雨般的猛打。我的嘴和耳朵都被打得流了血，她又好像不解恨一樣，在我的肩上、胸上猛咬。就像開採礦井一樣，我身體裡一種原始的激素被她開墾了出來，一種癢癢的痛，很溫暖地流遍我的全身，我快活得不能自已，像野獸一樣。我跳起來，用領帶和褲腰帶把她的手腳捆了起來，魯莽地、狠狠地揍她、咬她。她竟然像來高潮一樣興奮地大叫：哥，快來打我！哥，我要你！要你打我！快！

我們快樂地做愛，高潮像海浪一樣翻滾、起伏、跌宕，這是給我的一種很新鮮的體驗，我清清楚楚地感覺到這是司馬小嫻，不是駒兒。

我們身下，一道耀眼的紅光在閃爍。我從司馬小嫻的身上滾下來，拉起司馬小嫻，床單上有一攤紅紅的血，像一匹紅色的小馬在奔騰。

這是司馬小嫻的處女紅。

雨過天晴，司馬小嫻嗚嗚地哭了起來。她抽動著肩膀，責罵我：哥，你這個壞男人，到底出去找了小姐，找了那個騷女人。

我又糊塗了，這是駒兒。

司馬小嫻回了房間。駒兒跟我說：哥，你今天擁有了司馬小嫻，我知道會有這一天的，我知道嫉妒阻攔都沒有用，你以後跟司馬小嫻在一起我不打攪了，但是你不要把她當司馬小嫻，你要把她當成駒兒。

我說：每次到了關鍵時刻，她都跑，是不你在搗亂？

駒兒說：哥，對不起，是我拉她跑的，我嫉妒。

我說：是我應該說對不起，我以後再也不跟她在一起了。

駒兒說：哥，你別傻。這是你們的緣分，咱倆陰陽兩界，不能再這樣下去了。你的命還很長，我不能拉你來陰間，我要走了，去投胎轉世培訓班學習快速投胎法，我要早日投胎轉世來找你。

駒兒走了。任憑我怎麼呼喚，也沒有一點音訊。

第二天開始，司馬小嫻不管走到哪裡，都親親熱熱地拉著我的手，有時不管有沒有人，衝動了就情不自禁地吻我一下。

我們當然要住在一起了。但是，要我搬到司馬小嫻的房間裡，這是司馬小嫻要求的，我想也一定是駒兒安排的。有時，夜深人靜的時候，司馬小嫻和我在被窩裡，我們裸著、吻著、緊緊地抱著，她說一番感動的話之後，一定要說：我不知道自己以前怎麼了，可能是心理障礙，總是放不開，一到關鍵時刻，像心裡有魔一樣，就莫名其妙地跑開，回去後馬上醒悟，又後悔起來，怕你生氣，怕你不理我，我又急著要來找你，我又覺得離不開你。

我心裡知道不是甚麼心理障礙，就是魔，駒兒這個魔，但是我不能告訴她，不用說她，沒人會相信。

我轉開話題逗她說：你是怕我不理你，就拍不成這個女一號了。

司馬小嫻認真地說：不演電影我不怕，我學的是中文，從來沒有想過當演員拍電影。但是這個駒兒，我確實喜歡，有時我就覺得駒兒就是我，我就是駒兒。有時我又很嫉妒你們那麼好，有時我又被感動，心裡發誓一定要把這個駒兒演好，但是，我有時心裡很怕，怕拍完以後你離開我怎麼辦？怕我突然惹你生氣，你不理我怎麼辦？

我也感動：司馬小嫻，你真的愛我，不是愛這個當演員的虛榮？

司馬小嫻動情地說：哥，我第一天見到你就差一點哭了。你知道嗎？一個留鬍子的男人，從小就在我的夢裡不斷地出現，我知道你在找我，所以我就等呀，等呀地等著你，在見到你之前，我沒談過戀愛，沒有吻過男生，見到了你我就傻了，就像魂被你牽走了一樣，一切行動都聽你指揮，我真慶幸大學畢業才見到你，要不我肯定考不上大學。

我深情地吻著司馬小嫻，說：你現在還怕嗎？

司馬小嫻幸福地搖了搖頭。

電影《紅馬》拍完了。我又重複了一次和駒兒的情感歷程，讓我大傷元氣。要不是司馬小嫻用她新鮮的愛，把我從迷情中領出來，我想我一定會犧牲在裡面。

竹竿鄭老闆作為投資人之一，帶著影片國內外到處做宣傳推廣，競爭獎項。在我們開發海南房地產的損失，得到了超級大的回報。這就是他比我高明老到之處。底子窮的人，經歷少的人，一般都急功近利，輸不起，如果有點耐心，給他個機會，如果你認為他是一塊材料再給點幫助，打造一下，將來肯定會贏回來的。如果他不行，最聰明的辦法就是算了，認倒楣，保持風度，否則可能連風度也輸掉。

這是我在鄭老闆身上悟出來的，可以一輩子都有用的道理。

在做《紅馬》的宣傳時，我常常要領著司馬小嫻出場，進行推廣。這讓我又認清了一群蒼蠅，就是那些所謂的娛樂記者。這群蒼蠅，可比演員導演那群蒼蠅噁心多了，影視業本來就是一個造假產業，這個行業這麼繁榮興旺和混亂不堪，是與這些吹喇叭抬轎子的娛記分不開的。這些娛樂記者想像力奇特，好像在娘胎裡就是一個詩人、造謠專家、挨打的物件。這些娛樂記者大都心理有病，他們恨別人比他們強，但是又改變不了現實，就總想用歪曲事實的爛筆，造謠中傷或者問一些出位的問題，以引起別人的注意，從而掩蓋自己內心的虛弱，深受其害的香港藝人，都咬牙切齒地叫他們狗仔隊。

這幫傢伙有本事在我最煩的時候，問我最煩人的事情。他們說：你是蒙古族還是漢族？還是你說的混血雜種？

《紅馬》這部電影裡你和駒兒的故事，是編的嗎？還是真的有這個人？片裡的你是你嗎？

你和駒兒的精神世界真的那麼神奇嗎？

司馬小嫻懷孕了，能肯定是你的孩子嗎？你能確認嗎？

司馬小嫻在跟你之前有過其他男朋友嗎？和你在一起的同時，有跟其他人拍拖嗎？有緋聞嗎？

拍電影的人，找女主角，一般都是從上床的角度考慮的，你也沒能免俗，你怎樣看待這種現象？

你會繼續拍片嗎？還是自編自導自演自投資嗎？

你是否從此走進影視界？你的荒原部落咋辦？

有一個精瘦、個子矮小、很猥瑣的傢伙，操著那大舌頭的山東口音普通話，不但糾纏著問我，喝多了酒後，還跪到地上抱我的大腿不讓我走路，我暴跳如雷，揮起手就啪啪地給了他兩個嘴巴子。

我給氣壞了，把風度和修養全丟掉了。我對那個傢伙說：你喝了我的酒，拿了我的紅包，還讓我把你給揍了。你這不是坑我嗎？讓我破了錢財，還丟了名聲。當然，也可能那根竹竿會高興，為電影宣傳又找了個新的賣點。

我端起酒杯，對大家說：電影是甚麼東西，你們自己知道，故事的真假並不重要，這是你們老師早就應該教會你們的基礎知識，我不想再教育你們了，但是我告訴你們，我的故事全是真的，像紀錄片一樣真實。司馬小嫻肚子裡的孩子肯定是我的，這個我自己明白。她跟我的時候還是處女，你們在影視界肯定沒聽說過，有這麼新鮮的事。我找她的時候是為了演戲，她把戲演真了，為我懷上了孩子，誰能拒絕這樣的好事？我以後再也不拍片了，就是因為你們這些記者，我再也不拍片了。否則我會天天打你們這些記者，天天打官司，你們願意我打你們嗎？

這些記者真有修養，也真酷，竟然給我鼓起掌來。

我很累，也很膩歪了。我帶著已經懷孕的司馬小嫻回到了荒原部落，回到了我的家。

中國人稱東史郎為日本唯一的良心，
而不是狼心。
這就是像上帝一樣的中國人，
他們不是喜歡忘記，
而是喜歡原諒。

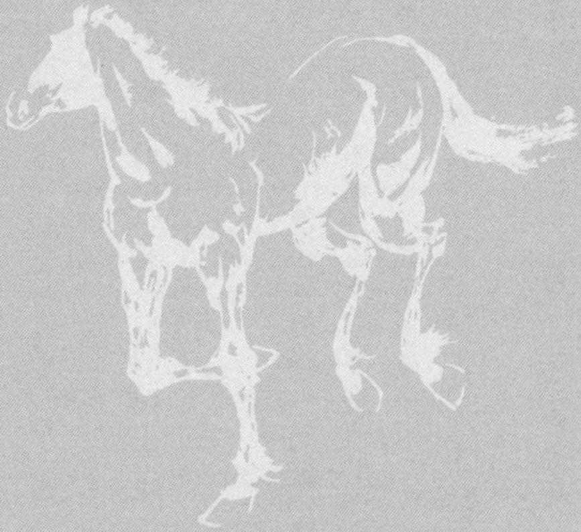

第四十五章

東方之東

老三讓我到日本去玩玩。

一九九七年，我決定去一趟日本，我要親自看看，這個曾經給中國人製造災難的地方，到底是怎樣的一片土地。這片土地培養了我的好友竹竿鄭老闆，也吸引了我們家老三不要中國國籍，來當日本公民。過去這種做法叫漢奸，現在不這樣說了，倒不全是我們老三的緣故我才這麼解釋，畢竟時代不同了。

見面時，我發現老三已經學會了日本人的經商哲學，沒有仇恨，只有忍受，做生意虧了只當交了一次學費，從頭再來。老三跟我講這個道理時，我覺得日本把老三變成不是老三了。

到了日本，我堅決否認在國內多年來一個固有的說法：日本人是經濟動物。更準確地說，日本人是精神野獸。動物不等於野獸。有些動物天生就溫順，比如羊、兔子這些可愛的動物。現在看日本人一個個假仁假義表面溫馴，其實都是披著羊皮的狼。他們的狼子野心隨時都會爆發出來。中國人太君子心腸，即使有人顯示出動物般兇猛的樣子，也不過是一隻披著狼皮的羊。我終於明白了當年中國人為甚麼不抵抗，一匹狼可以馴服或吃掉一群羊。

一方水土養一方人，生存環境造就人的生存哲學。

千百年來，居住在每天都有火山爆發的日本島上的日本人，每天都在警告著自己的民族，即將爆發的火山要使日本島沉沒，那時就和二戰前的猶太人一樣，沒有了自己的國土和家園，成為地球流浪漢。為了避免悲劇，現在就要到島外尋找生存之地，佔領地盤，那怕是別人的，搶也要搶來。

日本島還在海上堅挺地漂著，大和民族卻已造就了一種野獸精神。為了撕扯一塊生存的肉，他們隨時都可以像豺狼虎豹一般撲將上去，慘無人道。

我們的中華民族就不同了，生活在九百六十萬平方公里的土地上，地大物博，優哉遊哉。中國的土地永遠不會沉進海裡，永遠牢固地與地球同在。我們的民族就像內蒙古草地上的羊群，在藍天白雲下，幸福地吃著綠草。有時狼來了，有時下起了暴風雪，但一切都會過去的，明年春天小羊生出來，又在藍天白雲下，吃起了綠草。從人性的角度，我們中國人是對的；從獸性的角度，日本人是對的。但是在人與獸的角逐中，受傷害的卻常常是我們。有這麼容易吃的羊，誰不願意去當狼。中國後來改革開放，日本人又把這套業務用在了經濟上，並且教會了中國人。福建人和浙江人率先受到啟蒙，在全國開展了一場轟轟烈烈的狼吃羊的經濟遊戲。

我講上面那些話，不是我當了政協副主席有了覺悟，就開始了老生常談或者危言聳聽，每個讀者讀到這裡，都應該停下，認真地思考三分鐘或者重讀一遍，看看那些文字是否有價值。在中國和日本的民族尊嚴問題上，上一代很不爭氣，我們這一代如果無所作為，那麼下一代就更不用指望。

在日本東京的一個夜晚，老三帶我去洗澡。令我大為驚詫的是，日本人竟然男女在一個澡池子裡泡澡，這更加證明了我的關於日本人是野獸的理論。

泡澡時，老三給我講了一個河南人的故事。

他說：有個河南的老闆到了日本，就想找一個日本的妓女來玩，於是，穿著日本古典和服像一隻溫馴的貓一樣的按摩小姐，用日語問候著進來了。小姐的手像侵略者一樣進入了河南老闆的敏感特區，河南老闆迫不及待地翻身將小姐壓在了身下。已經習慣麻木了的小姐機械地抱緊了河南老闆。這時的河南老闆心中的怒火立刻熊熊燃燒起來。他對日本人的新仇舊恨全部湧上心頭。他邊幹邊罵著：操你媽小日本鬼子，老子今天操死你，你們把我們欺負苦了，我今天要報仇雪恨，讓你們也嘗嘗被欺壓的味道。河南老闆汗流浹背，痛快淋漓，大幹著、痛罵著。

幹完之後，河南老闆長長地出一口氣，揚眉吐氣地說：我屌他娘，真他娘地舒服！

小姐突然很親切地用河南話問他：太君，您也是河南人？

河南老闆一驚：咋？你不是日本人？

小姐說：俺也是河南人。

他問：你怎麼不早說？

小姐：你也沒問俺。

河南老闆大吼一聲：你這個婊子，真他媽丟人，滾出去！

老三講完自己先笑了起來。

又是中國人整中國人。我眼睛發酸，似乎有淚要流淌，腦海裡只有一句話：日本鬼子退出了中國國土，我們就真的勝利了嗎？

我盯著老三的眼睛說：你笑甚麼，有那麼好笑嗎？你真的是日本人了，三郎？

老三說：二哥，你叫我三郎，我很喜歡。你別傻了，你以為當日本人比當中國人丟臉嗎？那個河南老闆剛來時，發誓說要用一輩子掙來的錢，製造一顆能夠炸沉日本的導彈，讓狗日的日本鬼子等著瞧吧！結果沒過一個月，他就被日本的生活迷上了，他喜歡日本這種豐富的物質生活，成了日本三菱的代理商。

我決定讓老三陪我去一趟廣島。

去日本的中國人，只有到了廣島才會感到揚眉吐氣。當年美軍為了報山本五十六偷襲珍珠港之仇，為了強迫日本投降，為了在整個東方戰場上一著棋將死日軍，極其殘酷地在廣島、長崎投下了兩顆原子彈。後來善良的人都說，那一次炸死了很多無辜的老百姓。我不這樣認為，在中國的土地上，燒殺搶掠的日軍，不也都來自於日本的老百姓嗎？這個民族的每一個人都有野獸的心靈。

在去廣島的路上，我在一份日文的雜誌裡看到一個故事。有一個日本的作家，看到日本兵作為戰敗國退回本土之後，受蘇聯、美國的壓迫，經濟低迷，人人士氣低落，整個民族幾乎到了精神崩潰的邊緣。於是他在電視台每天借用一個頻道演講，呼籲日本人要振作起大和民族的士氣來。那時的日本人已經心灰意冷，沒有人聽他演講。於是他就在電視的直播中切腹自殺了，這一下日本人的靈魂受到了強烈的震撼。於是作家的書成了暢銷，人們紛紛去買他的書，要看一看他的書裡到底講的是甚麼。

一個作家讓日本人的野獸精神又復活了。其實那個時期的日本人在麥克亞瑟的陰影下，是披著羊皮的狼。

我的靈魂也受到了強烈的震撼，中國太缺少這種打造民族精神的作家了。趕走了狼，羊群就會有和平的日子過嗎？永遠不會。

到了廣島，在酒店住下後，我下到大堂的商場裡，要買一些介紹廣島的書刊，我要了解一下廣島的歷史沿革情況。

在商場的書刊櫃台上，我見一本雜誌的封面是著名的日本老兵東史郎。八十多歲的東史郎經過半個多世紀的反省，靈魂徹底醒悟了。一頭掉了牙的老狼終於像羊一樣溫和了。他到處演講揭發日軍當年侵華的滔天罪行，深受日本政府狼群的反感，但是卻受到了中國人民羊群的熱烈歡迎。

中國人稱東史郎為日本唯一的良心，而不是狼心。這就是像上帝一樣的中國人，他們不是喜歡忘記，而是喜歡原諒。

我翻開雜誌，裡面有一個為東史郎作證的日本慰安婦。我看著這個老婦人有些面熟，再一看下面的介紹，此人叫小島馬子，這不就是我們在牧場時，後院住的那個日本人張大娘嗎？我拿給老三看，我們都很驚詫，原來她也是慰安婦。

我把雜誌買了，拿到房間裡去仔細看了一遍，確定這個老婦人，就是我們牧場當年的那個日本人小島馬子。

我們查看上面說的地址，小島馬子也住在廣島。

我們按著地址找到了小島馬子家。

小島馬子沒有在家，是一個五十多歲的男人接待了我們。

我用日語向他問候，那人也用日語回答。

我問：先生，請問您會講中國話嗎？

那人搖了一下頭，用日語說：不會。

他的日語講得像我一樣生硬。

然後，那人很不禮貌地，也很不耐煩地，向我們下了逐客令。

他說：我媽很忙，今天可能不回來了，她年齡大了，你們不要打擾她吧，拜託你們了。

原來他是小島馬子的兒子，不過不是在我們牧場時的兒子，她牧場的兒子我們都認識。沒辦法，我們只好告辭出來了。

不是為了寫這本書，我才編這麼巧合的故事，而是生活中的故事有了巧合，我才寫到了這本書裡。

在門口，我們碰上了從外面回來的小島馬子。

老太太認出了我，馬上高興得不得了。

她熱情地又請我們回到屋裡，並把兒子叫出來給我們介紹。

彼此都很笨拙地用日語問候了一下，顯得很尷尬、冷淡。
老太太用中國話說：你們都用中國話講吧。
我問：你兒子會講中國話？
老太太：他是我和日本丈夫在中國生的，後來送給了遼寧鄭家屯的一戶中國農民家庭撫養，三年前才回來，在東北生活了幾十年，還不會講中國話？
我惱火了，說：我問他會講中國話吧，他說不會。
老太太：大剛，你為甚麼說不會講中國話？
大剛：媽，你別問了，我討厭講中國話，行了吧。你最好少和這些中國人交往。
我一聽一口地道的東北大子味兒。
老太太很生氣，連忙親自燒水泡茶招呼我們。
老太太：你到日本怎麼想起來看我？真是多謝了！我們二十多年沒見了。
我拿出那本雜誌說：我看到了這本雜誌，覺得很像你，就冒昧地來了，你還能認出我來，我真的很高興。
老太太：你們是我先生的救命恩人，我怎麼會忘記？
老太太一看雜誌裡的自己，臉騰地一下紅了。
她說：巴拉君，我不是有意欺騙你們，我是慰安婦出身，真是對不起了。
我說：不用對不起，我能理解，你何罪之有？你也是受害者，都是戰爭之罪。
老太太很高興：你能理解，那太好了，我沒想到，中國的年輕人對這半個世紀前的事還這麼關心，這麼能理解。

我說：這是從前的事，也是關係到未來的事。

老太太：我也是這個觀點，所以我為東史郎老兵做證。

大剛進了另一間屋裡，始終沒有出來。

我覺得古怪。

老人看出來了說：大剛這個人，來了日本像變了一個人一樣，性格一天比一天古怪。

老人流出了熱淚，臉上的感情很複雜。

我想起一個蒙古寓言故事來了。一個牧羊人在冬天雪地裡撿了一隻即將凍死的小狼崽兒。牧羊人把牠拿到家裡養。一年後，狼崽長大了。一天晚上野外一陣狼叫，小狼跑出去就沒有回來。幾個月後，在狼群裡已經恢復了狼性的那只狼帶領狼群，在一夜之間咬死了牧羊人的一群羊。

大剛回到日本，恢復了日本人的野獸精神。

小島馬子回國時，張大腦袋已經死了，她把「中日合作」的三個兒子一個女兒留在了中國。據說，政府都給他們在城裡安排了工作，他們都離開了牧場。

小島馬子：我想把我的孩子們帶到日本來，你看有可能嗎？

我：現在應該沒問題吧，這樣的事情很多都是這樣辦的。

小島馬子：我知道政府允許了，我是說我的孩子們會跟我來日本嗎？

我：應該會吧。

小島馬子：你如果是我的孩子你會跟我來嗎？

我：我不知道，因為我不是你的孩子。

小島馬子：如果你是我的孩子，我是你的母親，你會跟我來嗎？
我：如果我是你的孩子我想應該會的，我離不開母親。
老人臉上露出了一種很欣慰的笑，但是我發現她的內心裡還有痛。
回來的路上，老三跟我說：你在騙小島馬子，你是她的兒子，也不會來日本。
我說：我沒有騙她，我是她的兒子，就不會像我這樣看日本了，我就會來的。
老三說：我不是她的兒子，我也在日本，你不應該用過去的歷史仇恨，來保持陳舊的偏見，我們追求的是新生活。
我離開了日本，離開了我們的東方之東，似乎比來時感到輕鬆。我在心裡不停地想著老三的話：我們追求的是新生活。

活佛從身上取出一個小黃布包，
遞給我，讓我打開。
我打開一看，
心怦的一顫，
是血玉紅馬。

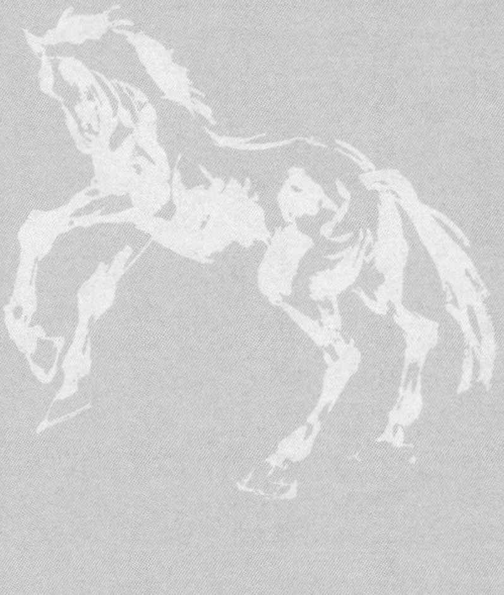

| 第四十六章 |

活佛渡我

盟裡開政協會議，在主席台上，我和活佛坐在一起。我第一次見活佛，對他頂禮膜拜，他卻和我談笑風生。我心裡把他看得崇高神聖，還有點恐懼。我總覺得這佛應該不是這種活生生的，而是與我們的距離應該很遙遠，撲朔迷離，神秘莫測。

別看平時我對別人都滿不在乎，對誰也不敬畏、不崇拜，而且從來自信，從來都自認為頭腦上肉體上經濟上都高人一籌。今天，我和活佛平起平坐地坐在一起，覺得很不自在，很自卑，很渺小。活佛跟我說：咱倆是有緣人。

我說：我很榮幸，能夠拜見活佛。

活佛說：你也是社會棟樑，做了那麼多有益的事，你也是佛。參政議政，都是為人民服務，咱們一樣。

這是第一次見面，活佛跟我說的最謙虛的一句話。後來，我們成了朋友，我怎麼恭維他、崇敬他，包括來朝拜他的人，他都是默許，然後，以崇高神秘的佛理點化那些執迷不悟的善男信女。我和朝拜的人都覺得這是自然而然的事，很正常，活佛由於接近神明，對肉眼凡胎就該不謙虛。

我卻總是很卑微、謙虛。我不知道佛到底是高山還是大河，有時我要仰視，有時我要叩拜。多年來，我像一匹縱橫草原的野馬，禦風踏雪無拘無束。今天見了活佛，就像猛地被套馬杆給套住了，我很馴服地感覺到在活佛的面前，我是一匹馬。

散了會，活佛請我到他主持的大昭去。草原上說的大昭相當於漢地的廟。就像喇嘛相當於漢地裡的和尚一樣。

走進大昭就有一種肅然起敬的感覺，那裡的氣場與眾不同，有的人會感到氣悶，有的人會感到心情舒暢。不過進了活佛的房間我卻親近起來，我說：好像有一種回家的感覺。活佛說：這裡就是你的家，家裡是講煩惱的地方，講講你的煩惱吧。

我說：我有一種困惑，也不知道是不是煩惱。我好像總是記得前生的事，連娘胎裡的事都記得清清楚楚。小的時候，我以為別人都是這樣，長大了才發現別人都不是這樣，我很困惑，不知道這是怎麼回事。頭幾年我的妻子駒兒在海南去世了，可是每天我都能跟她講話。活佛，您說人真的有前生後世，真的有靈魂嗎？我覺得我每天就活在這前生後世和靈魂裡。

活佛說：我們佛教是相信人有前生後世和靈魂的，前生和後世的變化是肉體的變化，靈魂是永恆的。但是靈魂在轉變中要經過忘卻，走過無憂河忘記前生的一切痛苦和歡樂，無論你是王侯還是平民，都要忘記自己從前是誰，來到後世由無知走向有知，由歡樂走向痛苦。佛教就是幫助有知的人們減輕痛苦，走向涅槃。

我說：活佛，您記得您的前身嗎？

活佛說：我的前身是九世活佛轉世，我兩歲半的時候，在西藏被尋找為轉世靈童，通過金瓶掣籤被政府確認為十世轉世活佛，千里迢迢來到內蒙古草原，成為科爾沁草原大昭住持活佛。

我問：您還記得您的前世或在娘胎裡的事情嗎？

活佛：天機不可洩露。

我緊張了：那我說出來的這些是不是也洩露了天機？

活佛：我是活佛，你是凡人。你的天機早就洩露了。你過無憂河，沒喝迷魂湯，你只不過是還記著前塵的往事而已，既然這樣，說也無妨。

我說還有一個匪夷所思的現象。有一天，我給我的第二個妻子司馬小嫻講我的經歷，我自己都沒意識到，她突然發現在我的經歷中，屬馬的，姓馬的，名字裡有馬字的，還有馬年，好像都跟我有緣。我在馬年運氣最好，賺錢最多。每當我遇上困難或有了麻煩的時候，總是有一個跟馬字有關的人出現，幫我扶危解惑，化險為夷。這個發現，一開始幾乎摧毀了我的精神，崩潰了我的心靈。我覺得我的一切都已經好像安排好了，我就幾乎沒有了鬥志，就想順其自然了，甚麼事都順其自然，也不想去努力了。真是有緣，我正困惑呢，就遇上了活佛您。

活佛說：人生順其自然，不去強求，這是至高的境界。但是順其自然不是任其自然，不強求不等於不求，你雖為凡人但非俗人，你來到人世是有你的使命的。你要多努力，多做好事，多做善事。

至於你和馬的緣分，是前世修因，這世果報，馬只是一條紅線，一種形式罷了。

你應該是出生在咱們這個城市東北方九十里地的莫日根牧場，是一九六二年六月二十八日夜裡子時十一點零一分出生。當時文曲星下凡，你家門前，有三棵楊樹，三棵柳樹，三棵榆樹，你出生的時候，你們隔壁牧場的馬圈裡也正好有一匹紅騍馬下駒兒。

下生之後，你的左手殘疾，手握著拳，掰不開。後來，來了一個喇嘛，他跟你爸喝酒時念咒打開了你的手。你的手不是殘疾，你的手裡攥著一個血玉紅馬。喇嘛拿著你的血玉紅馬走進風雪裡，消失了，以後就再也沒有了消息。你還記得嗎？

活佛邊講，我就邊像過電影似的回想，如同又身臨其境一樣。我說：記得，恍如現在。

活佛從身上取出一個小黃布包，遞給我，讓我打開。我打開一看，心怦的一顫，是血玉紅馬。我覺得那個血玉紅馬在我的手裡跳動，我們就好像靈魂找到了肉體一樣，相親相愛。

活佛說：認識吧，是這個嗎？

我感動得熱淚盈眶，親熱地說：您就是那個來我家的喇嘛。

活佛說：正是。那天夜裡我在大昭觀天象，見東北莫日根牧場方向天有異象，好像與佛有緣。但是發現徵兆不好，很動盪混亂，不該降臨。我趕到時，時辰已晚，我沒有露面，嘆息一聲就走了。你出生了，馬圈裡也生了一匹小紅馬。她本來是你的前世姻緣，但是由於你為佛而來，也就緣分人畜。你遇上了十年佛災，也就是亂了紅塵。你本該壽命不長，就轉回前世。半年後我又來了，拿走你的血玉紅馬，就等於收走了小紅馬的魂兒，讓小紅馬替你消災解難，使你得以延壽，過上逍遙的凡人生活。如果當時小紅馬不死，你就一定會死。劫難已過，你戴上吧，這血玉紅馬是你的護身符，此生馬與你緣緣不斷、息息相關。

我說：這個血玉紅馬送給我了？謝謝活佛！

活佛：謝甚麼？這叫物歸原主，那天開會與你坐在一起，這個血玉紅馬，在我身上不停地躍動，我就知道是你來了，它和你是血肉相連的一個靈魂。

按照我對佛教的常識和一般俗念，我要請活佛出去吃齋飯。

活佛說：吃甚麼齋飯，我有好酒好肉，今天我款待你。

我有點不太適應，覺得這是一件新鮮事，但是肯定對我的人生是一個突破。佛說佛有理，佛是普渡眾生的，不是只管寺廟的。我就聽活佛的，無所顧忌地跟活佛吃喝了起來，雖然小心翼翼，但是我們倆還是喝了一瓶忽必烈酒。

活佛說：你皈依佛門吧。

我說：我皈依不了，我有老婆，她已經懷孕。我的性慾很強，清燈木魚活不了。皈依了佛門，我就不知道怎麼拜佛，怎麼走路，怎麼睡覺，怎麼吃飯，怎麼做事，怎麼說話，怎麼思想，怎麼賺錢了。

活佛說：我們喇嘛教不講這些清規戒律，我也有佛娘，有佛子。我會去掉你身上的一切掛礙，讓你隨心所欲。我不讓你到大昭裡來，在家帶髮修行，趕上了十年佛災，你這一輩子與佛就是這個緣分了，入佛門，不住寺廟。

我們這裡的密宗喇嘛佛教與淨土宗禪宗的和尚佛教，在形式上是不同的。佛的本意和終極目的不是從人的生活中讓人戒掉酒肉女色，其實有了清規戒律也不一定能成佛。佛修的是心，不是形式。但是對境界低的愚魯之人，就要定出清規戒律來，就像幼稚園，必須從遵守背著手排排坐、吃果果學起，但是目的是為了讓他們長大成人，而不是背手坐在那裡。佛教進入中土，歷經坎坷形成淨土宗和禪宗，有的奧義已經離佛的本意很遙遠了。我們密宗從印度翻越雪山直接來到西藏，境界高遠純潔如喜馬拉雅山。

我們不拘泥於形式，我們養性順其自然，我們修心直截了當，我們的靈魂清醒純淨，德行博大，所以有轉世活佛。

酒足肉飽，活佛說領我去看歡喜佛，讓我開開眼界。

活佛領我進入的是一個閒人免進的密室。密室裡香煙繚繞，正面牆上，是一幅彩色的唐卡，一個撥人情思的，彩色的動人畫面。兩個裸體的男女正在交媾，手腳摟抱在一起，充滿了動感。女人是正面表情，她用力地摟著男人的腦袋，表情極其誇張快樂，好像是那種來了高潮的快感。這一幅唐卡名字叫《歡喜佛》。牆上是一幅巨大的壁畫。一個極其美麗、妖豔、風騷的女人，她風情萬種的上身腰姿和鼻孔簡直就是駒兒或者司馬小嫻。那個女人正和一頭兇猛的公牛在做愛，那個牛頭是一個男人的表情，表現做愛的過程連續有三副面孔：一副兇猛殘暴，一副痛苦不堪，一副快樂善良。這一幅壁畫名字叫《三娘子和牛魔王》。我曾經照鏡子仔細看過自己，我的面孔和披散的長髮，如果配上牛角，簡直就像是戴上了牛魔王的臉譜。我毛骨悚然，怎麼回事？我怎麼會像牛魔王？我不敢問活佛。活佛好像看透了我的心機，和善地對我說：這幅畫已經有幾百年了。

我臉上莊嚴肅穆，褲襠已經濕了。我大不敬地想：這外面世界紅塵滾滾，也要進行掃黃。這佛家淨土，怎會有如此驚心動魄的畫面？這可是我萬萬沒有想到的，出乎意料的，也令我萬分驚詫。我覺得我的大腦已經開始混沌了，我不理解，也理解不了。

活佛開始向我講法。

這歡喜佛是修煉內心的調心工具，人在萬千世界滾滾紅塵中，是逃脫不掉色相和情慾的。即使進入空門廟宇，那也是形式上的空，心空不了，性空不了，情空不了。如果這樣，我們還不如不要迴避，直接面對。不只是真、善、美才有佛性，男歡女愛，放下屠刀，自然界、人世間處處顯露佛性。我們直面生命的本性，每天面對歡喜佛習以為常，多見少怪，熟視無睹，時間長了就會從表面看到心裡。由物質走進精神，像佛祖說的直指人心。否則迴避、躲藏，就會躲不勝躲、藏不勝藏，眼睛看不見，就會在心裡想入非非，就會誇大，把一隻貓想像成老虎。

我們人的眼睛、肉體和心靈都有一個魔，這個魔就是孽障。我們通過這個色相的勾引，在放縱自己中被感化，從欲壑中超渡出來，攀登上佛智的高山。

這幅是三娘子和牛魔王交媾的故事。這個牛魔王在傳說中是草原上一個兇狠殘暴的魔王。他到處殘害百姓，強姦蹂躪婦女，罪惡滔天。我佛為了超渡他，轉世幻化成三娘子獻身給他，三娘子在與牛魔王交媾中，利用全身的柔情魅力和迷人的美貌對他進行渡化。這表現做愛的連續三副面孔，展示的就是三娘子超渡牛魔王的交媾過程。一開始牛魔王一副兇猛殘暴的嘴臉，三娘子就用盡了人間美色中的妖豔風騷，耗盡了牛魔王的兇殘暴戾之氣；待他瀉盡了陽氣，三娘子換成了一副燦爛的慈祥面容，散發著母性的光輝，牛魔王內心裡開始生長了慈善、悔恨、愧疚、良心自責的元素，所以就表現出了一副痛苦不堪的自我鬥爭的樣子；第三副是快樂善良的表情，牛魔王內心經過懺悔，開始向善。三娘子對他用盡了柔情和撫愛，一對歡樂美好男女快樂圖就這樣誕生了。幸福、滿足、快樂，這是人們希望的，也是佛所給予的。

活佛給我所講的這兩個故事，聽得我已經迷失了自己。待我醒悟過來，我突然心裡一亮，如醍醐灌頂，我覺得我知道甚麼叫佛了。

我目光盯著歡喜佛，那壁掛上的顏色，愈看愈鮮亮。我說：活佛，我覺得這壁掛上有靈性。

活佛說：這幅壁掛也叫唐卡。這上面的顏色不是平常用的顏料，這色彩都是大自然的顏色，從自然中採擷回來，一種顏色一種顏色地畫，每畫完一種顏色，就要搞一次敬佛的禮儀活動，一幅畫要花上很多年才能完成。布達拉宮的那幅唐卡花了一百多年才完成，每年的曬佛成了重要的宗教盛典。

我感慨，人不用說成佛，就是向佛敬佛都要傾注多少心血呀。

我說：活佛，我還真沒想到，這喇嘛教裡信佛還有這麼多男歡女愛的事情，那麼說兩性交媾，不但不是罪過，還可以成佛。我喜歡用多種姿勢性交，看來這也是一種修煉方式。

活佛說：只要你性交可以達到歡喜和快樂，肉體快樂昇華到心靈快樂，感覺此生美妙，就是一種解脫。

我說：我接觸了很多女性，是不是性太亂了？

活佛說：性的多與寡，不是亂，是緣，但是有的是情緣，有的是孽緣。

我說：我知道佛家為甚麼這麼重視色，面對歡喜佛也好，迴避進入空門也好，重視程度是一樣的。

活佛說：這你就講到根本來了，你知道佛座下那朵蓮花是象徵甚麼嗎？

我說：我就知道蓮花跟佛有關，象徵甚麼不明白。

活佛說：那朵蓮花象徵著女性的生殖器。淨土宗和禪宗解釋為佛坐在蓮花上是從母體誕生出來，純潔美好；我們密宗認為是從交媾歡喜中解脫出來。

蓮花是女陰，也就是女人的生殖器，我的佛爺，對我真是晴天霹靂。

我和活佛的關係拉近了，像兩個人一樣交談，或許也可能有人認為，我們像兩個佛一樣講法。

反正我和他愈來愈親近了，變得像兩個交情深厚的哥們兒。他走下了神壇，我當然也不在原地了。

尋找歡樂的法門千千萬。
每個人的智慧不同，價值不同，
就形成了不同的階層。
承認社會的不平等，
就是人世間的最大公平。

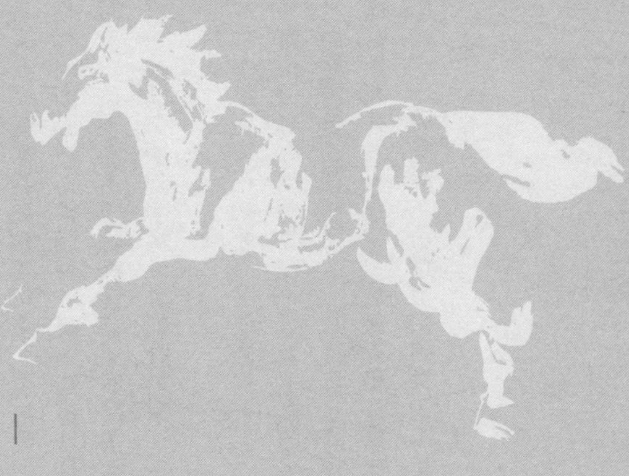

| 第四十七章 |

人馬情未了

雪天的草原之夜，夜空清遠明亮，一種漫無邊際的蒼涼，讓我感到心煩意亂。天上的星星，就像等待千年的情人，著急地把萬象人間眺望；茫茫的草原就是戀人的情網，掉進來就是一世紅塵的滄桑。

我接活佛來我的荒原部落。夜裡我開車，邊在路上行走，邊產生上面那種詩一樣的亂七八糟的感受。

今晚，除夕之夜，司馬小嫻要生孩子，像開天下英雄大會一樣，我邀請了很多朋友來我的荒原部落過年。我應該很高興才對，我表面上也確實很高興，但是我的內心裡，很恐慌。我不知道為甚麼這麼緊張。對我來說，司馬小嫻生孩子，就是駒兒要投胎轉世回來，孩子的出生就等於駒兒回到了家。我覺得這已經是萬無一失的事，但是我又很怕萬一。萬一駒兒沒有投胎怎麼辦？萬一真的投胎來了，我怎麼面對？我一晚上都是內心慌亂，煩躁不安。

馬叔和二丫沒有回北京，他們已從靈感村來到我家裡，今年要留在荒原部落裡過年。包大爺和馬姐已經到了，這次馬姐不再忌諱，帶來了我的姐夫文聯主席野馬。野馬他們是頭一天晚上來的，我為他們接風洗塵，為了表示重視，我把我爸媽也接到荒原部落來出席酒會。在酒席上，野馬端著酒杯，給我父母敬酒。當時兩鬢白髮、激情奔放的野馬即興給我媽和我爸各朗誦了一首詩。我媽不知道我曾經也是一個詩人，她從來也沒見過詩人朗誦詩。當見到野馬閉著眼睛，一臉陶醉，手舞足蹈的樣子，我媽就以為見到了她的同行，欣喜地問我：這個孩子咋的了？是不也下來大神了？

我說：媽，他下來的不是你們那種薩滿巫神，是詩神。

我媽說：詩神是管啥的？有沒有我的巫神能量大？

我說：比你的能量大，人家管的是全盟文人。

我媽很羨慕地說：能管文人，那真了不起。

外面，道爾基開車帶著小滿，領著他們的親生兒子和師娘，已經到了。馬叔本來已向邵正午教授發出了明年來靈感村創作的邀請，但是一個月前，他醉酒後突然腦血管破裂中風，去世了。老師給我留下了一個沒有解開的謎，他和老譚大爺他們當年在北京到底是啥關係？當年，譚大爺讓我給邵教授帶信時沒有講，我就匆匆忙忙地回到學校了。邵教授接到信那一晚跟我喝酒喝醉了，也沒有講，我也忘記問了。後來的歲月裡，我有時突然就想起來了，很衝動地想知道他們到底是啥關係。那時我已不在他們身邊，後來譚大爺就去世了，始終沒有答案。一個月前，我給譚大爺上墳又想起了這件事，心情很蒼涼，就急不可待地給老師打電話，小滿說老師剛剛去世。

由於我的政協副主席的身份，我有資格為老師主持葬禮。當時，我發現道爾基對老丈人的去世好像沒有痛苦，他驕傲自滿地對我說：這次和小滿生的兒子絕對是自己的血肉，小滿從懷孕到生孩子他就沒離開過。他得意揚揚地說：野種沒有機會在小滿的身上雜交播種，我有秘笈，我每天都把她幹得滿足快樂，疲勞不堪。

我說：那個小雜種像你嗎？

道爾基拉過兒子，推到我面前：你看這個小雜種這流氓樣，不像我難道像你？

今天我又親自接來了活佛。所有的貴客都到齊了，荒原部落裡熱鬧非凡。老特格喜和場長吳六裡裡外外地替我張羅。我媽守在司馬小嫻的身邊，寸步不離。

讓我煩心的是醉鬼長命，他在門口不斷地對我進行謾罵，惹得狗群對他狂吠不止。他說因為我讚美了他的老婆，他老婆就提高了覺悟，那個騷女人不知羞恥地就跟一個收羊絨的傢伙跑了，他讓我找到那個從北京來的傢伙，把老婆給他還回來。他咒罵那個拐走他老婆的傢伙，生孩子肯定沒有屁眼。

我看道爾基來到我的荒原部落裡很規矩，窩在屋裡不出去，好像很怕見到醉鬼長命，心裡有鬼。但是他的兒子卻是有屁眼的，那小雜種蹲在地上屙了一泡很大的屎，屎的體積很粗，臭氣熏天，惹得一群狗搶來搶去。

讓我更煩的是道爾基拉住我向我推銷他的做愛秘笈——羊眼睛圈。

他說他認識一個風流喇嘛，曾經是俗世高人，給了他一個羊眼睛圈兒。

他吹噓說，這簡直是一個神奇的器物，是從羊的眼睛上割下來的。然後用一種祖傳的秘密工藝，泡鹼、去油、熟透之後，用一種秘方，把上下睫毛鞣製成了一個似隱似現的毛茸茸的圓圈。用上之後，女人會快樂得失去理智，像小狗一樣，讓她在地上爬就在地上爬，讓她學狗叫就學狗叫。汪、汪、汪、汪……男人女人都幸福地回到了最原始的性本能裡去。

我痛恨地說，你留著給小滿用吧，你那個狗雜種是不是就是這麼幹出來的？怪不得小滿那個男人婆讓你幹老實了。

這羊眼圈後來讓道爾基傳到了社會上，有人說是把羊先殺死再割眼圈，有的說要活著割下來才奇妙，即使羊死了，這個眼圈也是活的。道爾基想模仿產業化生產經營，但是這個東西商業操作根本不行，做出來的，無論是真皮的，還是仿製的，都不好用，不是掉到裡頭找不到了，就是毛硬，扎得人哇哇叫。

但是行情還是炒上去了。據說黑價炒到了兩萬塊錢一隻，相當於一群羊。

我雖然討厭道爾基，但是對這件事我覺得無可厚非，這畢竟是一件給人們製造歡喜的善事。這件事比任何罪惡，比任何痛苦，比任何煩惱，比任何虛偽的道德，都有公德，這應該是生命的善果。至於市場經濟時代，價格高與低，是商品自身的價值決定的，這不是道德問題，也不是宗教問題。價格高說明它是陽春白雪，不入尋常百姓家，誰具備消費條件，誰就可以消費。萬千世界，尋找歡樂的法門千千萬。每個人的智慧不同，價值不同，就形成了不同的階層。承認社會的不平等，就是人世間的最大公平。

儘管如此，我不想買來給司馬小嫻用。我買得起，但是我不需要，無論道爾基怎麼討好我。

活佛見了司馬小嫻，我問活佛：司馬小嫻肚子裡的孩子會不會是駒兒投胎轉世？

活佛說：很難預測，你生命中的變數太大。

但是我心裡有一個定數，她跟我商量好了，要投胎轉世回來的。駒兒的聲音頭幾天又在我的耳邊出現了。

她說：哥，我要回來了。

我欣喜若狂，忙高興地說：甚麼叫你要回來了，你這不是回來了嗎？

駒兒說：我不能像從前那樣跟你陰陽隔兩界，我要回到人間來投胎了。

我替她高興：那好，哥早就等著你回來。你的快速投胎轉世培訓班畢業了？

駒兒說：畢業了，今年開始不分配，自己尋找投胎的爹娘。今天開供需見面會，我沒參加。投胎的人家難找啊。

我說：駒兒，你傻了，你怎麼會去等待別人分配或者去找別人家，你要回到咱自己家來呀。

駒兒高興了：哥，你還歡迎我回來？

我說：當然歡迎，你是我永遠的駒兒嘛？

駒兒說：那我回來司馬小嫻咋辦？

我說：甚麼司馬小嫻咋辦？她還是我老婆，你投胎了就是我的女兒啦。

駒兒：我不想做你的女兒，我還想當你的駒兒。

我說：我的駒兒，你也只能是當我女兒駒兒，別的角色不可能了。你轉世投胎到我老婆的肚子裡，生出來只能是我的寶貝女兒，我的老婆怎麼會再給我生出一個老婆呢？

駒兒又回來了，三天兩頭來找我。在家裡，在司馬小嫻身邊我還不敢和她對話，我已經太愛司馬小嫻了。我不想讓她知道我和駒兒還藕斷絲連。所以我就總是偷偷摸摸跑進書房跟她對話，做思想工作，就像偷情的人，在接偷情的電話。

我心裡忐忑不安。明明知道駒兒肯定來投胎，但是還是放心不下。我祈禱她在過無憂河的時候，一定要喝迷魂湯，最好多喝一碗，讓她忘卻前世的一切情緣，伴我過平凡的天倫之樂。我想，現在是雪天的臘月，白雪皚皚，不是草原上藍幽幽馬蘭開花的魔法季節，司馬小嫻肯定會為我生下一個平平淡淡的孩子。我受夠了，再也不想要那種特異的人生了，不要通靈，人愈通靈就愈聰明，愈聰明就愈複雜，愈複雜就愈痛苦，愈痛苦就愈麻煩，愈麻煩就愈煩惱，愈煩惱就愈智慧，愈智慧就愈通靈……很難走出這個複雜的圈兒。所以我要簡單的人生，快樂的人生，寧可付出不聰明的代價。在這個充滿了聰明人的世界，人有時傻一點是很幸福的。

活佛說：有一顆星，正在向我們這個方向趕來，可能是駒兒的靈魂。

活佛坐在那裡唸平安咒，雙唇快速地跳動，滿頭閃著佛光，大汗淋漓。

除夕之夜到了，電視裡春節聯歡晚會在主持人的煽動下，萬馬歡騰。我的荒原部落裡更熱鬧，燈火輝煌。司馬小嫻正在全力以赴地生孩子。我、馬叔和二丫、包大爺和馬姐、姐夫野馬，師娘、道爾基和小滿領著他們那個大屁眼的親兒子，還有我爸我媽、老特格喜、場長吳六，圍著活佛，仰望天空。

我們準備了大量的各種款式的禮花和鞭炮。我們站在草地上等待，就像等待遠方來的一個客人。我媽這個草地巫師緊張地忙活著，就像當年我和小紅騍馬降臨的那個夜晚，她嚴格規定，今晚大家的一切活動都要聽她指揮，我們的場面，也好像春節晚會的一個分會場。

遠天的夜空中，星群裡，像鳥兒一樣，有一束亮光向我們飛來。臨近上空，突然亮光一轉向，落進了馬圈，我們都聽到了一陣小馬明亮的嘶鳴。

我驚呆了，馬上醒悟過來，瘋狂地向馬圈跑去，果然一匹小紅騍馬降生了。

小紅騍馬晃晃悠悠地站起來，那雙眼睛和鼻孔就是駒兒。她用柔潤細嫩的小舌頭舔我的臉，吻我的唇。我感覺到我的下唇又癢又痛，快活極了，血和著駒兒的淚在流淌。

我說：駒兒，你喝迷魂湯沒有？

駒兒的軟軟的聲音飄進了我的耳朵裡：哥，我不想做你的女兒，我還是你的一匹小紅騍馬，我還是你的駒兒，跟你一輩子，任你騎來任你鞭打。

我說：傻孩子別說了，無論你是人是馬，我都生生世世要你，你都永遠是我的駒兒。

我從脖子上摘下血玉紅馬，掛在小紅騍馬的脖子上，我要讓她平平安安伴我到終生。

我覺得心太累了，我不想再折騰了。

這時，我媽叫我趕快回到屋裡去，她說：兒子，你媳婦給你生了一個兒子，是個大白胖小子，趕快進屋來看看我的孫子。

我進到屋裡，靜悄悄的，我說怎麼沒有聽到兒子的哭聲。這時我看到司馬小嫻幸福地抱著懷裡的兒子，這小子正咧著個嘴像老熟人一樣對我友好地歡笑呢。他額頭上有一塊紅色的胎記，是一匹奔騰的小紅馬。

書　　名　紅馬

作　　者　千夫長

出　　品　夢昇華集團有限公司
裝幀設計　梁倉創意有限公司
書名題字　胡野秋
人像攝影　趙衛民

出　　版　匯智動力製作公司
地　　址　香港新界屯門震寰路3號
　　　　　德榮工業大廈20樓A室
編　　輯　林碧珊
美術設計　馮詠斯

定　　價　HK$108.00
版　　次　2017年7月初版
國際書號　ISBN 978-988-12115-5-2